U0128370

傅山評點方法新論

徐華中・著

傅山是明末清初一大儒
博雅通識專家精萃之學集於一身
本書首次專論傅山評點學
進行文類旁通與學科跨界論述

麗文文化事業

■ 國家圖書館出版品預行編目（CIP）資料

傳山評點方法新論 / 徐華中著. -- 初版. -- 高雄市：麗文文化, 2020.05
面； 公分
ISBN 978-986-490-172-2(平裝)

1. 中國文學 2.文學評論 3.研究考訂

820.8　　109006016

傳山評點方法新論

初版一刷・2020 年 5 月

著者	徐華中
發行人	楊宏文
總編輯	蔡國彬
出版者	麗文文化事業股份有限公司
地址	80252高雄市苓雅區五福一路57號2樓之2
電話	07-2265267
傳真	07-2264697
網址	www.liwen.com.tw
電子信箱	liwen@liwen.com.tw
劃撥帳號	41423894
臺北分公司	10045台北市中正區重慶南路一段57號10樓之12
電話	02-29229075
傳真	02-29220464
法律顧問	林廷隆律師
電話	02-29658212

行政院新聞局出版事業登記證局版台業字第5692號

ISBN 978-986-490-172-2（平裝）

麗文文化事業

定價：350 元

傅山評點方法新論

~目次~

➤附錄

■自序

仔細回想，自己這半生讀書問道似乎與評點一事頗有淵源，年青時候，初習詩文，首次細讀初唐詩人張九齡，當時用的本子就是四庫未刊稿，此本眉間有校讀者的批語，行間有行批、塗抹、改勘等等，初步體驗了所謂評點之學，認識評點是一項古人最見工夫的讀書方法。

後來做何焯《義門讀書記》研究，唐詩、明末遺民歸莊等等，也都涉及他們的評點學。我也常常把這門學問應用在教書、閱讀，以及品評生活事物，深深覺得妙用無窮，很有收穫。直到上世紀末（1998 年）因緣際會，有幸參觀傅山紀念館，見識了這位博雅通才，欣賞不少他的手稿，油然興起崇敬佩服之心，自此以後，開始關心注意傅山，陸陸續續寫下心得，終於完成了這本以評點為主題的傅山研究，雖然說傅山的研究已經不少，但是專門談他的評點，本書似為首唱。

書末附錄的四篇，我不是拿來當作續貂而已，反而視做先賓後客的組合，要在全書主體架構傅山評點的基礎，進行延伸研究，舉一反三，見證評點是明清以來常見通用的古書閱讀法，文章品賞法。也就是說，不是只有傅山評點而已，其他各家都有評點，說穿了，評點是明清學者的鮮明標誌。若說這四篇是客，全書傅山主題則是賓，賓客交融，剛好代表這一刻即將退休的心境，我很喜歡蘇東坡的兩句詩，「雲散月明誰點綴，天容海色本澄清」，心領默會，也正有先賓後客，主客合一，終始一貫的總體感受。

現在綜合來看傅山，也只有像他這樣上天下地，能出能入的博雅之學，才能真正有智慧啟導現代人文學者的跨界思考，效法學習他那宏闊的儒門之徒，這本小書，就當作退休之際為自己準備退而不休的永續攻治對象吧！

可以說這本書是專門為自己這一生奉獻大學教育數十年而做，收筆之際，最要感謝國立勤益科技大學提供我俯仰，縱橫文津學海的美善麗文。想想看，一個人的一生，沒有變動一直持續同在一地的教育生涯，先不談經師，人師的辛酸苦辣之歷程，面對時間這位老者，誰不會欠身低眉而感嘆呢！

而時間最佳的禮物，就是空間的感恩，以及親情的召喚。首先，最要感恩父母雙親，生我育我護我，尤其父親也是老師，萬分期待我的杏壇人生能畫下完美的句點，更要感謝一家六姊妹，吱吱喳喳，家內家外，同甘共苦，忐忑崎路，經歷了屏東華振巷許多風風雨雨的青春，我想這本退休專書，不只獻給自己，也獻給我們一家人。

徐華中

壹 導論

一、前言

評點，是古人習以為常的讀書方法，讀書人日日用之而不察，亦不自覺有何學問？而對評點開始注意、加以討論研究，進而撰作單篇，或論述成書，乃是近代以來學界之盛事。所以說，先有評點而後始有評點學，這就與學界其它叫法，諸如：紅學、金學、敦煌學、甲骨學、龍學、文選學、唐詩學……等等一樣的概念，皆可視作學術研究範疇類目的一種研究。

依此類推，傅山其人及其學術的研究也是自來有之，這只要略略檢視傅山研究潮流到目前為止，既是方興未艾，同時也看到研究成果的琳瑯滿目。如果不信，只要參看本書第八章傅山研究書目的敘錄，即可略窺其概況。

然而，如果再將評點學與傅山研究架起聯繫的橋樑，進行跨界與旁通的多元研究，不知何故？卻是很少見到。

考評點一詞，蓋合「評」與「點」而言之。評點之批語多為賞鑑之語，批語皆本乎古代文論，亦關乎詩文章法之學，批語之可參與易懂，自不在話下。惟評點之「點」，各家施法不一，自亂其例者有之，但識顏色符號，無甚深意者有之，故而「點」之方法，徒具形式而已。攻擊評點學者，大多不喜此類。蓋不知「點」實不可孤立而觀，須合併「評」之批語，參讀揣摩，始能會其意。今據前人所見評點之書，考其所載記，有評有點之方式，各有訂法，頗不一例，惟必如此，始足以還評點之原來面目。例如《曝書雜記》載歸震川評點《史記》云：

> 嘉興錢警石廣文泰吉，記《震川評點史記》云：「鱸江評《震川集》，即用震川評《史記》之法。震川評點《史記》自為例意，略云：『硃圈點處，總是意句與敘事好處，黃圈點處，總是氣脈，硃圈點者人易曉，黃圈點者人難曉。黑擲是背理處，青擲是不好要緊處，硃擲是好要緊處，黃擲是一篇要緊處。』又謂：『我喜怒哀樂一樣不好，不敢讀史，必讀得來吾與史一，乃敢下筆。』遺筆令其子照本批點，蓋其生平精力所注也。壬辰秋日，既從方子春得鱸江評《震川集》，又假莊芝階舍人所錄震川評《史記》，讀一過，未及鈔謄。丙申秋日，乃用海昌徐孝廉開業藏本，手錄於汲古閣本。自《樊酈滕灌列傳》後，因病輟業，命銘恕錄畢，並書震川評點例意於卷首。欲從事古文者，從此入手，可用其意，以讀歐陽《五代史》，於此事思過半矣。」「子春知余喜談古文，乃出其舊所評《震川集》，及錄吳江張鱸江先生士元評本，畀余錄其副。」云云。（註[1]）

據此所記，評點之點，有圈有抹，非只有點。且用青、硃、黃、

[1] 轉引自劉聲木：《萇楚齋隨筆》，卷 10，（北京：中華書局，1998），頁 1088。

黑四色，乃知評點筆色有四種。此與《魏叔子文集》載吳壽氏所見《尚書評點》頗類同。吳氏云：

> 《尚書》評點，王魯齋先生凡例：『朱抹者，綱領大旨，朱點者，要語警語也。墨抹者，考訂制度，墨點者，事之始末及言外意也。』餘經標點，大略相同。」云云。(註[2])

據以上二家所見之評點，有圈有點，頗有避重就輕之嫌。故而曾國藩分析明清兩代，何以評點遭人濫用，產生誤解，導致評點狼籍之歪風，蓋出於科場取士之圈點方法與時文八股大圈密點之混用，曾國藩《經史百家簡編》自序云：

> 梁世劉勰、鍾嶸之徒，品藻詩文，褒貶前哲，其後或以丹黃識別高下，於是有評點之學，三者皆文人所有事也。前明以《四書》經藝取士，我朝因之，科場有勾股點句之例，蓋猶古者章句之遺意。試官評定甲乙，用朱墨旌別其旁，名曰圈點。後人不察，輒仿其意，以塗抹古書，大圈密點，狼籍行間。故章句者，古人治經之盛業也，而今專以施之時文。圈點者，科場時文之陋習也，而今反以施之古書。(註[3])

曾氏的分析頗切時弊，指出圈點與評點混而為一之弊，以致真正的評點論文論詩，原本精心構作，可圈可點，往往因時人不查，

---

[2] 同註 1，頁 1089。
[3] 同註 1，頁 1089。

悉遭貶低價值，等同八股，實屬可惜。

再者，評點學與評點文學非盡相同，宜稍辨之。蓋評點學乃古代特有之讀書方法，施及各種領域之學問，舉凡經、史、子、集各部無不有評點，且因所評對象性質不同，亦分別呈現不同的評點結果。

例如經部評點，多注重在字句訓詁與校注，子部評點除了有校有補注，亦兼及義理之分辨。史部評點側重在史事之考證，史例、書法之歸納，以及紀傳人物之品評。集部即文學類評點，可總括之曰文學評點或評點文學，主要是以「評點」做為讀書法，批點各種集部書目，藉由批語所展現的文學品評、鑑賞、校注與其它相關問題之討論，總稱為評點文學。因此評點文學不僅屬於文學理論與文學批評領域，評點文學也是古代文論史上的重要研究課題範疇之一。

根據以上的觀點而言，可以舉清初康熙年間評點大家何焯為例，加以討論。何焯一生的學術成就，主要集中在古書評點。何焯學問精進，四部兼治，故而不僅對四部之學，皆各有評點。尤其傾力在文學作品（集部）的評點，表現高度的評點文學睿見，所以說，何焯兼具評點學家與評點文學家兩種雙重身份，同時展現兩種評點的高度成就，可謂近代評點學這一領域具有承先啟後的重要地位，也必然產生深遠的影響。

稍後於何焯的紀昀，在何焯《義門讀書記》一書的提要，稱許何焯「考證皆極精密」（註 [4]），其實，何焯的評點學不只有考

---

[4] 引自紀昀：《四庫全書總目提要》卷 119，（台北：藝文印書館，1982），新編頁 2390。

證，他已把校、注、與評賞等諸多手法融合一體，紀昀的話只是就何焯的評點法其中之一項而言。與何焯同時代的山西太原大儒閻若璩尤其看重何焯的學問功夫，稱讚何焯「此君且蓋代」。（註[5]）即是稱許何焯以精深學問，應用在評點學所表現的功夫。考今存《校刊唐賢三體詩》有何焯的手校，其中包括眉批、夾批、尾批、以及有圈、有點，有校有注。夏時云：「何義門先生以朱筆通部點勘，評語多者，上下眉行間幾滿。」（註[6]）此書後有近人鄧邦述的題記，謂：「往往於批語下自注甲子，亦間有自加塗抹，覺今是而昨非者，於此彌見先輩用功之勤，進德之猛，宜其負大名而不朽者也。」（註[7]）這句話說明何焯的評點法，有塗抹，與有圈有點一樣，都是許多評點方法之一。而且，何焯的評點，帶有濃厚的閱讀意味，一讀再讀，反覆探求文章精義，不只是批點與校注而已。就這一層面而言，何焯大都在「評點文學」的批語中反映出來。

可惜，歷來評述何焯學術成就的意見，只是片面談論何焯的學問以及他評注校書的功夫，都只看到何焯的「評點」精密特色，未能更深入理解何焯在「評點文學」的成就，因為，評點方法與評點文學二者其實密不可分。

康熙皇帝在何焯去世後（1722）曾云：「何焯修書勤，學問

---

[5] 轉引自崔高維點校本：《義門讀書記》，（北京：中華書局，1986），書前點校說明，又案本書徵引何焯批語悉據此本。

[6] 轉引自孫琴安：《中國評點文學史》，（上海：上海社會科學院出版社，1999），頁 246。

[7] 鄧邦述的題記，附在宋周弼編，元釋圓至註，清高士奇重訂，清康熙間錢唐高氏刊本的《唐三體詩》六卷之後，此本今藏台北國家圖書館。

好，朕正欲用之，不意驟殤，深可憫惻。」（註 [8]）這即是稱頌何焯的校書功夫精勤，至於如何精勤？蔣維鈞與全祖望分別說出了何焯的校書方法。蔣維鈞云：「義門讀書，丹黃並下，隨有所得，即記于書之上下方以及旁行側里。」（註 [9]）以上的功夫，即評點學。全祖望云：「其讀書，蠶絲牛毛，旁推而交通之，必審必核，凡所持論，考之先正，無一語無根據。」（註 [10]）由此句話表明要到全祖望這句話，才知進一步明白何焯的評點不只是校注，更兼及 「持論」的正確與否？這就把校注與評賞閱讀功夫結合起來，提升到評點文學的境界，並且由此納入整體通貫的古代文論源流之體系，可以當作清代文論的組合之一部份，對學界而言，值得深入研討。

回顧近代以來，整理清代文論者，早有先賢從事，卓然有成。然其間以詩論之研究為例，專家專書之探討多集中在通論與原理原則性之研究。例如日人青木正兒之《清代文學批評史》，即是如此，該書所論對象大都以成就一家之學，專門著作之類為材料，於實際批評方法上之討論則較少。（註 [11]）

再者郭紹虞的《中國文學批評史》其下卷第五篇，亦專論清代詩論，仍以神韻、格調、性靈、肌理諸說為分派，就其成說之

[8] 參見《清史列傳》卷 71 何焯傳，（台北：台灣商務印書館，1989）。

[9] 參見蔣維鈞〈《義門讀書記》凡例〉乙文，收入《義門讀書記》書首。

[10] 參見全祖望《鮚埼亭集》卷 17〈翰林院編修贈學士長洲何公墓碑銘〉中引何焯門人陸君錫的話；「吾師最矜慎，不肯輕易著書，苟有所得，再三詳定，以為可者，約言以記之。」參見全祖望：《鮚埼亭集》（四部叢刊初編本），卷 17，（台北：台灣商務印書館，1982）。

[11] 參青木正兒著，陳淑女譯《清代文學評論史》一書之第二章談尊唐詩派，第三章談神韻說，第四章談葉燮等自成一家詩派，第六章的格調與性靈兩說等，即是專門談詩論之作。

淵源、內容，及其原理一一論述，遍引原典，詳加疏釋，從此多為後來繼起研究者所本，轉出愈精，引述增益，可謂奠基之作。（註 [12]）然而，若問及此類理論之實際應用如何？其施於解詩之方法示例如何，除了少數隨例引示，終屬零簡斷章，較少通盤整體之示範。

承繼前人偉業，開展清代文論之研究，每為近數十年學界努力之方向，其中單篇論文，散見各種學術刊物，而專門成書，較論清代詩學者，又以吳宏一《清代詩學》此書最稱完備。其所謂詩學，嘗引楊鴻烈與朱自清的說法，謂專指舊詩的理解與鑑賞。（註 [13]）可見清代固有清人自己一代之詩，但清代人談詩之見，包括詩話、筆記、詩選、批注，與乎詩文別集中有關之序跋題記、論辨書翰、及論詩絕句和懷人詩等等。這個取材之類舉，清楚明白，總括清代文論材料之可及者。倘持此材料反觀前人研究清代文論著作所已經談及者，大抵皆有，但相較之下，有關批注一項應是取材最少者。因為這一項，未有專書專篇專文之可求得，而是清人文論中一種屬於實際讀詩，批詩，點詩，評詩之歷程，又因為其私秘性高，而起始之作，本是自家讀詩本事，開始未必有如專書專文之欲公開示人，所以，其零碎蕪雜，簡略輕率，實有甚於其它文論材料。然而，若欲探求清人如何讀詩文解詩文，以及清人如何運用前人已建立之文論，而實際施之於字句之間，從而瞭解清人文論批評之方法者，則此類清人批注之材料，其具體

---

[12] 郭氏此書因在台復印本有多種，且在大陸之原書亦曾經過改訂，台灣所流行者，未改定與改定本皆有。本論文所據之盤庚影本為未改定本，其中與改定本之在清代詩論這一方面者改動較少。

[13] 參見吳宏一：《清代詩學初探》，（台北：牧童出版社，1977），書首序說。

性，其重要性，實又更甚於其它諸項。蓋這類批注，乃實際可見可行之文評示範。其性質內容，即如吳宏一之解釋云：

> 所謂批注，大約可包括評點和注解二項，評點方面，像馮舒，馮班之評才調集，紀昀之批蘇詩及瀛奎律髓，我們即可從其褒貶，稱贊和駁難的批語中，看出他們的詩學主張。注解方面，像金聖嘆的「杜詩解」，我們拿來和錢氏箋注仇氏詳注比較，也可以看出他們不同的論詩態度。因此，關於這方面的材料，我們也應予相當重視。（註[14]）

這段話，賦予清人之評點與注解之重要價值，可謂將清代文論擴大之深化之。然而，清代批注類之作，何其繁多，欲就此材料加以歸納整理，又何其艱巨，而前賢之在這方面有專論專書之作又何其少？因此，有關清代文論之研究，尚有一天廣地闊之園地，亟待學界之投入。為此，本書的論述焦點，專就評點一項，試為初探，拋磚引玉，自期在評點方法的實際性之研究得到預期成果，以明末清初遺民大儒傅山所著之《傅山全書》評點材料，全面研究，探討其理論所本，其方法，其意見。綜合歸納，類分為說，期望匯整為清代文論在「實際批評」方面之意見與方法示例。（註[15]）

須注意在清人批注一類之著作中，不少已經由前人研究論述

---

[14] 參見同前註，頁 5 至 6。

[15] 實際批評是文學批評主要方法之一，它是將原理原則性之理論加以應用講究具體的批評，在清代詩論之研究中，張健《明清文學批評》一書在分析清代詩論時，首次列有「實際批評」這一項。

過，但是遺漏者也有不少，例如何焯《義門讀書記》一書中相關各書的批注，在前述青木正兒，郭紹虞，吳宏一諸氏的研究中，皆不及見有所稱引。這一方面固因何焯留傳後世遺著不多，除了讀書記五十八卷與道光年間才刻成的《義門先生集》十二卷之外，未有它本專作見於著錄。而另一方面，則因何焯之讀書記不止文論之評點，尚及於經部與四史，其書又非生前自訂，乃捐館後，親姪與門生合纂所成。終其一生，實未有專門文論與專書文評。（註 16）所以，凡研究清代詩論者，因不及見而闕論。其實，何焯之讀書記，以評點六朝及唐詩之文字為最多，其卓然識見，已為並世之方庖所畏服，其詩評之點滴，每被徵引於後世箋釋唐詩之作中，其學問之好，歿後為康熙帝所親誦。綜此而觀，寔為清代重要批注之大家，深植究探。可惜諸家論清代文論大都不及提名。吳宏一書後之附錄嘗詳列有關清代詩話之知見書目，亦未見何書。它如張健《明清文學批評》中下編專述清代詩論，臚列專家，細剖殊論，其中亦有「實際批評」一項，亦未見談及何焯的分析。所以，本書這一章首先專就批注一類之文獻，集中何焯一家之評點學，以為集中論述之材料，庶幾能得出有關古代文論之評點學方法。

二、評點學概述

考評點學起自何時？據今人王運熙等合著七卷本《中國文學

[16] 有關何氏著作，只有義門先生文集專收其雜著，遺文，與詩，其餘皆為其評點諸書之筆記。參張舜徽《清人文集別錄》一書頁 98～99 之解題。

批評史》宋代卷，定論自南宋劉辰翁批點《世說新語》開始，此說固可採。但是學者當問何以世說一書自臨川纂集，劉義慶作註，引證詳實，學者比之裴注三國史，酈注水經，而尊美為注書三寶之後。如此詳實之註疏已盛行之世說其書，何以尚須另闢蹊徑，別為評點一派？欲究其故，細讀劉氏此書之自序，即不難求解。

案古書之必有注疏，自孔子作易傳，子夏傳詩學，左丘明述春秋。所謂聖賢曰經，述經曰傳，經傳注疏，淵源流長，古有其緒統。注疏之學幾乎與經典原書並行，然而注疏之學與評點實有不同旨趣。蓋評點之作，敢下己意，精於批點，藉由讀書評騭之樂以自解。故而評點之作，與注疏立旨不同。今試引劉應登批點《世說新語》一書之序而考其意。劉氏云：

> 晉人樂曠多奇情，故其言語文章別是一色，《世說》可覩已。說為晉作，及于漢、魏者，其餘耳。雖典雅不如左氏《國語》，馳鶩不如諸《國策》，而清微簡遠，居然玄勝。槩舉如衛虎渡江，安石教兒，機鋒似沈，滑稽又冷，類入人夢思，有味有情，嚥之愈多，嚼之不見。蓋于時諸公剸以一言半句為終身之目，未若後來人士俛焉下筆，始定名價。臨川善述，更自高簡有法。反正之評，戾實之載，豈不或有？亦當頌之，使與諸書並行也。晚後淺俗，奈解人正不可得。嗚呼！人言江左清談遺事，槃槃一老出其游戲餘力，尚足辦此百萬之敵，茲非談之宗歟？抑吾取其文，而非論其人也。丙戌長夏，病思無聊，因手校家本，精剗其長註，間疏其滯義。明年以授梓，迺五月既望

梓成。耘盧劉應登自書其端，是為序。(註 17)

詳審劉應登此序，一面稱頌世說一書與左、國正史不同風格，宜當並傳。一面舉世說所載故事，舉列一些評語用「機鋒似沉」、「滑稽又冷」、「有味有情」、「類入人夢」、「嗻之愈多」、「嚼之不見」云云等語詞，全是就欣賞品評的角度，評價世說。與注疏之手法，專就典故名物地理之訓釋考證，旨趣完全不同。由此可推想，劉氏評點世說，已經自覺性要採取有別於注疏世說的讀法，進行評點，轉變為實際品賞，表現不同的世說之學。於是，評點之法，從此開展其評點形式，並轉移世說一書的研究方向，正如此序所言「吾取其文而非論其人也」，這一語可謂評點學起始的首要總綱。由此而確立評點學的重點在文章分析品賞，與注疏訓詁專注在身世考訂劃分途徑矣！自此角度而言，以劉辰翁、劉應登二家為開端的世說一書之評點學，應視作代表古代文論的實際批評之起源。至於劉氏二家評點的作法又如何？也可自王世貞訂定的刊本，書首立凡例十則，其中二則可稍窺早期評點的方法。凡例云：

一、世說豫章，本圈釋句讀，特便觀者。語林則亦依補，其中雋語，別為圈點，幾於溷矣。且語林所無，故不復存，摘

[17] 案劉辰翁評點世說之原本今已不可見，今存最早之劉氏本，只有現藏國家圖書館元至元坊刊本《世說新語》共八卷。此本畢錄劉辰翁批語，但有增補之批語，疑即劉應登作。故此書首刊劉應登序。今此序轉錄於明代王世貞刊補《世說新語補》一書，本書即據此引錄。參見王世貞刪定《李卓吾批點世說新語補》舊序二首，(台北：廣文書局，1980)。

奇咀華，各俟乎人。

二、宋劉辰翁校刻世說，註稍同異，批評多作隱語。今王學憲亦多發明，並采之標於上方。(註[18])

由以上二則凡例，看到最初的評點學，在形式上，即有圈點句讀，故而明清刊行之評本，必揭點畫於其間，蓋評點之古法也。呂祖謙《古文關鍵》首列各種圈點符號及其代表含意，這是評點學在刊書形式上的一大變革。

再看凡例二，說明了評點之法，不僅拘於句讀圈點，評點要多作前人未發之義旨，即使像劉辰翁的評，很多是難解的「隱語」，但這也十足地表現劉氏自己的讀法，但下己意，而不必依從前人古注舊說。這一則凡例，說明了自南宋開端的評點學之基本精神與原則。一旦綱目既定，此下明清兩代的評點之作，莫不遵此初規，務必述一己之妙詣，掘發文章之奧義。其實，不論是傅山，或者何焯的評點《文選》，以及評點其它經史之作，總的說，亦大抵皆不越出這條基本原則。

追溯評點學自南宋劉辰翁《世說新語評》首開風氣之後，發展至明清，流行更廣，達於極盛。推考劉辰翁之評法，蓋以小說為主，用評點法分析世說一書之人物。故而評點最初的形式，本屬小說評點一類。但是後來的評點學發展，不止限在小說。經書

18 引自同前註引書之「凡例」。案劉應登劉辰翁當為同時代之人，據今人朱鑄禹《世說新語彙校集注》的考訂，劉應登刊刻評點本世說的年代當在元世祖至元二十四年（1287）。參《世說新語彙校集注》前言，（上海：上海古籍出版社，2002）。

評點有之，史記評點時有其人，子部評點亦不例外。集部的戲曲評點，明末金聖嘆已大行其道。八股時文評點，更是比比皆是。其中用時文之法評點古文，或者，綜合各種評點法，評賞古文，自明代歸有光評史記，用古文筆法評之，視史文為古文，確立此一觀點已獲大多數士子贊同。於是，古文評點一時興盛，演成一派，歷經康熙朝到乾隆時期方姚桐城古文暢行，其間古文評點別闢蹊徑，文成法立，匯為評點學史之一大畛域，結集古文評點書成果豐碩。

這種評點的盛行現象，可自評點史探其一二。試觀清初評點學最享盛名的金聖嘆所評書，除了小說戲曲之外，尚有古文的評點。金聖嘆的古文評點雖亦不免八股文習氣，且又帶有濃厚的小說評點法意味。但獨立針對古文評點，因對象不同，評法也出現古文的特殊例，而形成另一種賞讀文章的趣味。金聖嘆所處的明末清初時代，及其評點學影響的層面，均足以代表古文評點史的一段重要時期。今自其評點古文書首刊《天下才子必讀書》由陳枚寫的一篇序，可畧知古文評點的流傳經過。陳枚〈天下才子必讀書〉序云：

> 古文之有選，始自昭明。選之有評注不一家，大略以月峰、鹿門、伯敬諸公是法。至於章節字比、標新導微，莫妙乎明卿之《奇賞》，侗初之《正宗》。故十餘年來宇內習學者自四書、五經之外，喜博者讀《奇賞》，求約者讀《正宗》，舉世皆然，師生一轍。獨聖嘆才子書出，而慧心浚發，彩筆瀾翻，如塵鑒之復朗，畫龍之點睛，別開古人生面，孰不欽其神識，快其高論，

誠千古不易之選，後賢必讀之書也。

吾浙初刻甚精，奈為祝融所毀，豫刻外偽之極，苦無善本。茲緣坊人之請，遂增以遺稿諸篇，再三校訂，允稱全璧。如《水滸》、《西廂》之妙，不過先生遊戲筆墨之文耳，豈若是書之大有裨於名教哉！（註 19）

此篇序，猶如一段古文評點學史。首謂古文之有選，始自昭明太子《文選》。不惟如此，古文之有評點，亦始自《文選》一書之評點。若孫月峯、俞琰一輩人物即是。此一看法，今古無差。但是，由《文選》轉而施及古文評點，陳枚的序特標舉南宋真德秀的《文章正宗》為首例。陳枚甚至描述了到康熙十六年為止的十餘年間，康熙文壇流行《文章正宗》的評點法之盛況。認為自四書五經之外，學者最喜讀正宗一類的評點書，陳枚有句說「舉世皆然，師生一轍」云云，可以想見其風行之濫觴。故而在此一搖蕩洶湧之學風下，金聖嘆的評點才華，乘勢而起，展現無遺。陳枚用「慧心綵筆」的譬詞，表彰金氏的古文評點，最後予以高度評價，許為「千古不易之選，後賢必讀之書也」。這兩句名山聲價之語，不只對金聖嘆而言，更代表清代康熙朝文壇學界精心於評點，鑽研功夫之深，古文評點學在士人心目中，佔有重要的地位。不像那些一味反對評點之流，漫指誣評，不能切中要害之論點。

由於陳枚此序寫在金聖嘆評點刊刻的早期，即清代康熙初

19 轉引自朱一清、程自信注《天子才子必讀書》前序，（合肥：安徽文藝出版社，1992）。案：金聖嘆此書最早刊本在康熙十六年（1677），其後續有刊刻。陳枚的序，見於康熙此年的刻本。另外，老古出版社別據一本影印，書前無此序，改換桐城葉玉麟序。可知金氏此書後世翻刻者增刪不一。

期。由此序，足以反映康熙朝評點學的盛況，及評點的正面評價。但是，乾嘉學風以後，不無小變，文壇抑揚、學界沉浮，對評點學的作法亦隨之而改，對評點學之揄揚亦不再偏向一解。故而，同樣都是金聖嘆古文評點書，到了乾隆時期，刊刻已有所增刪，體例與作法亦隨之已受訾議。以金氏評點古文為例，《天下才子必讀書》到了乾隆時期的翻刻本，已刪陳枚序文，改替桐城派名家葉玉麟的序。葉氏此篇序，明顯地不像陳序一般高度評價古文評點。但葉氏的序，也充分反映古文評點史的一些現象，頗值參考。葉玉麟《才子古文讀本》序云：

> 評點文字，至有明而大昌，然半沼語錄家，習以歸熙甫致力古文之深，其評點史記，不免俗語，其他無論矣。至國朝吾鄉方姚諸公挺出，然后一歸於雅馴焉，聖歎好批說部詞曲。為世所稱，至其論文，乃一以平章小說，詼調滑稽之筆羼入，不足語大雅之林矣。明自鍾山竟陵之流衍，文格幾於不振，艾千女至有文妖之目，如陳眉公、袁中郎之書疏，輕佻惡札，自謂奇趣，愈纖愈俗，聖歎蓋亦未能不沈溺時趨者。然近時以話言解釋文字之風盛熾，如聖歎所批抹，其尤為超超者乎。學者當知古文測源六經，立言必樸雅古茂，於文始稱，即如史記論文，陳勾山之八家文選，史記菁華等編，皆嘗行世。然不免以時文八比目光強聒，識者知其非古文專家也。其讀書稽古，苟非真積力久，具過人之識，則不能曉其深處，而立言不免隨俗膚庸，是知真賞之難也。雖然，秦漢人之作，語高而旨深，非成材莫由領悟，初學儻因此篇之詼趣，循引入門，嘗之而甘焉，則聖歎

亦可謂導俗之善者機也。(註[20])

此篇序簡要縷述明清以來評點學的發展，可謂核覈精嚴，片言金聲。首先，此序亦揭示評點文字，至明代而大昌明。這當指《文選》的多家評點，與明代小說戲曲的流行評點同時並重而言。但是在葉玉麟的評價裏，明代的評點，大多犯了通俗之病，相較之下，清代的評點，特別是像方姚諸家的桐城派評點，就高明得多，能一掃俗流，導正於雅馴之格。這種抑彼揚我之論，雖不無自家粉飾之嫌，但也透露出古文評點，尤其是桐城派的古文評點，在清代康乾年間是受到極高推崇，這樣也就補證了前面陳枚序文講到「舉世皆然，師生一轍」的盛況之語不誣。

接著，葉氏之序文，強烈指摘以金聖嘆為代表的清初評點文學，嚴重染上「輕佻纖俗」的惡習。此因為葉氏自詡古文大家，不屑屑於小說戲曲之末技，順理成章地也就鄙薄小說戲曲之評點。其實，僅管葉氏出於門派家法之爭，揚古文而棄說部。但由葉氏之喋喋不休，不即是反映了無論小說戲曲或古文之評點，兩者都同時並行，各暢其風，此即葉氏所謂「近時以話語解釋文字之風盛熾」一語之所指。

葉氏此序在指正評點之正途之餘，其最用心處，即殷殷致意於評點古文的要則，一要根於六經，故主張古文的樸雅古茂。二要反八股文習氣，不可用「時文八比目光」評點古文。在此葉氏所樹立的古文評點準則之 下，當時留行士林的兩位古文評點名家

[20] 引自金聖嘆批註《才子古文讀本》前序，(台北：老古文化事業公司，1979)。

之作，如陳仁錫《八家文選》、姚苧田《史記菁華錄》二書，葉氏尚且目為強聒之作，批評二書非古文專家之評。由此尖刻之語，充分反映以葉氏為代表的古文評點家，同處在評點學大潮流，勢如破竹，不可擋之時勢潮流中。古文評點家立意要走自清之路，自覺性地要與八股文評點與小說戲曲評點涇渭分流，堅守宗經樸雅之風格。於是，評點之學漫流到清代中葉，至少已發展成三股主流，一是八股時文評點，二是小說戲曲評點，三是古文評點。而對評點境界的要求標準，誠如葉氏此序文指出，主要在反庸俗，與追求實學真賞。此序的末段結語，認為金聖嘆的古文評點，雖仍未脫他評小說戲曲的「詼諧」，但初習者倘因此詼諧之趣而得其門徑，則金聖嘆的古文評點難道不具有「導俗」之善功嗎？其結語終究肯定金聖嘆評點古文的成就與價值。由此也可引伸而知，金聖嘆展示的平生評點之功夫，不只影響小說戲曲之解讀，也多少左右了古文家的想法，對古文評點產生一定的啟導作用。這是由陳枚與葉玉麟的兩篇序文，得知文學評點發展的一般史實現象。

今若援引葉玉麟對古文評點的看法，要求不落入八股時文習氣，力避小說戲曲評點之詼諧，持此二則，衡量何焯的古文評點，可謂切中要點。蓋現存資料看，何焯未見有小說戲曲評點之作，故而無緣探知其說部評點之學功過如何。但現存大量的何焯詩文評點，自史記以下，八大家之文，與經史之書，無不有細評精點之作。雖然，其中若干批語多借自八股時文評點常用者，然此固一時代習染之常例，未足以限其才華而苛責求美。其餘大部份評點，既析情采，復參義理，更且考證版本，梳理判讀之功，實學淳雅，語語有據。詳味其批語辭氣，絕非傭俗之流，乃盡得淵深雅緻之格調。從而再次印證，何焯的古文評點手法，與古文真賞功夫，完全達到葉氏所揭示的理論境界，無庸致疑。

說到古文評點法，當始自宋代呂東萊《古文關鍵》一書，此後《崇古文訣》、《文章正宗》、《文章軌範》，繼起而作，古文評點乃形成一系文論門法，源遠流長，未嘗中輟。然則若欲論古文評點之初，始創方法為何？自不得不由呂東萊的著作而考求之。

今以何焯之古文評點，對照呂東萊之評點，試觀呂氏評點之影響承受如何？即可推知何焯之古文評點，有不少內容承襲東萊古法。但絕未模擬照搬，而處處表現何焯遵古之際，亦每用心於「依古變創」的新法，講究新意，增廣古法。其中有關古文「格製」之變創即是一例。

所謂格製也叫文格，首由呂東萊《古文關鍵》提出。蓋文格乃作古文之基本手法，其關係古文寫作至深。且文格一經呂氏始創體例，演變至明清古文評點家，繼之而引伸發揮，往往更為繁複多采。甚至以文格評古文方法，在清中葉以後遠傳至日本學界，影響日本漢學界的古文讀法。其最代表性者，即日本孝宗時期，由川西潛編定的《唐宋八大家文格纂評》一書。此書首次以「文格」為專題，選錄八大家文章，分別依川氏所訂七十個文格，一一分別選文評點，句抹字點，眉批夾批間出，更彙集明清以來古文評點家意見，或繫於眉端，或置於文末，極詳備便讀。川西氏更於自序中細數何以「文格」評點古文為可取？並追溯文格評點法之始末。謂自唐順之《文編》開始，首立八大家文格，而使讀者讀古文，不致難窺堂奧，可以循條理，反覆耽玩，悟古文之法。川西潛《唐宋八家文格纂評》序言：

余少年有志於文辭，而賦質簡劣，每苦不得其方，既讀荊川唐氏集曰，秦漢之文，法密而難窺。唐宋之文，法嚴而不可犯。文之必有法，出乎自然而不可易者。因專讀唐宋八大家之文，自儲氏沈氏之選，至軌範關鍵之類，莫不一夕致詳焉。而亦毫無所得，後又得唐氏文編而閱之，則上自秦漢，下至唐宋八家之文，悉批而評之，網羅略盡。而其至八家文，往往題格曰，此立說也，此累棊也，絲分縷折，使讀者知所措手，然後向之難窺者，畧得頭緒，而其不可犯者，秩有條理，反覆潛玩，積以歲月，恍覺若有得，間嘗執筆命意，格前定，而語不躓，因私自喜，又私自謂，古之人，養之於衍義，磨之於事業，而奮發於文章，言出為文，文成而格立，未始就格求文也，雖然格之既立，後之人未必襲之，而不能出其範圍。則講而明之，則而倣之，遡源探本，而極其奧，人孰謂之不可也。唐應德又曰，聖人以神明而達之於文，文士研精于文，以窺神明之奧，我取以為法焉。頃者抄其題格者，欲鋟之梓，而原選次序，間見錯出，不便翻閱，乃類而編之，得格七十，文百四十七篇，名曰文格，將以與世之同餘患者共為。若夫大雅君子，德立言隨者，何取於此，刻成是為序。（註 21）

此篇序，等如一段古文文格評點史，序文前半段，細述自呂東萊與謝枋得古文評選以下，至明中葉唐順之的《古文編》等系列之

---

21 引自川西潛：《唐宋八大家文格纂評》序，（台北：新文豐出版社，1975）。案：川西氏此序謂文格始於唐順之《文編》，未為的論，當推考之呂東萊《古文關鍵》已有「格製」一詞。雖然呂氏不用「文格」，但依原書之意，格製即文格。

作。自謂文格首立者，始於唐順之。序文的後半段，試舉「文格」評法諸例，如立說格、累綦格云云大體與呂東萊《古文關鍵》講到的「格製」並無不同。即將古文，依其作法，歸類為幾種特徵，以代表某一類古文作法的共通點。故川西氏謂「言出為文，文成而格立」，意思是說文格的形成，在創作過程中已經就有了，絕非「就格求文」也。這一觀點的表白，頗須注意。川西氏並不把文格當作固定又機械的形式，誤認文格沒有變創之可能。川西氏所以用「文格」分類八大家古文，目的在「講學仿傚」。一旦學成文格，引而伸之，廣而創之，文格的新生，必有期可待。文格的潛藏性，多樣豐富內容，只待古文家的精批細賞。由川西氏的這種自序，亦可推知，古文選編，自創始之初，用意在「論文」。但發展至明清，又有出於習作，選讀古文的「教學」之本出現，便與原來的「論文」功能稍有區別。但不論古文的「論評」，或古文的「教學」。「文格」在兩方面的應用極其精彩。尤其是，文格非一成不變，不同的古文評點家，可能作出不同的文格新類。就此而言，以何焯的古文評點來看，常常評點出新的「文格」，而此新文格不在呂氏關鍵與川西氏纂評之範圍者，亦多有其例。從而可知何焯的古文評點，標舉文格批語的作法，可謂與川西氏的文格術語觸類旁通，有異曲同工之妙。

三、評點的具體作法

這就必須再考評點學，固以評點為主，但評點與「筆抹」亦稍有別。且評點之書，亦有性質功用之異。如為論文而評點者，古文評點也。為講學而評點者，範文之評點也。四庫全書總目《古文關鍵》紀昀云：

> 考陳振孫謂其標抹註釋，以教初學，則原本實有標抹，此本蓋刊版之時，不知宋人讀書於要處，多以筆抹，不似今人之圈點，以為無用而刪之矣。葉盛水東日記曰：宋儒批選文章，前有呂東萊，次則樓迂齋，周應龍，又其次則謝疊山也。朱子嘗以拘於腔子，議東萊矣。要之，批選議論，不為無益，亦講學之一端耳云云。然祖謙此書，實為論文而作，不關講學，盛水所云，乃文章正宗之批，非此書之評也。（註[22]）

此段提要，區別「評點」與「筆抹」的不同，各代表不同的讀書方法，未可一概而論。然則，自《古文關鍵》一書首開古文評點學之後，其原本之方法，其實是兼用筆抹與評點。可惜，今傳評點之作，大多已刪改，難以復見原貌矣！其次，提要為古文評點分開兩條系統。其一是批與評的不同，其二是論文與講學的不同。二者之代表作，批評即《古文關鍵》一書，與代表講學的《文章正宗》一書。有關早期古文評點學的敘述，此段所叙，簡明扼要，也比較近似何焯評點的形式。

其實評點方法，有筆抹與圈點。但筆抹之法後來漸漸失傳，圈點遂起而代之。凡言評點，大多指形式上有圈有點，並有批語，謂之評點。此評點學就其評點形式而言，大別可分此二類。

---

[22] 引自《四庫全書總目》提要卷 187，（台北：藝文印書館，1981），新編頁 3895。

但是評點法應用有多方面。有用於經書評點，有用於史書評點，又有用於子書評點。而今言評點，泛指古文評點，當屬集部之學。乃知凡經史子集四部之書，無不有評點。故而評點因所施對象不同，方法與旨趣亦當有小異，然而總謂之評點學。

今據此觀點而論何焯之評點學，除子書專門評點較少外，餘各部之學，何焯皆有評點之作傳世，不可謂非全方位評點大家。且何焯之評點，不論施之經史，或施之古文，其通例皆以文學觀點為總綱，故可曰文學評點學。

推考文學評點，雖非盡同古文評點，然而古文評點，卻是評點學之主流。古文評點也是評點方式最多樣，內容最繁複之評點。自南宋評點學興起，古文評點即因功能不同，主題不同，而呈現不同方法之評點。亦由此而發展成四種古文評點流派。首先是以評論古文，探求古文文法為主的論文派評點，其次以教學習作古文的教學評點派，三者又有專為討論理學所評選的論理評點派。及至後來，因科舉考試，限定經義策論，遂有專門因應經義之說而選錄的古文評點，謂之策論評點派。此之謂四派古文評點。四庫全書總目收錄《文章正宗》，紀昀撰提要云：

是集分辭令、議論、敘事、詩歌四類，錄左傳國語以下，至於唐末之作，其詩論甚嚴，大意主於論理，而不論文。劉克莊集有贈鄭甯文詩曰：昔侍西山講讀時，頗於函丈得精微，書如逐客猶遭黜，辭取橫汾亦恐非，箏笛焉能諧雅樂，綺羅原未識深衣，嗟予老矣君方少，好向師門識指歸。其宗旨具於是矣。然克莊後村詩話又曰文章正宗初萌芽，以詩歌一門屬予編類，且

> 約以世教民彝為主，如仙釋閨情宮怨之類，皆弗取，余取漢武帝秋風辭，西山曰文中予亦以此辭為悔心之萌，豈其然乎，意不欲收，其嚴如此。然所謂懷佳人兮不能忘，蓋指公卿扈從者，似非為後宮而設，凡余所取而西山去之者大半，又增入陶詩甚多。如三謝之類多不收，詳其詞意，又若有所不滿於德秀者，蓋道學之儒，與文章之士，各明一義，固不可得而強同也。（註[23]）

此段提要明示兩個重要概念，用來區分論理為主導的古文評點與古文評點之不同。第一個概念，是就評點的主旨用意而分，論理評點注重在選錄古文，其中必須具備理學思想，評點者要能分析古文蘊藏的「理」。此與古文評點，專析文章品味，以及文法作法之意不同。第二個概念提示道學之儒與文章之士的不同，說明論理評點是道學性質，古文評點則是道道地地的文章評賞。評點者的身分角色不同，自然評點出不同的趨向與結果。易言之，論理評點是用道學眼光評點古文的理，而不是古文的法。如此一來，離開道學，脫棄談「理」之古文，即不能謂之真正古文矣！故而此派漸至消退，終至與古文異流。紀昀又云：

> 故德秀雖號名儒，其說亦卓然成理，而四五百年以來，自講學家以外，未有尊而用之者，豈非不近人情之事，終不能強行於天下歟？然專執其法以論文，固矯枉過直，兼存其理以救浮華

[23] 引自《四庫全書總目》提要卷 187，（台北：藝文印書館，1981），新編頁 3897。

> 治蕩之弊，則亦未嘗無稗，藏書之家，至今著錄，厥亦有由矣。（註[24]）

此段提要明白論述何以論理派古文評點漸漸沒落之主要原因，就是此派評點以「理」取代古文，以「法」強論古文，目的在道學，而非文學。故而只能專供講學教本之用，不能提出古文的評點欣賞。而更由此段提要，可推知又有另一種古文評點，是為了「講學」之用。講學的教本必有多種，若非專為理學而講授，自不必盡選道學之文，亦自不必只是評賞文中之理而已。則這種非道學儒士的講學教本，所錄古文之評點，又屬講學評點一派，而與論文、論理等評點又自不同。故稱之曰講學派評點。四庫全書收錄《崇古文訣》一書，南宋初樓昉撰，即專供講學古文之用，其中評點批語之門法旨趣與古文評點不同，可別為講學派之評點。紀昀撰此書提要云：

> 宋人多講古文，而當時選本，存於今者，不過三四家。真德秀文章正宗以理為主，如飲食惟取禦饑菽粟之外，鼎俎烹和皆在其所棄。如衣服惟取禦寒布帛之外，黼黻章采皆在其所捐。持論不為不正，而其說終不能行於天下。世所傳誦惟呂祖謙古文關鍵，謝枋得文章軌範，及昉此書而已。而此書篇目較備，繁簡得中，尤有裨於學者。蓋昉受業於呂祖謙，故因其師說推闡加密，正未可以文皆習見而忽之矣。（註[25]）

[24] 同註 23，新編頁 3898。
[25] 同註 23，新編頁 3896。

此段提要謂宋人喜作講學，所選古文專供學者助益之佳篇，樓昉繼承師說，推廣而加密，此類選本，即講學派評點，與宋人講學風氣之盛大有關係。以上即論理、論文、講學三派之古文評點。而最後一派之評點，謂之策論評點。此派選錄古文專供科舉應試之用，依一定古文程式撰作，以論述經義為主旨。今存宋人評點策論之文，尚存魏天應編《論學繩尺》十卷。是編所選古文，專供場屋應試之論，提示作論要訣，並將所選古文，按其作法不同，依格式定例之別，分類七十八格。可謂最早用「文格」概念評點古文，分類古文之作。（註 26）又因此種文格評點法，分類簡明，作法有一定程式準式，遂慢慢發展成明清八股文的寫作格式。此書收入四庫全書總目，紀昀撰提要特別標出此書的文格評點與八股文的關係，屬於制舉古文一派的源流。紀昀云：

> 然當日省試中選之文，多見於此。存之可以考一朝之制度，且其破題、接題、小講、大講、入題、原題、諸式，實後來八比之濫觴。亦足以見制舉之文，源流所自出焉。（註 27）

以上引文紀昀說《論學繩尺》的評點法，是後來八股文的濫觴，可謂一語道破。且紀昀將此類古文專為科舉策試之須而選評稱作「制舉之文」，亦頗切當。凡後世八股文評點，為八股作法而選評

---

26 文格即呂東萊《古文關鍵》提示的「格製」，有 45 種。此書立 78 文格，當為最早最多之首創。其後，清代道光年間，日本古文家川西潛所訂文格有 70 格，亦少於《論學繩尺》此書一格。

27 同註 23，新編頁 3904。

的古文及其評點，皆可謂之制舉派評點。

根據以上分析可知，宋代興起的評點學，主要在古文評點，宋代古文評點依其不同功能區分，至少有四派評點方法。此即論文派、論理派、講學派、制舉派等四種古文評點。

以金聖嘆為首的小說戲曲評點方法，轉移到詩文的評點，廣泛影響古文評點這塊領域，按葉玉麟序提到「至國朝吾鄉方姚諸公挺出，古文評點風氣乃興起一大轉變，即庸俗變而為雅馴」就此點而言，葉氏的話，說出乾隆康熙兩朝百餘年間的文學評點學史，主要以桐城派居主導地位。

順著此一角度而觀，何焯的古文評點在此一潮流中，所展示的評點功力，評點成就，應當視作此一重要時期的關鍵地位，欲究其詳，但就諸家評點之比較評議，略可得知。

首先，在康熙朝專門以古文評點為主的一部要籍，乃初刊於康熙三十三年（1694），由山陰人吳楚材、吳調侯合評的《古文觀止》一書。此書的評點方法，形式上，悉仿自南宋呂東萊開創的評點模式，議論亦不出西山疊山兩家之例。選文多以「論議」為主，顯然有提供時文科舉應試的練習之用。故而此書大多做為初習者範本，自標古文之題目，依違於八股時文與古文之間，陰欲撮合二途為一路。雖然此書稍帶八股習氣，但至少此書的眉批、夾批、與文末總評，已有不少品評文章義味之語，並兼涉古文血脈結構之分析，仍有其自家獨闢蹊徑之處。

其後，乾隆八年又有佘誠其人，自號自明氏，重新精編《古文觀止》，約為《古文釋義》一書，選先秦以下至明人宋濂〈閱江樓〉為止，共一四七篇古文。在評點方法上更加變創其技巧，每篇有旁批、眉批、總批，每篇之後，又加音義、序解。尤其序解通釋全文主旨大意，首尾一貫，據文說解，精約文意，等如各篇選文之課堂串講，最便頌讀。其尤可注意者，即余誠的評點法，已針對各篇之評點內容與材料，範圍愈大，方法益細，而所述觀點更詳矣！此書初刊本前有余誠自序，並凡例三十則，可惜，經時歷久，轉刻翻刻，後人不明究理隨便刪此二篇重要原文，以致讀者難曉余誠編選本意，無得探知余誠評點之學。今據上海錦章書局影乾隆八年初刊之石印本，書前即保留原序與原凡例，幸可盡覽余誠此書原貌。而此序與三十則凡例，或自述評點用力苦心，或詳析評點方法之要，或品第康乾兩朝評點家之書目，或指迷津梁，開示門派，綜言暢論，允為一篇評點古文史之精要。(註 [28]) 今試檢出析論如下。首先此書首頁，余誠自序撰書之旨，與評點古文之用處。余誠〈重校古文釋義序〉:

> 古文佳本林立，而最便初學者，實少。蓋課幼之書，貴詳盡，不貴簡略。俾開卷瞭然，毫無遺義，胸中眼底，觸處洞悉，誦讀之間，斯能欣欣有得，若衹稱述微妙，措意過高，或亦評騭明顯，而講解未備，縱授諸極聰穎之子，終恐啟悟靡從也。曩予於茲編，八易裘葛，始克成書，其間參稽研究，見者咸謂大

---

[28] 余誠此書初刊於乾隆八年，但初刊之序言自謂當再新編修正二集。今見上海錦章書局石印本書名余誠評注下，有小題曰「男芝虎庭參閱」云云，推測今所行各本皆為改訂本，故曰「新編」。現存初刊本惟上海錦章書局石印本有原序與凡例 30 則。別有武漢古籍書店 1986 年影印本，脫原序。又岳麓書社 2003 年新排印本，則不但刪原序與凡例，乃並原書之「音義」與「序解」均刊落。

有苦心，三四年來，頗不為同志君子所棄。原板遂已糊塗不堪刷印，坊友重付鐫刻，以予有批選時文小題，纂輯周易講義兩事。未遑增訂一二，因姑囑同學及門諸子，偕兒輩，字字校讐如初。不致點書訛舛，俟他日稍可得暇，當必重加增訂，或嗣二集以問世。乾隆八年，上元，余誠自明氏書於芝堂。（註[29]）

此序說到古文佳本林立，反映乾隆八年以前，余誠能讀到的古文評點著作已很多。但余誠批評這些評點書，其弊不一，大要都在過於簡畧。譬如批語只寫一個「妙」字，卻未說明妙在何處？或者只是評騭文章優劣，並未說明何以優劣之由。據此序以上之言，可知評點學先期前輩之作，共同的弊端皆有類似之處。評點之學，在乾隆時期，已傳出興革除弊之聲浪。乃有達人通士，如余誠一輩之流，挺身而出，參稽研究，苦心編輯更佳之古文讀本，力欲改革評點之學。

果然，以余誠為代表的乾隆時期古文評點學改革之風氣，在具體作法上，向前大大推進一層。今細讀余誠訂下的評點凡例三十則，洋洋大觀，舉凡評點舊法之失，與新法之利，皆一一呈現。余誠的古文評點學改革方法，藉由此篇體例門法之詳敘，表現無遺。余誠〈重校古文釋義〉凡例云：

一、是編專為初學訂一善本，每篇中所應有之義，必悉為釋明，絕不敢作一套評閒語，以迷眩人心目，惟於文義字

[29] 引自余誠：《重校古文釋義》一書之序，（上海：錦章圖書局，1932）。案：據此序曰「重校」，但它本或作「重訂」。

義，細細詳批，切實確當，一若傳之釋經，直抉發作者不言之秘，俾讀者洞徹其義蘊，渙然冰釋，應屬讀古快事。

二、讀古文較時文為難，時文代聖賢說話，其神吻原不易肖，道理原極精微，然四書有大文可玩味，有集註可體認，有講義可參稽，經過許多前賢訂正，於以追取真諦，尚有憑藉。至於古文，題既非盡摘自經傳，文亦非盡確有定解，坊本且多舛謬，以訛傳訛，苟非大著精神，多所考證，無所得其神吻何似？道理何如？恰與作者當日脗合，此所為更難於讀時文也。

三、評古文固未可傍人藩籬，尤未可逞己臆說，其文未經前賢推勘妥協者，必熟玩詳參，以獨伸所見，撥開萬重雲霧，洗去千載灰塵，還他本來面目。人云亦云，依樣葫蘆，甚無謂也。如前賢評語，果與古人意適符合，正自不妨互相發明，何必妄生議論，專取舊評，而翻駁之。以愚寡識之輩，使駭為新奇，如此評語，小則支離，甚則矛盾，得罪古人，貽誤後學，良非淺鮮，予於是編，深以二者為戒。惟設身處地，探討出古人真正神理乃止。

四、坊間古文選本，自昭明文選，以及近今，不止數十餘種。其間頗有段落未畫清者，或有線評註釋不詳確者，或總評勦襲前人者，或音義缺畧，甚且多錯誤者。是編段落悉清，旁批上方評極細，文後有總評，總評後有音義，末有序解，務在文義字義搜剔畢盡。

五、是編每篇必先指其通篇大旨之所在，然後分其段落。逐段分明，此段是何意思於旁，然後逐句詳批，然後細評其起伏照應。其有旁批，所載不盡者，悉以次列於上方，上方後本文用大字，註釋分行寫，使學者易於尋檢。間有是編與他本字畫不同，及增減處，俱從善本訂正，並附識之，以便參考，或識上方，然猶恐文中承接轉折評語，難以詳悉者，則又為序解，順文訓詁，以終之一篇如是，篇篇如是，吾如是，選讀者亦如是讀，諒必無義不釋矣。

六、讀古文，固當先得大旨，大旨不得，雖極賞其詞華句調，終未識作者意思，何取乎讀，一得其大旨，而餘文勢如破竹矣。但古來大家文字，細針密線，重包疊裹，曲折變化，每不許人一望竟盡，其大旨或提於篇首，或藏中幅，或點煞尾，在篇首為綱領，為主腦，為眼目，在中幅為關鍵，為骨子，煞尾則為結穴。又或以一二語陪出，又或以反筆挈之，種種不同，要在讀者細心尋繹。

七、是編於文中綱領，主腦，眼目，關鍵，骨子，結穴，每一字旁用一重圈，起伏照應處，每一字旁用一雙點，點精采發揮，及點染生動，每一句旁用密點、、、、，神理活潑，議論警策，字句工妙，筆墨奇變處，皆旁用密圈○○○○。而每一句下必著一小圓點，不使初學句讀莫辨，至每一段止處，則下用一畫一斷之，俾學者便於分別。

以上即佘誠所訂凡例三十則中依序摘出較重要的七則，由此七則探測到有關古文評點學在乾隆時期的一般狀況。最明顯的普遍現象，乃是乾隆時期的古文評點，與八股文評點，八股文學習作法息息相關。在第二與第三則的語意，可以體會佘誠在古文評點的用心，可謂盡畢生之力，經之營之矣！但余誠毫不諱言，自己的古文評點專著本來就是要兼顧時文寫作，以方便學子應試科舉。只是余誠有更高理想要求自己，不滿足於自己已在時文編選的成功，已受到廣大讀者爭相購讀，而自覺要求更佳的古文評法。因此，余誠乃百尺竿頭，更用心在古文評點下功夫。其間，余誠客觀比較時文與古文的難易度，無疑地古文難度大得很多。題不確定，解無確解，神筆變化，道理隱深，讀古文更難於時文矣！由此可見乾隆時期的古文評點家，多半出身自時文，浸淫時文日久，頗有意創革變通。務必在評點形式、方法、精神、筆法、體例，以及讀賞古文的心境功夫各方面，探求更深更高的境界。由此而得到一小結論，即古文評點自時文領域自覺性劃地而出，其心態即含有鄙視時文之意。換句話說，古文評點家雖然染習不少八股時文氣息，但是古文評點高出時文，古文評點乃根基於性靈體會，力求道德文章的理想。與八股時文的評點僅僅為了功名利祿，科舉應試的俗套目標大有不同，應該說八股時文與古文評點的志趣與方法還是有所不同。

凡例中，余誠三番兩次提到古文評點最終目標是探掘作者的「神吻何似」，用「神」字描述古文深沉妙造的旨意，用神字形容作者為文之奧義，所謂陰陽不測之境，要把古人內在潛藏的境界說出來，正是評點家的任務所在。余誠除了用「神吻」形容古文之妙，他更用「神理」一詞，來樹立古文評點的最終目標。余誠自謂一生的評點之作，就是要設身處地，探討出古人真正的「神理」所在。這個神理概念，本自易傳而來，所謂「妙萬物而為言」者，神也。所謂「知幾其神乎」，也是神。所謂「陰陽不測之謂神」，也是神。神在先秦學術裏，被提出來，立為人文化成的最妙之境界。及至劉勰《文心雕龍》首立〈神思〉，將神思設為一切文學創作之首要樞紐。〈神思〉云：「夫神思方運，方途竟萌，規矩虛位，刻鏤無形。登山則情滿于山，觀海則意溢于海，我才之多少，將與風雲並驅矣。」這段話，描述寫作首自運神，方能思接千里，觸物興感，達到下筆有神之創作形態，可謂淋漓酣暢。至於說到文章中有神理，精妙變化，則可以說難通其數。〈神思〉云：「至于思表纖旨，文外曲致，言所不追，筆固知止。至精而後闡其妙，至變而復通其數。」這段話即清楚地表明文章有精妙之思，其境如神，但真正要深讀沉潛，領悟文外深意，又何其困難？可見文章深層的神妙之意，即是文外曲致。這也正是佘誠要盡力說明的真正神理。而如何說出？就作家而言，正是要靠摹寫之功，刊改之勤。故而紀昀評點〈神思〉此段話有謂：「補出刊改乃工一層，及思入希夷，妙絕蹊徑，非筆墨所能摹寫一層，神思之理，乃括盡無餘。」（註[30]）紀昀的評語，可謂真能解讀神思的本義，尤其直解神思為神理之思，恰恰足以補證佘誠何以援引此詞以描述古文評點真正用心之處。按佘誠苦心 孤詣要探索古文各篇之字義文義，用盡各種詳批細切之法，逐段分解，順文訓詁，及至無義不釋，無疑不解，其目的亦不過是為了說明古文內在的「神理之思」而已。因此，佘誠的古文評點，在這一方面具有深厚的古代文論基礎，正式把古文評點與時文評點的上下層次區別開來。

[30] 引自黃霖編著：《文心雕龍彙評》，（上海：上海古籍出版社，2005），頁96。

不過，在作法上，余誠仍然大量借用八股時文的評點手法。諸如凡例五提到的各種句段分析，採用虛實照應，承接轉折的讀法，分別用眉批夾批總批等外在形式表現出來。凡例六更說明借用八股文筆法最常見的「一篇大旨」「總論綱要」「綱領主腦」「眼目關鍵」「收煞結穴」等等常見手法術語。其實，這種看古文的基本方法，開始於呂東萊《古文關鍵》一書，其後廣受古文選家喜用，紛紛施之於古文評點。八股時文受其啟導，移花接木，依樣仿效，乃文場筆苑之常事，故而未可限定這些手法只有八股文評點專屬。

正像凡例七提到的圈點圓點，雙圈密圈等評點形式，也是起源自關鍵一書，而同時為古文評點與八股文評點所共習知。余誠編寫《古文釋義》全書也照例標示。可知在這些體例形式等表面的評點方面，余誠的方法，多少重疊了八股時文的作法。但在對古文精義神理與文章韻味的爬梳挖掘，余誠的評點卻與時文不同，完美地展現他獨特的古文評點方法，代表了古文評點史上，乾隆時期的評點特色，也由余誠此書，充分反映了康乾時期的清代古文評點諸般多樣之面貌。

就以上余誠的序與凡例分析所看到的古文評點法，對照何焯的古文評點。不難發現，何焯的評點方法大率不離這些形式規矩。特別在精神內涵方面的古文評點，何焯批語的精闢獨到，較之余誠的浮詞贅語，不可同日而語。然而何焯的古文評點實際早於余誠數十年，據史觀而論，何焯的古文評點，自當給予一席之地位。以下不妨以《古文觀止》《古文釋義》與何焯《義門讀書記》三書都同時選錄曾鞏〈贈黎安二生序〉一文之三家評點為例，比較三家評點手法，即可一窺何焯古文評點之佳處。吳楚材《古文觀止》評點曾鞏〈贈黎安二生序〉云：

> 文之近俗者，必非文也。故里人皆笑，則其文必佳。子固借迂濶二字，曲曲引二生入道。讀之覺文章生氣，去聖賢名教不遠。（註[31]）

讀此段批語，不過是順著〈贈黎安二生序〉文章的主旨思想，重複轉述其意，點明本篇眼目關鍵在「迂濶」二字。這樣的評點手法，不離呂東萊《古文關鍵》已開示的閱讀文章方法的範圍。

到了佘誠《古文釋義》評點此篇，改在夾批行批眉批，增加批語，又在段落之間，標示承轉伏應之處。並點明何句是虛筆，何句是暗頂，何句是總結等等批語，則與八股時文的評點方法無甚差別。最後佘誠的總評，大體上，也未超出《古文觀止》的批語內容。佘誠云：

> 因二生為文迂濶，而自笑立身行己之大痛快。淋漓中又復頓挫多姿，洵堪嗣續廬陵，至其命意之高超，立言之斟酌，補幹之精細，結構之渾成，更無不一盡善，讀者須潛心三復。（註[32]）

試比較《古文觀止》的評點，此批語只在「迂濶」眼目說法之上，

---

[31] 轉引自闕永禮（主編）：《古文觀止續》，（上海：上海同濟大學出版社，1990），頁 755。

[32] 引自佘誠：《古文釋義》，（武漢：武漢古籍出版社，1986），頁 478。

增加「立身行己」的對照解釋，其餘的增詞解說，形同此篇序的串講，未見新意。反觀何焯的批語，則豐富多彩，形式義味兼述，涉及體式風貌，分析筆法淵源，其評點關注此篇許多層面問題，讀者立可看出其評點更高明之處。何焯評點〈贈黎安二生序〉云：

> 〈贈黎安二生序〉地步高，然不曾道著實地處，故不精彩。荊川云議論謹密。欲為古之文者，當志乎古之道，道不至，則文蓋未也。曾公本欲規而進之，正言若反，使自求諸言外。此文最善學韓，結處暗用范滂語，翻案文勢，抑揚反覆，可謂圓健。（註 33）

此段評點，較諸前舉二書精彩多矣！何焯盡捨「迂濶」為一篇主目的讀法，改從古文之「道」立論。以道領文，志於古之道，始能為文。此意才是全篇言外之旨，也才是曾鞏所以教示黎安二生真正用意所在。如此評點看法，憑空脫出，醒人眼目，一掃俗見。正是曾鞏善用「正言若反」筆法寫作此篇的技巧，經何焯指明此法得力於韓愈，蓋昌黎古文最善此道。再仔細體會何焯的評價，大大稱許曾鞏是古文一脈相傳的大家。何焯在評點中兼含褒貶之意，不言而喻。最末，就體貌而論，何焯提出此篇抑揚反覆筆法的成功，足以表現一種「圓健」的古文風格，一語道破，簡括曾鞏古文的特色，頗值識者品味。像何焯這樣的評點，明眼人

[33] 引自《義門讀書記》，頁 762。

一讀，即知境界非一般八股時文評點之流，趣味亦不同層次。而何焯的評點著作，早於佘誠數年，正當康熙一朝太平盛世時代，何焯的評點既優於同時期的《古文觀止》，也勝過後期的《古文釋義》。由此可知，評點史自當還何焯一個評點大家的地位，以補足清代文論的一頁空白。

四、評點方法的正面評價

考清代中葉乾嘉時期，一代學者章學誠，邃精古學，考辨源流，力主文史相通之說，一生精力著《文史通義》一書。論述經史子集四部之學，發掘幽隱，評騭正誤，自名一家。其書流傳滋廣，研究者日多，美譽騰駕，早已為學界所熟知。其中論「評點學」之說，辨正源流始未，考評優劣得失，每見精闢之論，頗供專研評點之學者參考，凡所論述，已兼及評點之定義、源流、方法與名家優劣。今括舉《文史通義》全書論評點之說，較論如下：

> 《七略》之流而為四部，如篆隸之流而為行楷，皆勢之所不容已者也。史部日繁，不能悉隸以《春秋》家學，四部之不能返《七略》者一。名墨諸家，後世不復有其支別，四部之不能返《七略》者二。文集熾盛，不能定百家九流之名目，四部之不能返《七略》者三。鈔輯之體，既非叢書，又非類書，四部之不能返《七略》者四。評點詩文，亦有似別集而實非別集，似總集而又非總集者，四部之不能返《七略》者五。凡一切古無今有、古有今無之書，其勢判如霄壤，又安得執《七略》之成

> 法以部次近日之文章乎！然家法不明，著作之所以日下也；部次不精，學術之所以日散也。就四部之成法，而能討論流別，以使之恍然於古人官師合一之故，則文章之病，可以稍救，而《七略》之要旨，其亦可以有補於古人矣。(註[34])

此段話，首為評點定義，章氏認為評點雖然各施於詩文別集總集，但已非原書可例，蓋因評點乃「古無今有」之書。據此，章氏明確劃分評點著作為獨立部類，七畧不能歸之，四部則須討論其流別，此蓋學術發展必然之流勢。順此而推究評點之源流，章氏亦有說，謂評點之書，其始也只有評而無點。就「評」而言，《詩品》與《文心雕龍》可謂最早之作。章氏又云：

> 評點之書，其源亦始鍾氏《詩品》劉氏《文心》，然彼則有評無點，且自出心裁，發揮道妙，又且離詩與文而別自為書，信哉其能成一家言矣！自學者因陋就簡，即古人之詩文而漫為點識批評，庶幾便於揣摩誦習。而後人嗣起，囿於見聞，不能自具心裁，深窺古人全體，作者精微，以致相習成風，幾忘其為尚有本書者，末流之弊，至此極矣！然其書具在，亦不得而盡廢之也。且如《史記》百三十篇，正史已登於錄矣；明茅坤歸有光輩，復加點識批評，是所重不在百三十篇而在點識批評矣，豈可復歸正史類乎？謝枋得之《檀弓》，蘇洵之《孟子》，孫鑛之《毛詩》，豈可復歸經部乎？凡若此者，皆是論文之末

---

[34] 引自章學誠：《文史通義》內篇〈宗劉〉(台北：華世出版社，1985)，頁562。

> 流，品藻之下乘，豈復有通經習史之意乎？編書至此，不必更問經史部次，子集偏全，約略篇章，附於文史評之下，庶乎不失論辨流別之義耳。（註[35]）

這段文字，首在分別「評」與「點」本來判然兩事，「評」之著作，離詩文而別自為書。不若「評點」偏施批語與點墨於詩文著作。二種形式不同，方法各異。章氏即例舉宋以後評點名家諸作，經史子集各部皆有其書。足證宋以後評點自成家法流派之事實，章氏乃歸結評點體類當附於文史評論之下。於是，評點之書，至此確立為四部學術之支目。今試觀《四庫全書》詩文評類必收「評點之屬」，必著錄評點要籍，益信章氏辨別詩文評論派流之睿識。

然而，評點著作，非盡其善，衍變至末流，弊端不少，章氏特揭評點家冒襲「文法」，徒具形式諸端，頗示後學者引以為戒，章學誠云：

> 古人文成法立，未嘗有定格也；傳人適如其人，述事適如其事，無定之中有一定焉。知其意者，旦暮遇之；不知其意，襲其形貌，神弗肖也。往余撰和州故給事成性志傳，性以建言著稱，故采錄其奏議。然性少遭亂離，全家被害，追悼先世，每見文辭，而猛省之篇，尤沉痛可以教孝，故於終篇全錄其文。其鄉有知名士賞余文曰：「前載如許奏章，若無猛省之篇，譬

[35] 同前註引書，頁564至565。

> 如行船，鷁首重而舵樓輕矣。今此婁尾，可謂善謀篇也間」余戲詰云：「設成君本無此篇，此船終不行耶？」蓋塾師講授四書文義，謂之時文，必有法度以合程式；而法度難以空言，則往往取譬以示蒙學。擬於房室，則有所謂間架結構；則有所謂眉目筋節；擬於繪畫，則有所謂點睛添毫；擬於形家，則有所謂來龍結穴；隨時取譬，習陋成風，然為初學示法，亦自不得不然，無庸責也。惟時文結習，深錮腸腑，進窺一切古書古文，皆此時文見解，動操塾師啟蒙議論，則如用象棋枰布圍棋子，必不合矣。是之謂「井底天文」，又文人之通弊也。（註[36]）

此段分析評點之弊，較然可辨。然據章氏所指摘者，率皆專涉「時文」評點。誠然，時文之作，僅為功名利祿之釣取而已，非真為詩文著作之評賞，故而章氏宜區分詩文評點與時文評點之不同，不當混為一類。今倘據何焯之詩文評點以判其優劣，則多有不在章氏指摘之例者，何焯之詩文評點，甚至經史評點，與古文評點，其方法細密，考證精詳，評論肯切，皆非徒具貌似之作。章氏未參讀何焯評點著作，持論難免不周。故而，章氏繼續評訾古文評點之弊，謂文章出於變化，其精妙者如鬼神，難以文法繩之。章氏云：

> 時文可以評選，古文經世之業，不可以評選也。前人業評選之，則亦就文論文可耳。但評選之人，多非深知古文之人。夫古人

[36] 同前註引書，頁 72。

> 之書，今不盡傳，其文見於史傳。評選之家，多從史傳采錄；而史傳之例，往往刪節原文以就隱括，故於文體所具，不盡全也。評選之家，不察其故，誤謂原文如是，又從而為之辭焉。於引端不具而截中徑起者，詡謂發軔之離奇；於刊削餘文而遽入正傳者，詫為篇終之嶃峭；於是好奇而寡識者，轉相歎賞，刻意追摹，殆如左氏所云「非子之求，而蒲之覓」矣。有明中葉以來，一種不情不理、自命為古文者，起不知所自來，收不知所自往，專以此等出人思議誇為奇特，於是坦蕩之塗生荊棘矣。夫文章變化，侔於鬼神，斗然而來，戛然而止，何嘗無此景象，何嘗不為奇特！但如山之巖峭，水之波瀾，氣積勢盛，發於自然；必欲作而致之，無是理矣。文人好奇，易於受感，是之謂「誤學邯鄲」，又文人之通弊也。（註[37]）

章氏此段批評，如前已述者，皆專指古文評點。章氏以為古文之作，侔於鬼神，變化奇特，難以用拘拘之文法以窺其景象，故而章氏結言曰時文可評點，古文不可評點。案章氏所指，乃謂時文家用時文評點古文之弊，今若不本之時文家胸襟，不從時文家拘泥形式文法之角度，而改用真正的文學評點方法，析論詩文奧義，直指詩文骨髓，應用詩文理論評點，若此之作，其精神旨趣皆迥非時文評點可比。則此類詩文評點，以及古文評點，既不沾染章氏所摘之弊，甚至包舉章氏嘉許文章神妙之剖析。可知，此類詩文評點絕非等同時文評點。根據章氏這裏之縱論，擷其長，

---

[37] 同前註引書，頁 73 至 74。

捨其短，析論何焯的詩文評點，立可看出何焯的評點絕非章氏所謂的時文評點，何焯的經史評點與經史注釋訓詁迥異，何焯評點方法的方方面面，符合評點學的正規，也是評點學的典範。

五、參考何焯的評點方法

可以說何焯的評點學，雖然展現多樣面貌，應用多種方法，將漢唐的解經注疏方法，與宋明的評點技巧結合一起，廣泛應用古代詩文理論，從事詩文作品的實際分析解讀，開創古代文論批評的新局面，頗值學界予以重視評價。

但仍有一存在而不可否認之問題，即何焯的評點，一旦涉及章句分析，例不出講究伏藏照應，頂起承接的技巧，不免流於徒具形式與太過機械化，而遭人詬病，評者指摘他已經沾染八股文習氣。試觀近人黃季剛評騭何焯的《文選》評點，謂：「義門論文，不脫起承轉合照應鎮伏之見，蓋緣研探八股過深，遂所見無非牛耳。」（註 [38]）黃季剛此說，一語道破何焯評點某些弊病。然而何焯之評點，非僅止於八股法。他所展現的評文之精解，釋意之密巧，其實處處可見深厚的文論根基。

何以何焯要在八股文的評點法之餘，另闢詩文評賞之道？實因有見於明代八股文流行太過，積弊已深，何焯乃有意廓清舊習，掃除盲障，藉由評點之法，示人以讀詩文之道。就此角度而言，何焯所處的康熙朝學風，已興起一股反八股文之反省思潮。

---

[38] 引自黃季剛：《文選平點》（重輯本），敘頁 4，（北京：中華書局，2006）。

一些有識之士，如何焯、葉燮、馮班等大家，已清楚地看到明代八股程文取士，長期發展，造成讀書人只諳八股，不精詩文的扭曲學風。甚至，移八股文讀法於詩文賞解，奉八股文法為宗師，不聞古代文論的正統，只知移八股評點於詩文評點，誤認八股評點為唯一評解之道，漠視古代文論正確而精切的理論，可謂自誤誤人，中毒已深。此刻，幸有像何焯、葉燮這樣的堅實文論家出來撥導亂象，啟示正途。試觀葉燮《原詩》對八股照應伏引的評詩方法大加撻伐，即可見康熙文壇已出現反省文論的聲音。葉燮云：

> 而所謂詩之法，得毋平平仄仄之拈乎？村塾曾讀千家詩者，亦不屑言之。若更有進，必將曰：律詩必首句如何起，三四如何承，五六如何接，末句如何結，古詩要照應，要起伏，析之為句法，總之為章法。此三家村詞伯相傳久矣，不可謂稱詩者獨得之秘也。（註[39]）

葉橫山此段話，直截了當批判八股評文方法之膚淺，認為它等同三家村說詩。因為，八股文講究起伏照應的方法，其實只是形式章法而已。一言以蔽之，曰死法。而真正的文章之法，其實是活法，一種完全自作者變化創生的心法，存在於不可知的神明之法中，這才是真正的文章方法。葉氏將法提升到「神理」的層次，境界自然高於只講形式的八股法。因而就此點而言，葉燮刻意提

[39] 引自葉燮：《原詩》內篇，用郭紹虞重編《清詩話》本，（台北：木鐸出版社），頁 988。

出法的新義，用來針砭八股文講的「法」。同樣是講法，但真正的實質意象已改變。故而，葉氏對八股文法的反省，可以視作康熙朝文論的一大變格，這也直接影響後來方苞提出的「義法」說。由八股文法到義法的轉變，正式代表了清初文論的進展，而何焯與葉燮的文論觀點及實際評點，代表了這一轉變的中間轉折地位，便更加顯現其重要性了。而這一轉折點的關鍵，乃在葉氏要將詩文的文學性重新找回來，歸結到「自然之文」的本質。所以，葉氏又說：

> 若以法繩天地之文，則泰山之將出雲也，必先聚雲族而謀之曰：吾將出雲，而為天地之文矣；先之以某雲，繼之以某雲，以某雲為起。以某雲為伏，以某雲為照應，為波瀾，以某雲為逆入，以某雲為空翻，以某雲為開，以某雲為闔，以某雲為掉尾。如是以出之，如是以歸之，一一使無爽，而天地之文成焉。無乃天地之勞於有泰山？泰山且勞於有是雲？而出雲且無日矣。蘇軾有言：「我文如萬斛源泉，隨地而出。」亦可與此相發明也。（註[40]）

此段文字，用泰山出雲為實例，極具比喻形象，具體說明文章之法，非預設一個成文之法在前，而是隨文章的情景文勢之轉變而自然成文，文中自有法，法在神明之理中。這一段文字，視法為活法，非八股文之死法，顯然刻意扭正明代的時文風氣，開啟詩

[40] 同前註引書，頁 577。

文神思的多義性。然而這一文論的創新，要在實際的評賞詩文中，始能具體展現，使到文論的理論與實際分析得出完美的相配。為此，葉燮《原詩》特別舉例杜甫詩的五個例句，精讀詩意，詳解韻味，終於詮釋杜詩的美妙處，絕非八股文法可以理解，杜詩之佳處，妙在神明之法，可以傳達多義韻味，舉凡視聽味嗅，皆各自成理。這一層次的理解，即類似《文心雕龍》〈隱秀篇〉的理論，講究「文外重旨」，也有〈總術篇〉的說法，講究整首詩意的綜合感覺。今據葉氏的解詩方法，相較於何焯的評點，乃知二人所見畧同，頗具相互發明之妙，兩家手法如一，再再顯示何焯的評點學與葉氏理論相通之處，二家足以代表對明代八股文論與評點方法的改革。試觀葉燮〈原詩〉詮釋杜詩佳句的方法如下：

> 今試舉杜甫集中一二名句，為子晰而剖之，以見其概，可乎？如玄元皇帝廟作「碧瓦初寒外」句，逐字論之。言乎外，與內為界也，初寒何物，可以內外界乎？將碧瓦之外，無初寒乎？寒者，天地之氣也，是氣也，盡宇宙之內，無處不充塞，而碧瓦獨居其外，寒氣獨盤踞於碧瓦之內乎？寒而曰初，將嚴寒或不如是乎？初寒無象無形，碧瓦有物有質，合虛實而分內外，吾不知其寫碧瓦乎？寫初寒乎？寫近乎？寫遠乎？使必以理而實諸事以解之，雖稷下談天之辨，恐至此亦窮矣。然設身而處當時之境會，覺此五字之情景，恍如天造地設，呈於象，感於目，會於心。意中之言，而口不能言；口能言之，而意又不可解。劃然示我以默會相象之表，竟若有內有外，有寒有初寒，特借碧瓦一實相發之。有中間，有邊際，虛實相成，有無

> 互立，取之當前而自得，其理昭然，其事的然也。昔人云：王維詩中有畫。凡詩可入畫者，為詩家能事，如風雲雨雪景象之至虛者，畫家無不可繪之於筆，若初寒、內外之景色，即董、巨復生，恐亦束手擱筆矣。天下惟理、事之入神境者，固非庸凡人可摹擬而得也。（註[41]）

這段引文，專精於「碧瓦初寒外」一句的分析，可謂「精密閱讀」之極至。由字而句，由句而意，層層推進，逐字析解，忽而如此，又忽而如彼，文意層出變化，引伸不盡，然皆歸於神理之妙，在可言與不可言之間，可解與不可解之際。這一句的解法，完全符合《文心雕龍》〈隱秀篇〉講的「文外之重旨」與「篇中之秀句」。葉燮的解詩，雖不明言理論出乎此，但觀其手法，無不與隱秀理論密合無間。其中說到此五字之情景，默會想象之際，感於目，會於心，而領會於言語之外，這種品詩的方法，要綜合眼目心口諸種感覺，即文心〈總術篇〉所謂「視聽味嗅」要互相感應的文章總體反應。由此可知，葉燮的解詩，不惟暗合〈隱秀篇〉之理，尚且兼包〈總術篇〉之方法。總而言之，無論如何，葉燮不是用八股文法，作枝枝節節的形式分析，而把精力專注於詩意神理的多樣性賞讀，韻味高下，不言而喻。

今試引何焯評點〈冬日洛城北謁玄元皇帝廟〉一詩的手法，詩意詮解其實與葉氏類同，但是何焯的批語更增加了其它的內容。何焯云：

---

[41] 同前註引書，頁 585。

〈冬日洛城北謁玄元皇帝廟〉發端四連直書即目，蓋有譏其不類之意，不解其何故？忽如此追崇也。

配極玄都閟，城北。

碧瓦初寒外，冬日。

仙李盤根太一聯，又敘明國家追崇之故，猗蘭注謂以漢武比玄宗者，非。

世家遺舊史一聯，言史家以為老聃或以為老萊子，且不能定其人，何所據而祖之。

道德付今王，暗渡五聖，或以為開元二十年置玄學之事，亦非。

畫手看前輩一聯，先接吳生，從容次第，入今人手必即接五聖，則吳生便無處安頓。惟歎息畫手之妙，則此舉之無取可以見矣。

翠柏深留景兩聯，又點綴冬日，前半只有初寒二字一見也。

養拙更何鄉，落句就洛陽推開一語作結，注家以為有所刺者，謬也。以為有所刺，亦得。但如注，則非言老子之道，清淨無為，當師其意，徒侈其奉，則吾知老子有靈，方深潛遠引不之饗耳。于體則黷，于義則誣，祖宗之失不能有改，又加侈焉，不顧天下之譏，是唐之佞媚不如漢之善用其術遠矣。鋪陳其事，所以刺也。(註[42])

今觀上引何焯的批註，有知人論世之考辨，質疑詩句「道德付今

[42] 引自《義門讀書記》，頁 1081。

生」一語非關玄宗開元二十年置玄學之事，由此而揭出此詩必有所「刺譏」之意。何焯此例的分析，確實兼用八股文承起結應的手法，但絕非僅止於此。而是藉由此法的分析，最終探求全詩的「有所刺」之意何在？品味「初寒」一句之用意，點明「翠柏深留景」一聯與「初寒」句互相點綴的章法之理，詩意之妙。可以說，何焯的解詩方法與葉燮的「默會意象」基本旨趣相通，無分軒輊。

再看第二首杜甫詩〈春宿左省〉的解法，葉燮摘出「月傍九霄多」一句的「多」字做為全詩關鍵字，認為杜甫用「多」字，看似無理，然若參之當時之景，當時之情，則無不一一切合。葉氏云：

> 又〈宿左省〉作「月傍九霄多」句，從來言月者，祇有言圓缺，言明暗，言升沉，言高下，未有言多少者。若俗儒不曰「月傍九霄明」，則曰「月傍九霄高」，以為景象真而使字切矣。今曰多，不知月本來多乎？抑傍九霄而始多乎？不知月多乎？月所照之境多乎？有不可名言者。試想當時之情景，非言明、言高、言升可得，而惟此多字可以盡括此夜宮殿當前之景象。他人共見之，而不能知、不能言；惟甫見而知之，而能言之。其事如是，其理不能不如是也。(註[43])

此段葉氏的解詩，乃據其《原詩》此書的主要理論，談到詩文之

---

[43] 同註 39 引書，頁 586。

法決定於「理、事、情」三者。必欲三者互為相貫，自然成法，斟酌乎情事，而後可以論文章。就此而言，月傍九霄多的多字，看似無理，看似不可言，但若以詩之情味而論，又無不可言，而詩意深旨盡在其中。葉氏的解詩法，與何焯比較，也是異曲同工。何焯云：

> 〈春宿左省〉花隱掖垣暮，花隱切春，掖垣切左省。
>
> 星臨萬戶動一聯，因左省所見景物興起，言不容緩之意，星動者，國亂而民勞也。月多者，陽微而陰盛也，皆當急思補袞職之闕矣。
>
> 不寢聽金鑰，寒夜如何。
>
> 因風想玉珂，金鑰自內出，玉珂自外人。
>
> 數問夜如何，夜如何者，王有鷄人之官，凡國事為期則告之以時，我為兩省近臣，以言為責，豈可視王之自勤而不知所從乎，問夜而興庶幾致主中興、居周宣庭燎之右也。(註[44])

細參何焯的批語，雖然何焯不把重點放在九霄一句，但他在其它詩句的分析，一再細品詩中比興之意，探求言外之旨，最後歸結到「家國心事」之忠心，諷刺小人當路之避忌。乃別出一解，謂「月多」之象徵，在「陽微而陰盛」，同樣在「多」字的無理之際，詮解其有理之情，以及有理之事。可謂與葉燮的解詩，相映成趣，韻味無窮。類此二家的詩文賞解，雖然都用評點形式呈現，卻不同於八股評點之流俗。故而可知，以葉燮與何焯為典例的康

[44] 引自《義門讀書記》，頁 1106。

熙時代之文論，已然經由評點的手法，改革八股文膚淺的形式分析，並轉化八股文的固定套式，結合古代文論的學理，進行創新的詩文評點，應該看作是文論史發展的一大變革，值得古代文論學界的重新評價。

清儒劉聲木深通明清評點之學，勤於書目收羅，精於評點名家考評，每見一書，必詳予載記敘錄，細圈密讀，勾劃大要，品評優劣得失。嘗刊行《萇楚齋隨筆》四筆卷三劉聲木云：

> 順德馬□□□□（缺字）貞榆，為番禺陳蘭甫京卿澧高第弟子，世以此重之，頗著名於光宣之間。所撰《讀左傳法》□（缺字）卷，無刊本年月，中有云：「太史公見《國語》而未見《左傳》，其《春秋》聞之董生，蓋今文家也。今觀《索隱》所疏，則太史公未見《左傳》明甚，不必為之諱也。乃有劉逢祿者，著《左氏春秋考證》，謂今《左傳》為劉歆等所改，非太史公所見之舊。今觀其所言，顛倒是非，真可謂目無天日者矣。若是者，當辭而闢之，無使其邪說橫行，蒙晦斯文，貽誤後學。」又云：「古者有章句之學，無文法之書。自明以來，以後世文法繩古聖人三代之經，此不通者也。凡明以來及國朝各家評點《左傳》之本，皆曾文正所謂俗本批評，致人不通者也，皆不可閱。惟當從事於章句明，則文法自明。昔有問詩法于趙秋谷，秋谷教之讀《春秋》。今茲之旨，亦復如是，解人當自得之。」云云。（註 45）

45 引自劉聲木：《萇楚齋隨筆》四筆卷 3，（北京：中華書局，2006），頁 740。

由此段引文可知，明清文論，最易滋生「經學」與「文學」之異同分合。純以經學看《左傳》自有一套春秋大義講法。若改以文學章法讀經書，其意不在經義之闡發，轉而專注於經書文句章法之分析。加上字抹句勾，眉評夾批，方法既有別於經學家讀經，用意亦自不同，二者不可相提並論。《讀左傳法》一書之作者，有鑑及此，揭出時文家俗本評點雖於經義不可取，但是明清評點左傳，目的在「講明章句」，即與古人章句之學相侔，將「章句」與「文法」做一先後時代之分，認為古人講章句，即明清評點講文法。為此，劉聲木續有發揮，在《萇楚齋》四筆卷三引《讀左傳法》一書之序言後，加以評述己見，劉聲木云：「後世評點即古人章句之法，其意皆以論文為主。」（註 46）此話中肯，說出古代文論以六朝為主的章句學，直接影響唐宋以後的文法學。

案：章句之學，首見於劉勰《文心雕龍》〈章句篇〉，此篇專講章法句法字法，兼及聲字與實字虛字。凡明清評點所談的項目，無不有之。今觀何焯《義門讀書記》的評點，也是大量地批點文句用字與謀篇結構，符合文心一書的章句學。其實文心全書講「術」，並不強調法。文心以法字成詞者，諸如〈史傳篇〉的「法孔題經」，〈書記篇〉的「法者，象也」，「法家少文而法」，〈封禪篇〉的「法家辭氣」云云。文心全書的「法」字都是說法家之法，非關文法。至於「法象」一詞，則首見於《周易，繫辭傳》：「法象莫大乎天地。」，此法字作儀法解。《呂氏春秋・仲春紀》〈情欲篇〉：「故古之治身於天下者，必法天地也。」高誘

[46] 引自劉聲木：《萇楚齋隨筆》四筆卷 3，（北京：中華書局，2006），頁 739。

注：「法，象也。」，由此可知，高誘注出自易之說，皆以法字為儀法、效法天地之意，在此，法字並無文章章法之旨。文論領域講的法字，在文心一書是以「章句」為概念，〈章句篇〉的「法象」是法天地之象。法字轉化為文章章法，到了唐宋以後大談詩法文法，以至明清專以文法評點為極盛之期，才把法字視作文法詩法，這是文論發展之脈絡也。

六、小結

以上所述評點學的意見，例分正反兩派，自清初以迄清末，雖兩派各有爭論，各執一見，對評點優劣利弊之辨，亦隨之而益明。於是，持平之論者愈出，終視評點為有用之法，且於評點方法更加理解矣！此可以清末安徽廬江學者劉聲木為代表。

劉聲木，原名體信，字述之。後改名聲木，字十枝。生於清光緒四年（1878～1959），安徽廬江人。自幼苦學，好藏書，亦勤著述，至老不懈。尤通曉桐城派文論，嘗著《桐城文學淵源考》十三卷，《桐城文學撰述考》四卷。平生縱覽四部，淫讀經史，雖精於訓詁考訂，最終歸之文章與文論之學。平生所聞皆嘗筆記，著有《萇楚齋隨筆》續筆三筆四筆五筆等書，考辨源流，訂正體例，自成一家之說。其中論述南宋以來之評點學，不偏不倚，平實而論，頗為中肯。例如隨筆卷五〈評點書目〉條云：

> 評點始於南宋諸儒，當時選本，若宋樓昉編《崇古文訣》三十五卷，宋呂祖謙編《古文關鍵》二卷，宋謝枋得編《文章軌範》

七卷，卷中始有評點勾抹，後世皆稱善本，即《四庫提要》亦言其善。後來明人踵行其法，變本加厲，幾於無一書無評點，無一人不評點。南宋若樓昉、呂祖謙、謝枋得，皆深知文體，撰述淵雅，其書足傳，其人尤足傳，故人無閒言。明則無人無書不評點，陋劣之人，俗惡之書，亦與列焉，遂致為通人詬病，懸為厲禁。其實評點能啟發人意，固有愈於講說，姚姬傳郎中鼐亦嘗言之，曾文正公國藩至謂之評點之學，是評點又何可廢也。誠能得通儒之書，深知文體者評點，其嘉惠後學，裨益文學，至遠且大。（註[47]）

此段論評點起於南宋，且由「選本」之編撰，始有藉選本以評點之法，可謂得其實。今據傳本《古文關鍵》與《文章軌範》原書皆有勾抹點劃，眉批夾批，符合劉氏所言之實情。乃知評點之學未必自劉辰翁始，辰翁只是評點多書，因而名盛以傳。評點之法，及至有明一代而極盛，劉氏謂四庫提要云明人無一書不評點，今觀各種傳本之明刻小說戲曲之書，並文詞詩集之刊刻，每見處處有評點，可知此說之不假。降及有清，桐城文家管領一代風騷，尤特重評點，劉氏引曾國藩語遂定名為「評點之學」，此段可謂評點學之小史。

劉氏既知評點之法，益信評點學有助學界，故而直言評點之學即後世文論章句之法，其主意皆以「論文」為宗。故而宜有通儒之人，盡施評點，必有助文論。為此，劉氏嘗徧搜評點佳本，

[47] 引自劉聲木：《萇楚齋隨筆》卷5，（北京：中華書局，1998），新編頁103。

擬以刊刻，以示後學，故有「評點書目」之設。劉氏云：

> 茲舉予所聞見者，略舉於下：沈闇編《韓文論述》十二卷，雍正十二年，原刊圈點本。林明倫編《韓子文鈔》十卷，乾隆廿二年七月，衢州府署文起堂原刊圈點寫字本。高澍然編《韓文故》十三卷，道光□□□□□（缺字）自刊本，《李習之先生文讀》十卷，同治十年，抑快軒福州原刊本。單為總編《韓文一得》□（缺字）卷，光緒□□□□□（缺字）奉萱草堂原刊本。吳敏樹編《史記別鈔》二卷，光緒□□□□□（缺字）原刊圈點本。姚鼐《歸文評點》一卷，傳鈔本。以上（六）〔七〕種，皆評點精粹，批卻導窾，實能啟發人意，足以流傳千古，允為學人矜式。惟刊本至為難得，予擬照原書格式，各翻一本，庶可流傳久遠，以後節衣縮食為之，或不至泯沒前人評點之苦心也。（註[48]）

上列書目，惜今已罕傳，遂無由印證劉氏之苦心。然而劉氏最稱道之史記評點，除有歸有光評，更有劉辰翁之評點，今皆輯錄於《史記評林》一書，可窺見其密法與精批之過程。劉氏總結南宋評點之學的興起及評點之益處云：

> 義理至宋儒而益精，讀書亦至宋儒而益密，於是評點之學，復興於兩宋。元明之間雖因之，多未得其當，惟崑山歸熙甫太僕有光最為挺出，尤為後人宗尚。至我朝，桐城文學諸家推闡尤

---

[48] 同註 47，頁 104。

> 密，文正目為評點之學，誠哉其為學也。(註[49])

此段簡要敘述宋以後評點之學，功在讀書方法之密，弊在方法未得其當。可知評點之學不可廢，端看評點者之功力與識見如何耳。

晚近對評點學的研究逐漸開展，學者能用較新的眼光，反省的態度，重新看待古代文論的評點學領域，客觀論證，比較得失，已提出不少的研究成果，出版一些重要著作，大大地扭轉了評點學長期遭受誤解的局面，還清評點學原本的價值與地位。例如當代的評點著作之一，林崗《明清之際小說評點學之研究》一書，頗有突出的評點研究結論，雖然，林氏此書主要焦點在小說評點，但能將評點學放在古代文論史的大架構，細心考述，客觀評價。因而，林氏指出明清之際的小說評點，與六朝文論批評血脈相承，應予重視。林岡云：

> 明清之際小說評點學在批評形式上雖然自有其淵源，但論文的大思路正是繼承了六朝批評的正路：從文本特徵中領悟文學特性。

又云：

[49] 同註 47，頁 1085。案：曾文正為評點定名為「評點之學」，見於曾國藩編《經史百家簡編》自序。

> 但令人深思的是評點家對小說批評體系的建構與六朝文論家一樣，是從辨別文體的文學特性開始的。正是在此意義上，本人認為明清之際的評點學，是有清醒批評意識的「文學自覺」。這種看法與五四以來胡適、魯迅、鄭振鐸等人視明清評點為平庸文人的隨意舞文弄墨頗不同。(註 [50])

此二段話，可謂給予評點學相當正面之評價，這與那些反對評點學的惡貶誣評，大大不同。尤其自民國以來，胡適、魯迅、孫楷第等，以及一些新派學者，極力攻訐謾罵評點之低俗無價值，致使評點棄如廢書。導致評點學真象不明，評點之地位穩沒不彰之現象，經由這二段話的劈空切入，猶如醍醐灌頂，點醒了文論學界長期之迷茫與誤解，對評點學重新復興與提高地位，實大有裨益。

林氏的論點，很具體地指出，評點學的思路與六朝批評一樣是正路。而這兩個時期的批評理論共同特點是批評意識的自覺。自覺什麼呢？就是對文學體性的辨證認識，一言以蔽之，就是「文體學」的辨別。

林氏如此講法，確實有迹可尋。以六朝文論代表作《文心雕龍》而言，全書之重點，首立文體二十篇，即〈明詩〉以下至〈書記〉各篇，即所謂的「論文敘筆」。劉勰把由文筆組成的各種文學，彙集一書，詳加討論，要求做到「原始以表末」「釋名以章義」。易言之，必先將文體的定義，派別源流，辨正清楚。只有明

---

50 以上兩段引文，引自林崗：《明清之際小說評點學之研究》，(北京：北京大學出版社，1999)，頁 100 與頁 101。

白文體之諸貌，方能進一步探索文學的「理統」，建構文學的理論體系。可見，文心一書是從文體論出發，在「囿別區分」的基礎上，自覺性地建立文論的體系。故而，文心一書到了下篇開始進行建立理論與批評，於〈神思篇〉之後，必殿以〈體性〉一篇，再次申論文體與性情的沿伸課題。又在〈知音篇〉標出六觀，做為實際批評的具體手法，也是首立「一觀位體」的作法。文心全書，處處言「大體」，言「體要」，皆以「文體」為重要關鍵，頗足以證明六朝文論對文體辨別的高度自覺意識。

至於明清的評點學，也是走向文體辨別之正路，林崗的書，以研究小說評點為例證，得出此結論。其實，不止明清小說評點，整個清代，以何焯為代表的詩文評點學，也是一樣處處可見批語中對「體」的討論辨正。其中涉及到文體的體類風貌、文體的作法、文體的風格、文體的賞鑑品評、與文體的互相交溶、文體的淵源影響等等，真可謂鉅細靡遺，對文體的種種問題，無不備矣！對照何焯的評點學，即何焯的「文體」評語，完全以實際作品為分析，裁篇衡章，字斟句酌，或摘句或點評，或括舉或眉批，是相當具體的作法。如果說六朝的文體辨證是一種文學自覺意識，那麼，何焯的文體評點，應該算作那種意識的實踐，是文體辨證的實際行動。因此，林崗的研究，固然可以瞭解六朝文論與明清評點學的共同特質，但偏向二者之同，未再細分同中之異，這點要稍加補正說明。例如林崗說到六朝文論與明清評點的「異」之處，只就「創作論」這點而言，說明評點學「遠不逮」六朝文論，其何以有此曲解，就是未注意到評點學的實例分析。林氏言：

> 由此可見，緊扣文體特徵發掘其文學之所以為文學的實質所在，同為六朝文論與明清評點所共有。在這種意義上，明清評點深得六朝文論的神髓，是六朝文論的真正傳人。當然，也不能否認創作論方面的心得，明清評點遠不逮六朝文論。但就批評的「文學自覺」，辨識文體的思維理路，兩者是有同工之妙。（註[51]）

此一段話所說的「創作論」，若專指整個文論體系的創作篇章，固然明清評點遠遠不如六朝文論。但這裏要看清楚，明清的評點是分門分科評點，如小說評點、詩評點、古文評點，是分體而評。評點學的分體評點作法與通體文論的談法，自是有別。再說，所謂的創作論，也須顧及作法分析，以何焯的詩文評點為例，包括文體作法分析，以及作法優劣比較，到處可見相關批語，都可歸屬創作論。乃知明清的評點學未必不涉及創作論。應該說明清評點的創作論分析，側重在個別文體，個別作品的「實際分析」，而不是通論創作原理而已。誠如林崗後來總結明清評點學的成就，客觀地指出評點學的研究重點是在另一方面，諸如修辭、寓意、章法、結構等等。這些術語概念，其實就是作法分析。林氏云：

> 從上文簡略的比較可以看出，明清評點家是有強烈的批評意識去建構一個批評和解釋新興文體的理性體系的。在涉及文論的

---

[51] 同前註引書，頁 102。

> 諸多方面，它不如魏晉六朝文論，但不能因此而忽視明清評點學在古典文論中的地位。明清評點家面對的世界和六朝文論家面對的世界已發生重大的變化，他們沒有魏晉六朝強大的人本哲學、美學思潮作背景，人生所面對的理想與現實的差距之大也遠甚於中古時期。故論文的整體「氣象」弱於六朝，這是不奇怪的。它的主要貢獻是對新興文體作出的批評反應，提煉、建立適合分析新文體的批評範疇，如結構、文理章法、反諷修辭、寓意等。綜合其批評的收獲，明清評點學者當之無愧是古典文論史上第二次「文學自覺」。（註[52]）

此一段中肯之言，頗值反思。首先，林氏一言以蔽之，確立六朝文論與明清評點學的重要地位。如此評價，大膽創新，是古代文論的創造性作法。其次，他客觀地突出這兩個時期的「整體」與「個別」，不可一概而論，因此特別表彰明清評點有異於六朝文論的特別處，此即評點學因緣際會，遇到新興文學出來以後，大為盛行的主要因素。

詳考林氏何以有此說法，將明清評點學對應於新興文體，如明清章回小說。蓋因林氏此書只以小說文體為例，局限於小說文體所做的小說評點分析。試想，明清的評點學，不止限定在小說這個新興文體，尚有大量的「舊文體」評點，諸如詩說評點，古文評點，經書評點，史書評點，特別是《史記》一書的評點。故而，要全面研究明清以下不論「新」「舊」文體的評點，必須做到

52 同前註，頁 103。

綜合材料，收集分析，歸納結論，呈現全面性整體性的明清評點學真貌，始能進一步論評六朝文論與明清評點學更多的異同之妙。而何焯的詩文評點，正好提供這個全面性研究的一個極佳案例，頗值文論界重視參考。

其實，不止何焯一家而已，明清時代還有很多其它的評點家遺留許多評點之作，沒有被學界好好地重新爬梳整理、研究。例如其中一家就是明末清初山西太原的大學者傅山，一生評點之書，凡經史子集四部皆有，其人之學尚博融會，可謂是博通之儒。可惜歷來研究傅山其人及其學問，琳琅滿目，成果豐碩，惟獨其少涉及傅山的「評點學」。本人有鑑及此，多年來上窮碧落，極力蒐羅整理傅山評點學的資料，排比、分類、析論其相關的方方面面，分章別目論述如下。

貳 傅山研究文獻現況與成果反省

一、前言

追溯傅山研究多元化展開始自上世紀八十年代，研究範疇涵蓋傅山的文學、思想、書法、繪畫、與中醫等，不可謂不豐富多角度。但是獨獨未涉及傅山的評點學，學界首先探討傅山的評點學初見於筆者發表於〈中華文史論叢〉一篇〈論傅山的評點學〉，此後筆者陸續又寫了再論與三論等探討傅山評點學的論文，本書奠基在這些初步之研究成果，繼續沿伸研究主題，探索更全面與多元的傅山評點學課題。檢視近二十年來的傅山研究，皆未有聚焦於傅山的評點，主要原因當在評點文獻之不足，以及評點學早期未被重視之學術環境，導致傅山研究的文獻與資料取材，出現誤讀或忽略的現象，學界取材傅山的文獻與資料，大都環繞在外緣研究之史料，偏向學案與方志史料之解讀，較少直接關照傅山的內在研究材料，而內在研究材料主要集中在傅山評點經史子集四部古籍之批語，大量的批語代表傅山最直接的思想與文論之展現，更代表傅山學術的精華所在，可惜學界研究傅山少有此材料的整理，歸納與解讀策略，更遑論傅山評點學的方法，價值與意義之討論。本書即思有補於此，開展傅山研究的新範疇，探討傅山研究的新方法，提出傅山研究的新成果，今試綜覽近二十年的傅山研究方方面面之成果及其利弊，就傅山研究文本資料文獻而論，主要有以下四種：1.（清）傅文撰，劉貫文、張海瀛、尹協理主編，《傅山全書》，太原：山西人民出版社，1991 年。2.太原市三晉文化研究會編，《傅山全書補編》，太原：山西人民出版社，2004 年。3.（清）傅山撰，《霜紅龕集》（四十卷，附錄三卷，年譜一卷）（全二冊），臺北：文史哲出版社，1986 年。4.（清）傅山撰，《霜紅龕集》四十卷，附錄一卷，年譜一卷，收於《續修四庫全書》集部別集類 1395-1396 冊。

以上四種主要傅山文本，只有第三與第四兩種為傅山的詩文作品，學界研究傅山大多取材於此二種，然而其數量與題材不及傅山文獻的十分之三，反而第一與第二兩種文獻，保存傅山生前全部的四部古籍之批語，更能全面性理解傅山其人及其思想與文論，即使如此，學界仍然極少選取這兩種文獻進行傅山研究。學界研究傅山目前所見之成果，多在傅山傳記，書法兩大範疇，例如：齊峰主編，《傅山書法全書》，太原：山西人民出版社，2007 年。侯文正輯注，《傅山論書畫》，山西：山西人民出版社，1986 年；臺北：華正書局，1987 年。方聞，《傅青主先生大傳年譜》，臺北：臺灣中華書局，1970 年、侯文宜、侯平宇，《傅山評傳》，山西：山西人民出版社，1992 年。侯文正，《傅山傳》，太原：山西古籍出版社，2007 年。孫稼阜，《朱衣道人：傅山的生平及其藝術》，上海：上海書畫出版社，2005 年。郝樹侯，《傅山傳》，太原：山西古籍出版社，1985 年二版。魏崇禹，《傅山評傳》，南京：南京大學出版社，1995 年。許守泯，《明代遺民的悲情與救亡：傅青主生平與思想研究》，臺北：新文豐出版公司，1995 年。白謙慎，《傅山的世界——十七世紀中國書法的嬗變》，北京：生活・讀書・新知三聯書店，2006 年。白謙慎，《傅山的交往和應酬——藝術社會史的一項個案研究》，上海：上海書畫出版社，2003 年。劉江、謝啟源，《傅山書法藝術研究》，太原：山西人民出版社，1995 年。林鵬，《丹崖書論》，太原：山西人民出版社，2003 年。盧輔聖主編，《傅山與明末清初草書丕變》，上海：上海書畫出版社，2007 年。白雪蘭，《傅山之書畫研究》，臺北：中國文化大學藝術研究所碩士論文，王北岳、姜一涵指導，1982 年。鄭元惠，《傅山書風研究》，臺北：國立臺灣師範大學美術研究所碩士論文，王北岳指導，1994 年。羅景中，《傅山書論及篆書創作成果析論》，臺北縣：國立臺灣藝術大學造形藝術研究所碩士論文，林進忠指導，2002 年。王志剛，《「另類」文人畫家：傅山繪畫研究》，南京藝術學院碩士論文，方駿指導，2003 年。張函，《明遺民變異書風研究——以陳洪綬、傅山、朱耷為例》，吉林大學歷史文獻學碩士論文，張金梁指導，2005 年。李金波，《傅山「尚奇」藝術觀研究》，山西師範大學文藝學碩士論大，周波指導，2007 年。

以上的研究成果極少直接取材自傅山的評點，以致傅山評點批語表現的傅山思想，與傅山詩論文論，對社會時事之評論，對人生之感懷，對胸懷襟抱之抒發，對學術道統之評述等等，屬於傅山廣泛而具深度的研究素材，甚少被重視、被解讀，研究者未能直接引用傅山的批語，理解批語論釋批語，消弱對傅山的研究評論更強之說服力。晚近學界對傅山研究後來漸漸開展傅山思想及其相關問題之研究，例如：何炎泉，〈評 Qianshen Bai, 《Fu Shan's

World: The Transformation of Chinese Calligraphy in the Seventeenth Century》〉，《中央研究院近代史研究所集刊》第 43 期（2004 年 3 月），頁 237-242。吳志鏗，〈傅山——清初明遺民的個案研究〉，《歷史學報》第 16 期（1988 年 6 月），頁 63-89。姜國柱、朱葵菊，〈傅山思想精華三論〉，《晉陽學刊》1984 年第 1 期，頁 95-97。姜廣輝，〈傅山思想探析〉，《晉陽學刊》1984 年第 4 期，頁 38-45。謝興堯、柯愈春，〈清入關後傅山的活動與交游〉，《晉陽學刊》1985 年第 1 期，頁 70-77+55。許守泯，《傅山之生平與思想》，新竹：國立清華大學歷史研究所碩士論文，黃進興指導，1989 年。鄭卜五，《傅青主與其諸子學研究》，高雄：國立高雄師範大學國文研究所碩士論文，周虎林、鮑國順指導，1990 年。周玟觀，《傅山學術思想研究》，臺北：國立臺灣大學中國文學研究所碩士論文，夏長樸指導，1998 年。許志信，《傅山思想研究》，臺北：國立臺灣師範大學國文研究所博士論文，王冬珍指導，2004 年。夏雲飛，《傅山倫理思想研究》，湖南師範大學倫理學碩士論文，鄧名瑛指導，2008 年。

以上傅山研究範疇與領域主題的開展，確實表現了新境界與新角度，與新思路的研究成果，但是諸家所根據的傅山研究文獻，仍然較少措意於傅山直接的評點批語。其實傅山的批語，內涵深刻的傅山思想，與傅山的文學理論，甚至也有個別的批語暗藏傅山的平生感慨，以及傅山的生命歷程之批語，提供傅山研究的重要文獻材料，傅山的評點學乃傅山研究的重要一環，可惜晚近學界較少注意這塊研究領域的開展。

二、文獻新啟示

關於傅山的研究材料，民國張舜徽〈清人文集別錄〉著錄雖已盡備，可惜新出整理之文獻遠遠超過一倍，而主要是評點文獻。張舜徽：

> 陽曲傅山撰。山字青主，號嗇廬，或別署曰公之佗，亦曰石道人，明季諸生。初有志於用世，嘗自歎曰，彎強躍駿之骨，而以佔畢朽之，是則埋吾血千年，而吾不可滅者矣。或強以宋諸儒之學問，則曰必不得已。吾取陳同甫，其志趣可見矣。明亡後，始以黃冠自放，居土室以養母。康熙十七年，舉博學鴻詞，屢辭不獲，抵都門，復以老病辭，未就試而歸。顧炎武嘗稱其人蕭然物外，自得天機，蓋其晚年意存避世，徜徉於山水間，故人皆推其高節焉。山於學無所不通，書畫醫術，尤極精能。貫穿四部，方涉二藏，清初諸老，多以經史植其基，鮮有能究心諸子者，山於經史之外，復沉潛於百家之書，校勘甚勤，而復多創獲。治墨經尤仔細，閻若璩復稱其長於金石遺文之學，足以正經史之譌而補其缺，厥功甚大。其後乾嘉諸儒，若汪中、畢沅之理董諸子，莊述祖、阮元之考證金石，功力加密，而所得亦多，然循流溯原，要必推山為先路之導也。故其學規模至大，而沾溉於後來者亦至廣，在清初儒林中，最為博雅矣。是集前十四卷為賦及古今體詩，卷十五至二十六為傳、敍、題跋、墓銘、碑、記、書札、家訓、雜文。卷二十七至三

> 十為雜著，卷三十一至三十五為讀經史、讀諸子。卷三十六至四十為雜記，自二十七卷以下多為讀書有得之言，足以覘其涉覽之博，讀史四卷中，尤多精詣，能發人之所未發，以其用功深也。（註[1]）

這份早期有關傅山的研究文獻明顯缺少傅山的評點著作，若可以看到近年新出傅山大量的評點著述，必能補足張目之不足。例如《傅山全書》與《傅山全書補編》二書，前者有傅山評點《文選》的全部批語，彌足珍貴，再如台北圖書館善本書室藏清初鈔本，明仁廬丹亭撰《丹亭真人廬祖師玄談》，亦有傅山批語，此本宣哲題記，十分寶貴，又《丹亭問答》，清初鈔本，有八朝老民手書題記，此二書涉及道家道教，晚年傅山專攻子學，評點多種子書，例如管子、莊子、荀子、淮南子、呂氏春秋等，傅山皆有批評，然而學界至今尚未見直接取材與此評點文獻的研究論述，或者直接引述此類新出評點文獻的研究成果，此即本書寫作的最重要學術背景。

三、文獻新展望

近年傅山的研究確實已看到新領域、新範疇，也有嚐新方法

[1] 引自張舜徽：《清人文集別錄》，（臺北：明文書局，1982），頁 5。其它有關傅山的生平傳記，近年又出魏宗禹：《傅山評傳》，（南京：南京大學出版社，1995），白謙慎：《傅山的交往和應酬》，（上海：上海書畫出版，2003），侯文正：《傅山傳》，（太原：山西古籍出版社，2007）等三種。但此三書亦罕論及傅山的經史百家的評點著作。

與拓展新主題的研究成果。可是仔細一探究竟，還是研究「材料」取材的對象，極少從傅山的「批評」加以整理、歸納與分析，例如下列新出的碩博專書與個別單篇論文：

劉晶，《傅山之道論》，（山西省：山西大學中國哲學系碩士論文，2016 年）。

武靜，《論傅山書學思想中的「拙」》，（山東省：曲阜師範大學書法藝術理論與創作研究碩士論文，2017 年）。

支曉，《傅山天機美學思想研究》，（山東省：山東大學藝術學理論碩士論文，2017 年）。

楊吉平，〈傅山論書詩及其書法藝術思想研究〉，《書畫世界》（2017 年 2 期），頁 20-23。

尹協理，〈傅山「近來只好《管子》」的心理變遷〉，《名作欣賞》（2017 年 07 期），寧俊偉、劉曉雲，〈傅山天人關係論分析〉，《山西高等學校社會科學學報》，（2017 年 05 期），頁 14-17。

許松，〈傅山書法思想新論〉，《中國書法》（2018 年 08 期），頁 115-118。

劉曉紅，〈傅山書法作品中的美學品性〉，《中國書法》（2018 年 14 期），頁 161-163。

宋漢瑞，〈略論傅山的荀學研究〉，《貴州師範學院學報》（2018 年 08 期），頁 55-62。

（佚名），〈傅山「四寧四毋」書學思想的核心〉《太原學院學報（社會科學版）》（2019 年 06 期），頁 108。

薛芳蕓、李俊、焦麗璞，〈傅山《家訓・十六字格言》解讀及當代價值探究〉，《山西高等學校社會科學學報》（2019 年 12 月），頁 97-101。

張則桐，〈傅山的愛情書寫〉，《書屋》（2019 年 09 期），頁 39-42。

上列各篇研究主題聚焦於傅山思想，屬於「觀念史」的研究法，歷史考證文獻佔主體，而又偏向思想史之下的「美學」論述，特別是指傅山的書法與繪書成就，如何從思想美學的角度進行分析。值得注意的是，已開始關心傅山的子學，分析傅山的《管子》研究，但是仍然忽略了傅山《管子》的評點才是最重要最直接的研究素材。

順著傅山「思想」研究的新興熱潮，必然會聯繫到傅山的文學與文學思想的跨界研究。因為，傅山是一位通儒，究天人之際，參古今之變，或詩或文，亦經亦子，他早已鎔鑄成一體。詩文的傅山，當然其地位絕不亞於書法、繪畫、醫道與思想史的傅山，下列的研究成果，可證此說：

趙艷艷，《傅山詩文研究》，（福建省：閩南師範大學中國古代文學碩士論文，2016 年）。

肖艷平，〈以禪論杜——傅山文學批評實踐舉隅〉，《中國文學研究》（2017 年 02 期），頁 78-81+124。

張偉，《傅山詩文批評究》，（廣西壯族自治區：廣西師範大學中國古典文獻學碩士論文，2017 年）。

朱睿，《傅山詩詞中的概念隱喻研究》，（湖南省：湖南科技大學外國語言文學碩士論文，2017 年）。

劉寧，《傅山詩文理論研究》，（江蘇省：南京師範大學中國古代文學碩士論文，2018 年）。

梁凡，《實學視閾下的傅山文學思想研究》，（天津市：天津師範大學中國古代文學碩士論文，2019 年）。

楊甲琪，《傅山書法對清代碑學的先導作用研究》，（陝西省：陝西師範大學藝術專業學位碩士論文，2019 年）。

孟國棟，〈讀．抄．評：論傅山對杜詩的三位一體接受模式〉，《杜甫研究學刊》（2019 年 01 期），頁 13-19。

以上所列各種研究，明顯看到已轉向傅山的「文學」主題，包括詩文的直接文體解讀，詩文的批評，詩文與思想的關聯等等，傅山研究從過去「非文學」的重點開始傾向「文學」的重心，正式開展傅山研究的新氣象。可是縱觀這個傅山新研究法，依然缺少「評點」的研究，這正是本書寫作的當下學術背景。

綜合而言，傅山研究範疇與領域主題的開展，確實表現了新境界與新角度，與新研究範疇、研究方法等等研究成果，但是諸家所根據的傅山研究文獻，仍然較少措意於傅山直接的評點批語。其實傅山的批語，內涵深刻的傅山思想，與傅山的文學理論，也有個別的批語暗藏傅山的平生感慨，以及傅山的生命歷程，批語提供傅山研究的重要文獻材料。傅山的評點學乃傅山研究的重要一環，可惜晚近學界較少注意，本書寫作即以傅山的「評點學」為焦點，探討傅山評點古書的方法，分析其批語的內涵、意義，力圖用概括的宏觀視角，結合精密的微觀透視，進行傅山評點方法的多元闡釋。

參　傅山評點文類方法之一：選詩

一、前言

晚近新出傅山大量的評點著述《傅山全書》與《傅山全書補編》二書，前者有傅山評點《文選》的批語，彌足珍貴。根據這份文獻，討論其中之一部份傅山對《文選》選詩的評點，可以看到傅山評點《文選》選詩自《文選》卷十九補亡詩至三十一卷雜擬止，可說是全面通讀且全面評點。

在評點形式上，他還是習慣採用重出、圈點、墨筆旁識、行間批、與眉批等常見的手法，與傅山評點其它經子古書，手法類似。特別是在理字批評，人品評點，格調評點等，明顯看到傅山文選選詩的評點特色，置於明清評點學與明清文論的流變而言，皆有其學術價值。

傅山（1607～1684），字青主，又別號多種，今山西陽曲縣人。平生著述與行誼備見民國張舜徽《清人文集別錄》一書。張氏提要云：

> 故其學規模至大，而沾溉於後來者亦至廣，在清初儒林中，最為博雅矣。是集前十四卷為賦及古今體詩，卷十五至二十六為

傳、敍、題跋、墓銘、碑、記、書札、家訓、雜文。卷二十七至三十為雜著，卷三十一至三十五為讀經史、讀諸子。卷三十六至四十為雜記，自二十七卷以下多為讀書有得之言，足以覘其涉覽之博，讀史四卷中，尤多精詣，能發人之所未發，以其用功深也。（註[1]）

以上所見傅山著作書目，已刊定者只有一種。近年新出傅山大量的評點著述，可補張目之不足。如《傅山全書》與《傅山全書補編》二書，前者有傅山評點《文選》的批語，彌足珍貴。（註[2]）

根據此二書所見傅山評點《文選》選詩自《文選》卷十九補亡詩至三十一卷雜擬止，可說是全面通讀且全面評點。在評點形式上，他還是習慣採用重出、圈點、墨筆旁識、行間批、與眉批等常見的手法，與傅山評點其它經子書，沒有什麼特異之處。但是，在評點選詩所用的批語，卻經常出現用一個「理」字，雖然這是在明清文選學其它評點較少看到的批法。然而粗讀之，這個理字批語，又往往也同樣出現在相應的選詩原句中。可知，傅山用理字評點也是一種「重出」手法。

可是，再仔細推敲，卻發現傅山這個「理」字批語原來有他

[1] 引自張舜徽：《清人文集別錄》，（臺北：明文書局，1982），頁5。其它有關傅山的生平傳記，近年又出魏宗禹：《傅山評傳》，（南京：南京大學出版社，1995），白謙慎：《傅山的交往和應酬》，（上海：上海書畫出版社，2003），侯文正：《傅山傳》，（太原：山西古籍出版社，2007）等三種。但此三書亦罕論及傅山的經史百家的評點著作。

[2] 傅山評點《文選》卷28陸機〈悲哉行〉有句「願託歸風響，寄言遺所欽」墨筆眉批云：「所欽字，選詩多用之。」由此批語可知傅山亦用「選詩」乙詞，此處照例援用之。

自己很深的批評涵義，一方面代表他的思想系統對「理學」的理解，另一方面也代表他對理字的詮釋，值得一探究竟。嚐試從現存整理出的傅山評點文獻，以《文選》選詩為例，歸納傅山的選詩理字批語，探討傅山理字評點的意義。

再者，傅山對選詩「理」字的重視之外，傅山相當注意選詩的「格調」之有無與高低。格調一詞，是明人常用的詩論，傅山做為明末清初的詩人學者，順理成章地承襲前輩這個格調詩論傳統，雖然在格調之「理論」建構未必有突出前人之處，但是傅山透過選詩的評點，印證格調詩論是否有效性？卻是前人較少的作法。而傅山的選詩評點注重「人品性情風格」之考量，把詩品與人品性情結合評點，尤其透露出他個人的身世背景與平生遭遇。以下三個論點，分析傅山的選詩評點。

二、關鍵字詞評點

傅山選詩評點用「理」字，首先作「物之理解」。傅山評點張茂先〈勵志詩〉句「累微以著，乃物之理」墨筆眉批云：「理，乃物之理四字，喜殺宗儒。」（註 [3]）在此條批語先括舉理字就是「物之理」，對「理」字做出別解。因為傅山要用此別解反駁宋儒喜談「性即理」的說法，改從「物」的客觀存在之理，以及物與「人」

---

[3] 引自傅山：《傅山全書》，（太原：山西人民出版社，2000），冊四，頁 2544。本書凡引傅山批語悉出自此本，以下再次徵引，均簡稱《傅山全書》。此書盡錄傅山作品，大抵已備。後又出《傅山全書補編》，但無《文選》評點。參見三晉文化研究會編：《傅山全書補編》，（太原：山西人民出版社，2004）。

各有其理，這種「理」子涵義來談，不宜將理字只是限定在「性」之涵攝中，忽略客觀之「物性」之外亦自有一理字存在的普遍事實。所以傅山在語氣之間，頗有一種自得之狀的意思，不禁說出「喜殺宋儒」的批語，目的在反駁宋儒說理的偏頗性。

傅山評點選詩批語用理字，除了以上的「借題發揮」，闡揚自己的理學觀，之外，也把理字用來點醒一首詩的主題意旨。因此可見某些選詩批語傅山用理字未必就有理學之意，而是說這首詩的主題在說理，可當作「理詩」讀。傅山常用一字批語，集中扼要點明詩旨的評點作法，典型的「理」字之外，還有像俗、粗、嫩、腐等都有類似的評點作用。但是對杜甫〈曉望〉這首詩的批語只用一個「禪」字，(註 [4]) 專對此詩「地坼江帆隱，天清木葉聞」二句摘出評點，是個別的摘句批評，對一首詩的部份詩句，進行「禪」意點評，表示此二句有禪家思想。這種摘句評點法，就比較近似傅山評點選詩的用意。據此，傅山的選詩評點也可歸屬摘句批評法。(註 [5]) 傅山摘出杜甫詩的這兩句，重點在標出詩中呈現的自然之理，這也是詩句的主題所在。

傅山用「理」字單言做批語評點其它經史專書雖然也有其例，諸如評點《楚辭》、評點〈春秋左傳序〉乙篇、評點《文選》〈長笛賦〉以及〈文賦〉等，都可看到傅山多元廣泛的理字批語內涵，但是這些理字並未專注於詩學的課題。而且，出現次數也

---

[4] 引自《傅山全書補編》，頁 401。

[5] 有關「摘句批評」，學界談論很多。可參黃維樑〈詩話詞話中摘句為評的手法〉乙文，對摘句批評在古代文論史的歷程及其具體實踐作法，都有深論。此文收入氏著《中國文學縱橫論》，(台北：東大圖書公司，1988)，頁 241 至 259。

沒有像選詩評點這麼多。傅山特別在選詩加重理字的批語份量，代表傅山對詩中有理，詩有理趣的詩論有自家見識。同時，就詩論與文論的發展史來看，傅山講詩之理，是對明人楊慎說唐詩主情，宋詩主理這一論點的補充，提出《文選》選詩亦主理。(註 6) 這點又可以給古代詩論從理學本位強調「文以理為主」的觀點，擴大詮釋，新闢《文選》選詩亦主「理」的詩理論注入活水源泉。（註 7）而傅山的選詩理字評點，更具實踐性，起到「實際批評」的作用。將宋人詩理、文理，與選詩選理合併而觀，構成古代文論的重要理論系內涵，標識著傅山選詩評點的論述成果與價值，值得細細揣摩品賞。

三、義理思想評點

傅山評點選詩照例在最末必進行作品優劣之評價，至於評價標準，有時據詩句之格調俗與不俗，論其高下。有時分析用字的響與不響，對仗的工整與否？比較得失。其中尚有根據詩人「性情」之剛柔與處事風格加以評判的作法。這可看作近似傅山應用「詩品與人品」相濟的理論進行選詩評點，最能代表傅山其人及其個性的一種批評法。

---

[6] 楊慎〈唐詩主情〉乙文云:「唐人詩主情，去三百篇近。宋人詩主理，去三百篇却遠矣。」詳味此句似貶宋詩主理之弊，這是明代詩學典型的宗唐論。清人王士禎《師友詩傳續錄》亦同主調。

[7] 陸九淵《語錄》云:「文以理為主，荀子於理有蔽，所以文不雅馴。」這是宋代道學家典型的揚孟抑荀論，用道學理學的觀點套在文章之理，較少「文論」本位的思辨。

原來傅山在個人一生修行品格方面極其講究，堅持士子必終生守道不仕二朝的志氣節操，從傅山的傳記資料很能清楚看到這點。傅山在明清易代之後堅辭清朝康熙帝的徵召，不赴博學鴻詞科一事，就是典型的剛烈性格之表現。傅山很注重聖門之教，德行言教必須雙修。《論語．憲問篇》:「有德者必有言，有言者不必有德。」揭示的「文德說」，一直為傅山豢豢服膺，終生守之。在評點《文選》公讌詩謝瞻〈九日從宋公戲馬臺集送孔令詩一首〉與謝靈運〈九月從宋公戲馬臺集送孔令詩一首〉二家詩的優劣時，傅山就應用性情批評法，認為謝瞻此詩太過諂媚宋公劉裕，才情遠遠不如謝靈運。傅山評點謝瞻詩的批語云：。

> 題注:「沈約宋書曰：孔靖，字季恭，宋臺初建，以為尚書令，讓不受。」墨筆眉批:「孔靖。」又注:「宋書七志曰：謝瞻，字宣遠」云云，「以弟晦權貴。」「高祖遊戲馬臺，命僚佐賦詩，瞻之所作冠于時。」墨筆眉批:「謝瞻。謝晦。題為送孔令，而詩不多言之，但末四句耳。謂此詩冠當時，亦不解，看後康樂作，即見才之同異。」
>
> 「巢幕無留鷰。」注:「天子之在此」云云。墨筆改「天」為「夫」。
>
> 「聖心眷嘉節，揚鑾戾行宮。」墨筆根批:「聖心才宋公，而賦詩慿媚矣。」(註[8])

---

[8] 參見《傅山全書》冊四，頁 2548。

傅山此段批語引述沈約《宋書》謝瞻本傳記載謝瞻與弟謝晦倚恃權貴之位，驕奢無度，終致疑謗遭讒的史事，補證謝瞻或因此而周旋於宋公劉裕之間，出入禁苑，任寄隆重，乃不免有「恁媚」奉主而賦詩之舉，藉此可補說此詩本非出自謝瞻真心之作。傅山從「誠心」為志之角度，評價此詩說「謂此詩冠當時，亦不解」云云，就是用「文德」的標準進行品評。（註[9]）

但是傅山對謝瞻這首〈九日從宋公戲馬臺集送孔令詩〉的評點是從謝瞻在詩句上的言外之意暗示加以解讀，其中還牽涉與謝靈運二人在「詩才」上的表現高下。傅山由「人品」到「詩才」的雙重考量，最終還是決定於「性情不同」的因素。傅山評點選詩〈詠史類〉謝瞻〈張子房詩一首〉就直接點明謝瞻「奉承劉裕」的浮誇之弊。傅山云：

> 題注：「王儉七志曰：高祖遊張良廟，並命僚佐賦詩，瞻所造冠于一時。」墨筆眉批：「謝瞻，當時謂冠於一時者，或指『逝者如可作，揆子慕周行』二句，奉承劉裕，裕誇好耳。」
> 「濟濟屬車士，粲粲翰墨場。瞽夫違盛觀，竦踊企一方。四達雖平直，蹇步愧無良。飡和忘微遠，延首詠太康。」墨筆眉批：「濟濟以下八句，不知何謂。」（註[10]）

---

[9] 有關謝瞻事跡，參見鼎文書局編輯部（編）：《新校本宋書附索引》（中國學術類編），（台北：鼎文書局，1987），卷 56，列傳 16，新編頁 1557 至 1558。

[10] 參見《傅山全書》冊四，頁 2551。

由此則批語可見傅山專挑謝瞻奉承宋公劉裕的詩句，批評他的詩「不知何謂」。這是因為一方面奉承阿諛的詩句淺白俚俗，無深意隱秀之旨。另一方面作詩者只出自機心，失去諷諭之責，下筆便成俗調傖語，不見真正才華。於是，為了凸出謝瞻文德有失，詩才不高的弱點，傅山改在對謝靈運的評點中，刻意強調謝靈運詩的「才筆」與技巧。傅山評點選詩公讌類謝靈運〈九日從宋公戲馬臺集送孔令詩一首〉的批語云：

1.「良辰感聖心，雲旗興暮節。」墨筆眉批：「聖心。」
2.「餞宴光有孚，和樂隆所缺」云云。墨筆眉批：「必竟才高於宣遠。」
3.「在宥天下理，吹萬羣方悅。」墨筆眉批：「理。」
4.「餞宴光有孚」至「指景待樂闋。」墨筆眉批：「由餞宴而至于不廢和樂，在宥吹萬，出生歸客遂之一字，針線密度，自關才筆，宣遠無此。」（註[11]）

細審傅山這一組批語，第一則標出聖心二字，是傅山慣用的「重出法」，用意在把一聯或一句詩的關鍵警策直接表出之，暗示對全詩微言深旨的推測。譬如特別重出聖心二字，顯然意有所指。因為，從詩題看，謝靈運稱劉裕為宋公，此時劉裕尚未禪晉，而晉帝仍在，故稱宋公。既然以公稱之，而晉帝曰聖，即不得再用聖心一詞冠劉裕。今謝瞻與謝靈運二人的公讌詩，皆作於劉裕尚在

[11] 參見《傅山全書》冊四，頁 2549。

宋公之時，二人卻都用聖心為詞，此傅山所以有不恥之意，於是批語對謝瞻較露骨，直批他太過諂媚。至於批謝靈運較含蓄，只用重出「聖心」二字做暗示，指出聖心一詞有可議，當留心。但不管批語已內含貶意的隱顯，傅山堅持士不事二朝，恥事二姓的人品風骨節操的批評法，則始終一致，並沒有因人因時而異。傅山評點選詩，喜用「人品風骨」做評價標準，這一則批語重出聖心的作法，特別有它的深意。

而第三則批語標一「理」字，意思與「聖心」一般，雖然也是重出法，但同時也指出「在宥」乙聯用老莊典故，上句有「退隱養素」之理，暗示對孔靖能知「急流勇退」，功成不居，存拙保身的道家義理之贊賞。下句又暗示對宋公劉裕能知「納賢進才」，廣匯百川，以致萬福的包容之道加以頌美。一聯而兼包上下君臣鹽梅和合之意，堪稱謝靈運詩極其講究工巧的手法。而其特色就在此聯詩意孕含的「理」字。傅山重出這個理字，絕非輕率為之，而是暗藏深意。它代表傅山評點選詩很注重詩作的思想內容，對選詩「義理」的重視，尤甚於對選詩「巧構形式」的注意。

如果說第一與第三兩則的重出法批語是就選詩的「義理」而評點，那麼第二與第四兩則的批語就是對選詩的技巧分析。傅山提出「才筆」的說法，認為謝靈運比謝瞻才高，謝宣遠無法相比。這兩則批語參看傅山之前評點謝瞻已說過「看後康樂作，即見才之同異」的話，即與這兩則批語的意思前後呼應。

所謂的才，傅山分析的重點在「針線密度」之考查，針線指詩句的組織章法，要求句句層次井然，特別要首尾呼應，章法有序。密度指詩的結構要完整統一，詩意要有博喻多元的意義。綜合之，作詩要如穿針引線一般，組織稠密，表現形式與內容的密合結構。這樣的詩就是傅山習慣稱之的「格調」。傅山評點選詩常常標示「格調」乙詞，用格調的高低與雅俗，評價選詩的好壞。現在，傅山分析謝靈運詩何以「才筆」高過謝瞻的意思，就在靈運的詩句句相承，詩意連貫，首尾呼應疊出，絕不作阿諛表面之辭，虛語淺白之對，故而猶如「針線密度」一般。也就是傅山常說的有「格調」，或者格調高過謝瞻。因此，傅山評點謝靈運詩有「針線密度」的用語，可視作傅山評點選詩最主要理論「格調」概念的形象助解，頗有助於「格調」批語的具體實踐。

由以上分析，傅山評價謝瞻與謝靈運二家詩作，都共同用「性情」的角度解讀，這是傅山選詩評點很重要的作法。但是傅山也不是僵化而拘泥地套用性情批評，傅山也能作到「不因人而廢言」的公平態度，就「才華」論詩作，細緻分析二家詩作的優劣，明確指出謝靈運詩的結構章法之密，遠遠高出謝瞻的格調淺俗。傅山的人品批評其實不是獨立於詩品之外，另作標準。而是緊密地將人品與詩品結合並參，折中思考，最後做出「平理若衡，照辭若鏡」的公正評價，這是傅山選詩評點的特色之一，值得細心領會。

四、文論術語評點

傅山評點選詩用「格調」乙詞，多用在所指涉的詩句必須上下句對仗的工整或詩意重複，有時候指詩句的傖俗不雅，評為無格調。又有的詩句聲調不響，則評曰腐淺，反之，上下句有反復頓挫的聲律效果就說有格調。傅山雖然沒有直接對格調建構理論，但是透過傅山的批語，所謂格調是指對整首詩的綜合評判，以及詩句的雅俗與音節的響沉。參見以下諸例：

雜詩一首　　何敬祖

1.「心虛體自輕」。硃筆旁批：「是則然矣，但調俚。」

雜詩一首　　張季鷹

2.題注：「今書七志曰：張翰字季鷹，吳郡人也。之藻新麗。」硃筆改「之」為「文」，又墨筆眉批：「張翰。」又硃筆眉批：「豈不情深，而興會不遠。」

3.「青條若摠翠，黃華如散金。」硃筆旁批：「季鷹曠士，作爾句邪？」

4.「榮與壯俱去，賤與老相尋。」硃筆旁批：「調俗。」

雜詩十首　　張景陽

5.「騰雲似涌煙，密雨如散絲。」硃筆旁批：「不成話了。」

6.「流俗多昏迷，此理誰能察。」墨筆旁批：「成何語？」又墨筆眉批：「此理。」（註[12]）

這一組六則批語中，明顯看到傅山的批評重點在指出詩句的俚俗，興會不足，意境不高，造成詩句的低格調，甚至不成話。其中「心虛體自輕」一句本來尚能表現詩的義理，但在誦讀的音節

[12] 以上六則批語引自《傅山全書》冊四，頁 2578。

之間，用字不夠響亮，詩語太過直接顯露，結果是「調俚」，意指格調的俚俗。可見格調也指詩句的聲律之協調，與音節的唇吻遒利。

再看傅山對張季鷹〈雜詩〉的批語說此首詩不可謂不情深，可是病在修辭太淺白，詩旨意境太俚俗，導致失去比興領會的聯想作用。可見格調又指涉詩句的氣象興會而言。綜合傅山的格調批語，大多符合翁方綱〈格調論〉乙文所說的格調理論，翁氏的格調包括音節詞章與風格的感受。翁方綱〈格調論〉云：

> 夫詩豈有不具格調者哉！記曰「變成方音之音」，方者音之應節也，其節即格調也；又曰「聲成文謂之音」，文者音之成章也，其章即格調也。(註[13])

翁氏此解格調，徵引《禮記·樂記》說音樂的音聲呼應調節之理，比擬作詩文的格調，可見格調講究詩句文辭音節的和諧配合表現。翁方綱又說：

> 唐人之詩未有執漢、魏、六朝之詩以目為格調者，宋之詩未有執唐詩為格調，即至金、元詩亦未有執唐、宋為格調者，獨至明李、何輩乃泥執文選體以為漢、魏、六朝之格調焉。(註[14])

---

[13] 參見翁方綱〈格調論〉，此文收入翁方綱《復初齋文集》卷八，今轉引自郭紹虞（編著）：《中國歷代文學論著精選》下冊，(台北：華正書局，1980)，頁 218。

[14] 同註 13。

這裏翁氏講到格調說專指六朝選詩，蓋始自明代李夢陽與何景明一派。其實，格調本來是古今詩的一項共同通則，不必專限定在那一時代。因為，格調本來就是泛指詩論的總體風格，包括聲律與章句修辭諸多要素，要做到形式與義理的密合無間，始謂之有格調。所以，現代文論家對古今格調論做了總結說：

> 實則格調說所給人以朦朧的印象的是風格，神韵說所給人以朦朧的印象的是意境。讀古人詩而得朦朧的印象這是格調，對景觸情而得朦朧的印象這是神韵。（註 15）

這裏郭氏括舉「朦朧意境」的領會，助解格調與神韻其實本相同。都要求詩句的比興悠遠，詩旨的隱秀聯想之技巧，反對詩句的俚俗平淺。這樣的格調理論，完全可以引述援用，印證傅山評點選詩的格調批語，十分符合格調的「理論」與「實際作法」，而傅山的選詩批語正是後者的典型示例。

五、評點給文論的影響

總合而觀，傅山評點《文選》選詩，用「理」字的重出法，與理的分析，總攝選詩的主要特色。而傅山批語用理字有多元涵

[15] 郭紹虞〈神韻與格調〉乙文云：「李東陽可說是格調說的先聲，李夢陽可說是格調說的中心，何景明則可以說是格調說的轉變。」由此可知格調說成為明代詩論的主流派。此文收入郭紹虞《中國詩的神韻格調及性靈說》，（台北：河洛圖書出版社，1975），頁 23。

義，以上只選擇其中的幾項加以申論，理字涉及選詩的思想義理，選詩的章法構辭。還有部份理字，在暗示「熟精文選理」的理字。傅山評點選詩的「理」字批語代表傅山「博學通儒」的學術背景，具備文論家與思想家雙修的學問素養。

傅山實際評點選詩又用「格調」概念，統觀選詩的形式與內容。格調是明代主要詩論之一，用來品評一首詩的綜合表現。傅山援用格調詩論，評點選詩，廣泛應用格調的作法，即使傅山沒有建立什麼新的格調理論，但是從傅山的批語，卻可看到格調詩論的具體作法，涉及格調詩論的方方面面，代表傅山在格調詩論與評點學結合的雙重貢獻。

如果說「理」字與「格調」是傅山評點選詩的「文本」研究，則「人品」批語恰恰正是傅山對選詩的「知人論世」之研究。二者相輔相成，人與詩綜合考查，表現傅山選詩評點同時注重詩人創作之「體勢」，與詩人「心靈」之關係。傅山評點選詩就這一點而言，從明清詩論看，具有「理論旁通」的作用。一個是指傅山繼承明代詩論的「格調」說，以孫月峯評點謝瞻謝靈運二家為例，孫月峯就是用格調理論品評謝瞻。另一個是指稍後於傅山不久的清代康熙朝評點大家何焯也是用「其心不忘事二姓之恥」的角度解讀謝靈運。何焯又指責二家都同用「聖心」一詞的不當，幾乎與傅山觀點一致。何焯評點《文選》早已名重士林，久聞於世，但是對謝瞻與謝靈運的批語，此兩大見解，悉不出傅山已經說出的意思。顯然，傅山的選詩評點與何焯的評點觀點相通。今先試引孫月峰評點謝瞻〈九日從宋公戲馬臺集送孔令詩一首〉的批語云：

風格非不高雅，音調非不清逸，第爾時諸作，千篇一律，連看數首，便亦可厭，所以李杜不得不為變體。(註[16])

孫氏此則批語就是用「格調」一詞總的概括謝瞻詩的高雅清逸之特色。高雅與清逸其實是兩種不同的風格描述，謝瞻詩的高雅，指詩句的遣辭造句講究工巧修飾，不作俗調。清逸則是分析謝瞻詩句的音節頓挫，上下聯讀之有節奏感。然而高遠與清逸是要合起來品味，始能整體地感受謝瞻詩的特質，於是，用格調一詞既能兼攝這個特質，又能代表評價謝瞻詩的統體表現，格調詩論就是這樣流行於明代詩論。而孫月峯這樣的格調詩論，對照傅山的格調評點法並無不同，只是傅山更廣泛多元地應用在選詩其它家的評點對象罷了。

再看何焯的《文選》評點，對謝瞻與謝靈運都有批語，涉及兩家用「聖心」一詞之誤，以及比較兩家之優劣，而最重要的還是用「人品」角度評判謝靈運高於謝瞻的理由。何焯評點謝靈運〈九日從宋公戲馬臺集送孔令詩一首〉云：

康樂較優於宣遠，然皆不見宋公優賢孔令知止之美，此晉宋間詩人知體要者鮮也。在宥一聯，似亦有優質之意，遂海嵎亦似以二疏比孔，卒其心樽不忘事二姓為可恥也。(註[17])

---

16 引自于光華：《評注昭明文選》，卷五，頁 9，(台北：學海書局，1977)，新編頁 390。

17 引自同前註引書，新編頁 391。案：何焯的《文選》評點分見兩處，一種見於于光華集評本，即此處所據引。另一種見於《義門讀書記》，蔣維鈞輯，收入《四庫全書》子部雜家類。

上引何焯的批語率先指出康樂優於宣遠，這與傅山直筆急書「畢竟才高宣遠」的靈運才筆，可謂前後呼應。其次，何焯專挑靈運此詩的卒章「彼美邱園道，喟焉傷薄劣」二句，何焯說此二句有「見幾遠逝之感」。(註 18) 意謂靈運藉末句之感嘆，不能跟隨孔靖養拙隱居，有愧「不事二姓」之理，隱晦地暗示謝靈運內在心靈的痛苦，由此詩句反映靈運的心志節操高過謝瞻。從詩句中看出詩人的品格，這種人品解讀，恰恰正是傅山用來評價靈運「才筆」的最重要標準。由此可見傅山人品批評的方法，明顯地與何焯的說法前後印證，只是何焯更加以引伸發揮罷了。

綜合以上所論，傅山選詩評點的方法，無論置於明清時期的詩論，或是明末清初的評點學，都在理論與批評雙方面的「史變」發展上，具有自成一家的獨特啟導之地位，有待文選學界的重新詮釋。

[18] 逝字原作遠，誤，今改。

肆 傅山評點文類方法之二：選文

一、前言

傅山是評點學典型範例之一，大略通覽其評點方法，歸結其評點優劣，一可有助集部評點學之參考，二可提示新文選學走向以「閱讀作品」為中心的新研究法，此即申論傅山評點學的價值所在。其中包括揭示傅山「主客兼顧」的評點學方法，就是注重閱讀作品的「性靈感受」，並加入知識的印證；而其常用的「互見法」，每能見人所未見處，提出重要之見解，有助於《文選》的解讀；同時兼用理校法，調和了李善注「釋事」與五臣注「釋義」的特點。整體而言，傅山是把《文選》當作文章解讀品嘗《文選》作品，回歸到蕭統選文「事出沉思，義歸翰藻」的文學標準，符合文學作品的性質。總之，傅山的《文選》研究法是以「評點」形式呈現，但又兼取「注疏學」的特點，故而傅山的評點代表《文選》評點學的里程碑，可視作文選學從「注疏」到「評點」的一次轉折關鍵，啟導明末清初文選學研究的新局面。

考評點之學自宋代發端，元明以下，評者愈多，評書至夥。明末清初，以金聖嘆為首之評點，可謂評點大家，承先啟後，影響深遠，回顧金聖嘆評點之學，兼及四部之作，不限一家之學。

且其評法、方法亦多端。舉凡字句章法，篇章結構，情理義味，無不涉及。又喜自創評點新詞，標舉評點創例，甚至莊語謔笑，充斥行間，大破古人之文論嚴謹之藩籬。於是，景效而摹仿者，趨之若鶩，儼然流傳為一派評點門法，可暫名之曰金派評點。清初廖燕《二十七松堂集‧金聖嘆先生傳》一文，歷敘金氏生平，及其評點學始末至詳。並列舉金氏所評書至多，而實際梓行者蓋寡，至於流傳至今者，猶待綜合輯錄。其中亦提及金氏評點之法，影響後學，沾溉來生。長洲武進等門生，繼其評點法而自名一家者尚多，由此可以得知金聖嘆之評點學，在吳門一帶已形成一股批評流派，代表名家如毛序始、徐而菴、吳見思、許庶菴等皆是。（註[1]）其次，廖燕肯定金氏一派的評點學之高度價值，認為金氏之評點，能發千古以來經典未解之秘。做到「畫龍點睛，金針隨度」的功用，並強調評點學之目的在闡明作文之筆法。一旦文章筆法講明，則文章之秘妙自能得解。評點學可視作文章筆法分析之學，其有補文論，有助文章之析解，自不待辨。到廖燕為止，能說出這種觀點，反映了清初由金氏開啟的評點學，已普遍獲得學者之肯定。

二、評點例一

評點之學，四部書兼有之，不獨集部。集部之評點，詩文小

[1] 今見《唱經堂彙稿》一書，首刊廖燕《金聖嘆先生傳》為代序，顯見此書乃後人纂集。案廖燕此文載《二十七松堂集》。此處引文據《唱經堂彙稿》。參見金聖嘆《唱經彙稿》序，（台北，老古出版社，1978）。

說亦各有之，非僅有賦學評點。然而四部之評點，有何異同？詩文之評點與賦之評點，有何優劣？此即評點學當進一步考究之課題。今自傅山的評點學，擇其一典型例，通覽其評點方法，歸結其評點優劣，可有助集部評點學之參考，二可提示新文選學走向以「閱讀作品」為中心的新研究法，此即申論傅山評點學的價值所在。案傅山的評點學，方法多端，可引傅山評點傅武仲〈舞賦〉一篇為例，此篇評點至少涉及章句學，如何分析作品的段落分章大意，及其文章轉承。也涉及主體閱讀法，將作品的解讀建立在不同讀者的性情必然體悟不同的作品意義之基礎。而且，也運用了理校法，以及作品言外之意的探求。傅山評點〈舞賦〉全文如下：

舞賦一首　　傅武仲

題首墨批「舞。少年讀吾家武仲〈舞賦〉，不甚滿意。又怪末之忽流連散客之馬，如不相關。老來虛求，始覺有情。文章一道，真不許輕狂前輩耶！」

「聽其聲，不如察其形。」注：「鄭玄注《樂記》曰：宮、商、角、徵、羽，雜比曰聲，單曰音。」墨筆眉批：「雜比曰聲，單曰音。」

「餘日怡蕩，非以風民也。」墨筆眉批：「餘日怡蕩。」

「玉曰：唯唯。夫何皎皎之閑夜兮，明月爛以施光。朱火曄其延起兮，燿華屋而熺洞房。黼帳祛而結組兮，鋪首炳以焜煌。」墨筆眉批：「獨說及『鋪首』。」

「姣服極麗，姁媮致態。貌嫽妙似以妖蠱兮，紅顏曄其揚華。

眉連娟以增繞兮，目流睇而橫波。珠翠的皪而炤燿兮，華桂飛髾而雜纖羅。」墨筆眉批：「『姣服』至『纖羅』，言美容麗服。」

「顧形影，自整裝。順微風，揮若芳。動朱脣，紆清陽。亢音高歌為樂方。」墨筆改「陽」為「揚」，又墨筆眉批：「『顧形影』至『紆清揚』，言吟歌之情態。」

「歌曰：攄予意以弘覩兮，繹精靈之所束。弛緊急之絃張兮，慢末事之骫曲。舒恢炱之廣度兮，闊細體之苛縟。」墨筆眉批：「歌。恢炱。」

「於是躡節鼓陳，舒意自廣」云云。墨筆眉批：「『躡節』以下，言將舞之態。」

「其少進也，若翱若行，若竦若傾。兀動赴度，指顧應聲。羅衣從風，長袖交橫。駱驛飛散，颯擖合并。鶣鷅燕居，拉揩鵠驚。綽約閑靡，機迅體輕。」墨筆眉批：「『少進』至『體輕』，說舞。」墨筆根批：「燕居，謂燕未飛時也。鶣鷅，猶翩飄，卻下一『居』字。」

「姿絕倫之妙態」云云。墨筆眉批：「『姿絕』以下，又不說舞。」

「在山峨峨，在水湯湯。與志遷化，容不虛生。」墨筆眉批：「生葉湯」。

「明詩表指，嘳息激昂。」注：「歌中有詩。」墨筆眉批：「明詩表指。」歌中有詩，從舞寫之。」

「眄般鼓，則騰清眸。」硃筆眉批：「般鼓。」

「吐哇咬，則發皓齒。」注：「咬，淫聲也，鳥文切。」墨筆改「文」為「交」。

「擊不致筴，蹈不頓趾。」墨筆眉批：「擊不致策。」

「及至迴身還入，迫於急節」云云。墨筆眉批：「又大舞。」

「黎收而拜，曲度究畢。遷延微笑，退復次列。觀者稱麗，莫不怡悅。」墨筆眉批：「舞罷矣。黎收。」

「於是歡洽宴夜，命遣諸客。擾躟就駕，僕夫正策。車騎並狎，巃嵸逼迫。良駿逸足，蹌捍凌越。龍驤橫舉，揚鑣飛沫。馬材不同，各相傾奪。或有踰埃赴轍，霆駭電滅。蹠地遠群，闇跳獨絕。或有宛足鬱怒，般桓不發。後往先至，遂為逐末。或有矜容愛儀，洋洋習習。遲速承意，控御緩急。車音若雷，騖驟相及。駱漠而歸，雲散城邑。」墨筆根批：「或有踰埃赴轍，雲駭電滅。蹠地遠羣，闇跳獨絕。或有宛足鬱怒，般桓不發。後往先至，遂為逐末。或有矜容愛儀，洋洋習習。遲速承意，控御緩急。車音如雷，騖驟相及。駱漠而歸，雲散城邑。」墨筆眉批：「舞賦終篇，獨及於客散之馬之客（容），何也？有心耶？無意耶？若無意則已，若有意，則謂觀舞之後，磬控馳驟，皆帶舞情。猶美人之當場騁技也！」（註[2]）

以上所錄這一篇《舞賦》的全文批語，明顯可見，傅山的評點學方法是「主客兼顧」，注重閱讀作品的「性靈感受」，同時也不忽略對作品上下文意的推求，以及作品字句訓詁考證的「知識詮別」。就前者而言，凡是批語中謂「自……至」一類的批語，即將

---

[2] 引自劉貫文、張海瀛、尹協理主編《傅山全書》（4）卷 113，（太原，山西人民出版社，1987），頁 2525-2527。案：據〈舞賦〉全篇文意，末段增一小節，寫客散之馬狀如舞姿。故而傅山批語「獨及於客散之馬之客」第二「客」字，當是「容」字之誤，今改正。

全篇《舞賦》按照閱讀後的文意段落分成幾個大段，藉此「章句」之學，把全篇作品的「上下文意（context）」串連起來，使字與句，句與段落皆能互相照應，這可視作《文心雕龍・章句篇》所說安章完句前後照應之說法的實際應用。

其次，傅山用理校法，出校「吐哇咬」的「咬」字反切當作「鳥交切」，傅山精於聲韻學的辨音知識，在此充分發揮。傅山在其他《文選》各篇的批語，到處可見此種理校法的應用。但是，傅山更注意的，無寧是〈舞賦〉全篇到底要表現什麼？有何作品意義？此篇最後的批語，深入分析這層含義。傅山提出「有心」「無意」的兩種假設，解讀〈舞賦〉終篇有言外之意。傅山認為〈舞賦〉全篇至「觀者稱麗，莫不怡悅」句止，所有形容舞貌舞態已至善至美矣！卻在文末補上「客散之馬」的描寫，以馬之奔競姿態，比較馬舞之不同。自「馬材不同，各相傾奪」以下各句，或寫馬如何舞，或寫馬如何奔逐。種種不同馬姿的表現，形狀絕似舞態，敘述文格意外傳神。這一段補述，相對於〈舞賦〉全篇而言，看似無關，其實富有深意。明清以前的讀者，一向忽略此篇末段筆法的特殊，也未能體會末段的真正意涵。今幸由傅山的精密閱讀，提示末段補寫馬姿的重要性，始將全篇首尾統貫的技法突顯出來。稍後於傅山的《文選》大家何焯，順著傅山的批語引申之。何焯云：「餘波又可當一篇小賦。」此評已注意到末段寫馬狀的獨立結構，猶如一篇小賦，正如傅山讀出末段寫馬姿如舞，或是有意安排。只是何焯未說明加寫此一小段之用意，傅山則直指其深旨，謂藉由觀舞之後的欣悅，悠哉悠哉，聊以永日，猶如美人當場馳騁競技一般。傅山這一解釋，〈舞賦〉全篇富於

「隱秀」風格，有言外深意的寫作技巧，立刻點明之，頓時了然於心，這悉賴精細的評點始奏效。傅山的評點學，最有價值的批語，大都是屬於類似這種批語的手法，可說是一種表現創意的評點方法。

三、評點例二

再舉傅山評點張孟陽〈劍閣銘一首〉說：「讀此等文，使人於文事中亦有豎子成名之嘆。」（註[3]）詳味此語，似頗貶此作，認為名實不符。傅山的快人快語，確非無的放矢。參看于光華《評注昭明文選》引孫執升的批語，即有相同之見。孫執升云：

> 以上一段亦非有奧意奇思，只是洗鍊得緊淨，遂覺嚴栗饒陗色。以下勢稍鬆，亦遂覺味淡。（註[4]）

細味孫執升的批語亦無好評，一則指出此篇沒有奇思奧意，二則批評此篇結構稍鬆，枯淡無深味。由此可知，傅山不認為〈劍閣銘〉為名作，蓋有理也。傅山的評點學總是不忘大膽說出主體性閱讀之後的品評優劣，表現「讀者意」的體悟效果。例如讀揚雄〈羽獵賦〉云：「揚子雲開口就把諷字放在頭前，宋人心事，宋人心事。」（註[5]）此處一語道破，指出〈羽獵賦〉全篇有諷諭作用，

---

[3] 《傅山全書》卷 118，頁 2636。
[4] 引自于光華《評注昭明文選》卷 14，（台北，學海書局，1977），頁 1055。
[5] 《傅山全書》卷 111，頁 2497。

與大多數的漢賦只是「勸一諷百」的作法不同。又如傅山批點宋玉〈登徒子好色賦〉云:「高簡。」(註[6])是說此篇全文總體風格而言,表現傅山個人的閱讀感受,應用「體性」的術語概念加以品賞。凡是這一類的評點,可以總括之曰「性靈感受」的評點。

傅山另外還有一類的批語,不只是徒發主體閱讀的性靈感受而已,更加入知識的印證,指明文章影響的層面,考證語詞用法的含義。例如傅山評點謝希逸〈宋孝武宣貴妃誄〉云:

> 「高唐渫雨,巫山鬱雲。」硃筆眉批:「張說為妹銘有『雲雨』字,此『雲雨』字亦不嫌。可見後世俗士不解古人,不狎用此二字。」
>
> 「仰昊天之莫報,怨〈凱風〉之徒攀。」注:「《毛詩》曰:〈凱風〉,美孝子也。」硃筆眉批:「〈凱風〉如此用,當時不避嫌。」(註[7])

這段批語,考查「雲雨」、「凱風」兩個詞意古今用法不同,古文守原始本義,後世轉出新意,以今律古,每每有不合的情形。此批語表現傅山的深厚古學修養,這是一種能將文意領會與古書詞彙本義結合參讀的評點學。

傅山評點《文選》的方法,常用「互見法」,將兩文互見之用詞,及李善繫於該用詞之注文,排比並參,對照用詞之涵意,考證注文之正誤訛奪,經此一校,每能見人所未見處,提出重要之

---

[6] 《傅山全書》卷 113,頁 2542。
[7] 《傅山全書》卷 118,頁 2638。

見解。

例如傅山評點《文選》卷四六任昉〈王文憲集序〉「自營部分司，盧欽兼掌，譽望所歸，允集茲日」句下善注云：「桓礹、邴營，氣類經緯士人，〈王儉集敍〉，陳思〈求通表》亦用之，以策部為營部。」（註 8）傅山這則批語，可謂明清以來《文選》學家首次注意此句之善注當校正之第一人，彌足珍貴。蓋自傅山提出「氣類」一詞之解，校正「營部」當作「策部」之後，至清季中葉嘉慶年間《文選》大家胡克家《文選考異》梓行，始再行校證之，而其意見大抵不出傅山已說之意。胡克家《文選考異》云：

案：「營部」當作「策劭」，注引《漢官儀》「營部」而云，今以「策劭」為「營部」誤也者，因正文作「策劭」，據應而決其誤也。又云「營，役瓊切；部，烏合切」者，為《漢官儀》作音，以明其不得作「策劭」也。袁本、茶陵本作「營部」，又「營」下有「役瓊」，「部」下有「烏合」，乃五臣依善注改正文而移其音於下，合并六家，遂致兩音複沓。茶陵本可覆審。袁刪善存五臣，益非。又皆於善「策劭」、五臣「營部」之不同，失著校語，讀者久不復察。唯陳云據此注正文中「營部」似當作「策劭」者，最是。但亦未知今本乃以五臣亂善耳。陳又云注中「策劭」當作「榮邵」。《後漢書・百官志》及《魏

[8] 這則批語，據《傅山全書》，點校者繫於《文選》卷 45 之首，點校者有注云「卷 42 至卷 44 批本散佚」。點校者誤以為此則批語在其列，錯置於此，且未標篇題。參《傅山全書》卷 170，頁 2607。案：傅山此則批語當繫於《文選》卷 46《王文憲集序》。

志・賈詡傳》注皆可證，而《晉書》採應語亦作「營部」。又《廣韻》「營」、「滎」二字下有「營部」無「滎邵」亦一證云云。其言「策劭」又為「滎邵」之偽，亦頗近之，附出於此，餘所論誤者不錄。（註 9）

細讀胡氏此則冗長之校文，一言以蔽之，主作「策劭」是，作「營部」乃各本之誤，即因五臣注亂善而致誤。胡氏的校正是對的，但胡氏據茶陵本為校，是版本的對校法。傅山則無版本以資考證，但憑「互見」之法，引他篇他注以校證當作「策劭」，依理而校，所得結果卻早於胡克家。兩者相較之，傅山的評點用「互見法」見功效，且又能旁參他篇他注，其實更有助於《文選》的解讀。因為，傅山指出策劭其人，與應劭《漢官儀注》的桓礹，皆是東漢人士，注重名節，乃屬「氣類相推」之友。〈王文憲集序〉的「營部分司，盧欽兼掌」句即用此典故。傅山的評點，指出氣類一詞，互見於〈王儉集敍〉與〈求通親親表〉二文，今考之陳思王〈求通親親表〉「不敢乃望交氣類，脩人事，敍人倫」句之「氣類」一詞，（註 10）謂即氣類經緯人士，故當作「策劭」，以符合應劭《漢官儀注》的原意。傅山的「互見」評點法，兼明典故出處，考證人名正誤，解釋氣類詞義，短短批語，而字字皆關要義，乃知傅氏評點學非一般俗師泛論之作。

---

[9] 引自胡克家《文選考異》卷 8，見《文選》，（北京：中華書局影印，1977），頁 958 下。

[10] 《文選》卷 46，頁 655 上；《文選》卷 37，頁 521 上。

傅山評點《文選》所用底本當出汲古閣毛氏刻本，此本在明末清初流行，屬善注單行本，傅山取此本校讀評點，蓋便中易得之本也。然而毛刻此本，自謂摹自宋刻，其實已亂其舊，且又於善注未加細考，致使此本之李善注文，脫漏錯訛之處不少。傅山評點此本時，每見及此，皆摘出評點，指正誤漏。例郭璞〈遊仙詩〉「長揖當塗人，去來山林客」句下李善注云：「《漢書》武帝制曰：守文法，以戴冀其世者，甚眾。」（註 [11]）各本皆同。即使今見宋刊秀州本《文選》與明州本、贛州本、叢刊本、尤本等皆同。傅山評點已看出此注不類，與繫注原注不相應。墨筆眉批云：「注引此句，不知何謂？」（註 [12]）詳此意，傅山必知此條注與原句當注之旨無關，傅山的批語已暗示「理校」手法，藉由精細閱讀原文與注文之工夫，指出此注有誤，傅山的評點學在此表現一種理校的工夫，頗值參考。因為經此一校，開啟清代中葉胡克家《文選考異》的注意，胡氏特別出校此條，謂「陳云：文下脫『之君當塗之士欲則先王之』十一字。是也，各本皆脫。」（註 [13]）細審此十一字脫文，有「當塗之士」一語，始悟即原句「當塗」之繫注，謂當路之人，即仕宦之士。如此一解，清楚明白，乃知注文脫十一字關係文意至深，豈可忽視？《考異》的精校，如此大有助於解讀《文選》，殊不知傅山的理校已先見於前。

---

[11] 《文選》卷 21，頁 308 下。

[12] 《傅山全書》卷 114，頁 2552。

[13] 《文選考異》卷 4，頁《文選》，頁 912 上。

四、評點例三

傅山評點《文選》的方法，在一篇評點之中，同時兼用理校法，上下文義閱讀，駁正善注之誤，比較他篇文義異同。傅山用這種「綜合式」的《文選》評點，兼有李善《文選注》「釋事」的特點，亦包含五臣注《文選》「釋義」的長處。易言之，即將「釋事忘義」與「釋義忘事」作了融合，兼取二法之長。這是傅山評點《文選》的方法，所代表的一種價值。

另外，從李善注與五臣注以後，《文選》的「注疏學」大抵呈現如此兩種基本的型態，唐宋以後，以迄明清的文選學，一直延續這種以注疏學為主的文選學。與此相對比的另一種新形式文選學，當屬《文選》的「評點法」之興起、發展，蔚為清代選學的主流。傅山的《文選》研究法，本來不以「注疏學」見長，而是以「評點」形式呈現，但又兼取「注疏學」的特點。故而傅山的《文選》評點，與一般泛泛之作不同，它代表《文選》評點學的一塊里程碑，具體展現《文選》評點學的優點與方法示。可視作文選學從「注疏」到「評點」的一次轉折關鍵，啟導明末清初文選學家研究的新局面，並反駁清中葉以後，某些學者對宋明清評點學的偏見與低貶，頗值文選學家的細究與參考。

今試引傅山評點《文選》卷五四劉孝標《辯命論》一篇的幾段主要批語，細加分析，即能理解傅山《文選》評點法的特別，及其創發文義，精細品賞原文，細讀上下文義，反覆咀嚼推敲，借用閱讀心得，成功運用「理校法」校出誤字的用心評點。傅山云：

> 題見硃筆眉批：「唐蕭瑀作〈非辯命論〉，謂孝標傷先生之教，迷性命之理。其大者以為人稟天地以生，孰云非命？然吉凶禍福，亦因人而有。若一之於命，其蔽已甚。柳顧言、諸葛穎稱之曰：自孝標後數十年間，言性命之理者，莫能詆詰。今蕭君之論，足療劉子膏肓。」又墨筆眉批：「孝標此論，亦未曾的的謂命，但往復致其怨憤之疑耳。所謂辯，實不能致甚辯，雖云『子長闡惑』，仍是惑義。」（註[14]）

這段批語，傅山用心疏解文意，目的要闡釋〈辯命論〉全篇的中心主旨，重點在詮解全篇文章義理，不僅只是疏解文句而已。傅山的批語，分二層，其一引蕭瑀〈非辯命論〉以助解，駁斥劉孝標命定之論。其二重讀〈辯命論〉的主旨，反駁李善注的說法。李善注此文，認為本篇是孝標「辭多憤激」之作，但傅山以為孝標其實在「疑」命，雖辯實不能致其辯，只有愈辯愈惑。何則？因為孝標所理解的命，只是富貴貧賤，窮達夭壽之理而已。傅山在此後的幾則批語中，暢所欲言，再次申明以《易經》為基礎的「天命之謂性」之命，用《易》理講到的命之觀念，駁正孝標的「命定論」。如此兩層互相參證，表現了傅山的評點在《文選》作品「思想性」的解讀工夫，絕非李善注純就「釋事」的角度，注解說孝標因十年窮困，不能通達，憤而怨命的身世背景，激發孝標作〈辯命論〉的意圖。因為，照李善注的講法，孝標寫作此文

---

14 《傅山全書》卷 118，頁 2629。

的「意圖」如何？後人實際無法斷言，勉強作解，難免犯了讀者「感動謬誤」之病。可靠之途，應該就讀者的閱讀，精心揣摩，直接就文章本身，探索要義，分析正誤，以表現讀《文選》者的感動之情與文義理解，如此，始有助於《文選》作品的訓解。這一層次的作品理解，不同於注疏學，也不同一般的評點，正是傅山這則批語的可貴處。接著，傅山進一層批解，即提出古聖所謂天命之謂性的「命性」，與孝標本文的「運命」實有別。傅山云：

「墜之淵泉，非其怒；升之霄漢，非其悅。蕩乎大乎，萬寶以之化；確乎純乎，一作而不易。」硃筆眉批：「鳥飛魚沉，生中即有命。而燕雀雉雞，俱有入水之化。不聞魚能化鳥，而化龍則亦飛。」注：「楚狂接輿謂肩吾曰：夫聖人之治也，治外乎？正而後行，確乎能其事者而已矣。」墨筆眉批：「《莊子．應帝王》：肩吾見狂接輿，狂接輿曰：『日中始何以語汝？』肩吾曰：『告我君人者，以己出經式義度，人孰敢不聽而化諸？』狂接輿曰：『是欺德也。其於治天下也，猶涉海鑿河而使蚉負山也。夫聖人之治也，治外乎？正而後行，確乎能其事者而已矣。且鳥高飛以避矰弋之害，鼷鼠深穴乎神丘之下，以避熏鑿之患，而曾二蟲之無知。』」又注：「性不可易，命不可變。」硃筆根批：「性不可易，命不可變二句有漏義。」
「化而不易則謂之命，命也者，自天之命也。」硃筆旁批：「此全謂貧富貴賤一定。」（註 15）

---

15 《傅山全書》卷 118，頁 2629。

傅山此則批語，專摘出李善注，但引原典釋事，未加申義之弊，而用一二關鍵批語，點出「鳥飛魚沉，性中有命」，就是古聖講的天命之謂性，此性命與運命不同，指出孝標說「性不可易，命不可變」一句，在全篇中有「漏義」。因為，傅山對命的理解，一則本之《中庸》之性命，一則本之《易經》之道。《易經・繫辭上》云：「」一陰一陽之謂道，繼之者善也，成之者性也。」（註[16]）朱熹《本義》：「性謂物之所受，言物生則有性，而各具是道也。」（註[17]）朱注此處所謂性即命性之性，亦即傅山具體指出鳥飛魚沉，性中有命之性。故而傅山據《易》之命性，駁斥孝標言命只是「此全謂貧富貴賤一定」。一旦認為命是一定，身遭不測，當然就會有憤激之詞，此所以傅山別據《易》之性命說，以反駁命定說，認為孝標最終對於命之理解，仍是「惑義」。

順此細讀法，傅山以下幾則批語，分別就孝標摘出的命之十蔽，傅山一一駁正之，而總歸其要義，都在闡明非命定之理。傅山的批語，乃就文解文，深刻把握文章本身存在的「主客意」之分別。主意是在作者，客意則歸諸讀者。傅山憑藉「精密閱讀」之工夫，盡情在《文選》作品意義的解讀，發掘作品之深意，頗符合文學詮釋學的手法。例如下列兩則批語，傅山悉就《文選》作品文字本身，進行「上下文意」的揣摩閱讀，引申其他感發的作品涵義。傅山評點孝標《辯命論》的第五蔽云：

---

16 《周易正義》卷 7，十三經注疏本，（北京：中華書局影印，1980），頁 78 上。

17 《周易正義》卷 7，文淵閣四庫全書本，12 冊，頁 681 下。

「然則天下善人少，惡人多。闇主眾，明君寡。」墨筆旁批：「此自喻無明主用之。」

「是使渾敦、檮杌踵武於雲臺之上，仲容、庭堅耕耘於巖石之下。」墨筆旁批：「此一辨有漏。渾敦雖非雲臺之才，然亦際在帝王聖人之時。大賢儘有巖石下者。」又硃筆眉批：「渾敦、檮杌。」

「橫謂廢興在我，無繫於天，其蔽五也。」墨筆眉批：「五蔽，謂上明下良，如聖作物，睹之，應全是應運而生者，不關人事。若說是人，非天，則非矣。」又硃筆眉批：「五蔽全謂無明主用之也，與董策之義乖，然董有董義，劉有劉義。」又墨筆根批：「此兩句最全，『是使』兩字謂廢興在人，卻又有『橫謂』一句掩之。」（註 [18]）

又傅山評點第六蔽云：

「彼戎狄者，人面獸心，宴安鴆毒」云云，「嗚呼，福善禍淫，徒虛言耳，豈非否泰相傾，盈縮遁運，而汩之以人，其蔽六也。」注：「孔安國《尚書傳》曰：汩，亂也。」墨筆眉批：「宴宴鴆毒，與左義不同，此謂安於毒害耳。」又硃筆眉批：「六蔽，說到時事上，此一段似謂如此大亂，是天亂，非人亂之也。」又墨筆眉批：「汩之以人一句，似謂天命至此，不可窮詰，而徒曰汩之以人，則其蔽矣。似謂天無當爾之理，而逕爾

---

[18] 《傅山全書》卷 118，頁 2632。

> 爾，故加『嗚呼』兩字，承之以『福善禍淫』云云。以為否泰盈縮之常耶，是人所不得汩之者。然此段文義，卻涵胡不快，正由以亂字解汩字，不似本義。」（註[19]）

仔細品味傅山針對〈辯命論〉第五蔽與第六蔽的原文解讀，可謂意趣橫生，閱讀興味至極。何則？傅山解讀作品的得力處，全在反覆揣摩原文之意，以「作者意」為焦點，不斷比較、辨正與引申，應用「隱秀」與「章句」的理論，推敲上下文意，考究關鍵字句前後的安排，最終得出結論，認為第五蔽之錯誤，不關人事，不關天運，而是無明主之用。

第六蔽之失，則在「時事之亂」。非如李善注以「汩者亂也」解此句，因而誤解成人亂或天亂。傅山這一蔽的解讀，不只表現「主體性」閱讀意義，且兼具批判舊注之非，是十足的性靈感受與知識詮別的賦學新解讀，這方法應視作一個賦學研究進展的新起點。

以上論述傅山評點《文選》的方法，特點在「釋事」的發揮，傅山不只訓釋文句，解讀文意，更進一層，加入「主客意」的批語，表現自己閱讀《文選》作品的心得領會。就這一層次而言，傅山的「釋事」，更加具備文章閱讀與文學詮釋的境界。如此理解傅山評點《文選》，纔能證明傅山的評點方法，與明清以來的八股時文評點不同，且又與單純的《文選》注疏學亦大大有別。一言以蔽之，藉由傅山的《文選》評點，吾人看到了一條研究《文選》的新途徑，此即《文選》文章學的方法示例。

---

19 《傅山全書》卷 118，頁 2632。

傅山把《文選》當作文章解讀，用文學閱讀賞鑑的角度品賞《文選》作品，這是文選學從注疏、版本、訓詁等文獻學進路之後的一大突破。雖然，用文章學評點《文選》的人不止傅山一人，尤其清代中葉以後，文章評點《文選》之作更多，但是在時間點上，傅山居於明末清初一位先行提倡者，實際應用文章品賞《文選》作品，對於此後像何焯、俞元桂、方伯海、于光華等清代《文選》評點家，先後繼起追步傅山用文學手法評點《文選》，傅山的「先導地位」頗值得選學家重視。（註 [20]）茲引傅山評點《文選》卷四八揚雄〈劇秦美新〉一文的批語為例，明顯看到傅山閱讀《文選》作品，已加入深厚的感情，移情於文，披文入情，寫下自己深入閱讀作品後之默感神會，結合自己世身遭遇，借古觀今，假事喻意，表現自己的文章品賞趣味。這樣的批語，絕非僅僅「釋事」可比，也不同於「釋意」之受制於作者意圖，而是闡發作品中的「主客意」。傅山云：

> 「臣伏惟階下，以至聖之德，龍興登庸，欽明尚古，作民父母，為天下主。執粹精之道，鏡照四海，聽聆風俗，博覽廣包，參天貳地，兼並神明，配五帝，冠三王，開闢以來，未之聞也。」墨筆眉批：「稱頌至此，尚謂雄非莽大夫耶？司馬溫公死為此貨回護，如何回護得了？雄即不爾奉承，莽亦不必殺雄！鬼打老揚，出此大醜。」

---

[20] 關於明清評點《文選》各家的批語，可據于光華《評注昭明文選》一書的輯錄為代表，特別是此書的序言凡例，列舉明清評點《文選》數家，可見一斑。參見于光華《評注昭明文選》，（台北，學海書局，1986）。

> 「臣嘗有顛眴病，恐一旦先犬馬，填溝壑。」墨筆眉批：「到死了免得幹下此事！」
>
> 「敢竭肝膽，寫腹心，作〈劇秦美新〉一篇，雖未究萬分之一，亦臣之極思也。」墨筆眉批：「可惜此賦才，沒瓤沒腦儘著諂媚，千百年上下五色雲同也，可惜今之五色雲無由聞矣！」
>
> 「道極數殫，闇忽不還。」墨筆旁批：「書歎不解天命，何出言之易也。」又墨筆眉批：「連漢也闇忽來了！讀至此，可見雄胡塗至極，絕不算計漢尚有中興之理。」
>
> 「宜命賢哲，作〈帝典〉一篇，舊三為一襲，以示來人，摛之罔極。」硃筆眉批：「雄本意望莽即令雄作典也。莽不曾命雄，真憋殺此鼠。」（註[21]）

細讀這三則批語，可以想見當時下批語時的神采飛揚，手舞足蹈之情，十足表現文學賞讀的創發感興情味，與拘囿於釋事忘義，謹守字句訓詁的《文選》注疏大異其趣。然而，傅山的品評也不能等之空疏。試看此段批語，或援引史論史評，如司馬光《資治通鑑》的評價揚雄，反駁其非。或據人品與文品的角度，批判揚雄的失節，或自文體源流的角度，指摘〈劇秦美新〉用語立意的失當，無不顯示傅山的評點，自有一家見解。

論者或質疑傅山這種評點法，藉由閱讀過程的興發默會，暢抒個人的情意志氣，所得出的文章引申義，未必即作者原意，也未必即作品本意。這種說法，明顯是站在舊文選學「釋事忘義」

[21] 《傅山全書》卷 118，頁 2621-2622。

的框架，而未能突破窠臼所導致之謬解。應該說傅山的評點不走這條老路，用心開展更進一層的《文選》文章評點，把《文選》作品當作文學作品讀，回歸到當初蕭統選文「事出於沈思，義歸乎翰藻」（註 22）的文學標準，正是符合文選作品的性質。過去，舊文選學太過忽略《文選》的作品本質，未能從文學角度進行研究，無寧算是某種偏途。現在，有了傅山新評點法的嘗試，放在文選學研究的長遠歷程加以審視，就更能突出表現傅山文學評點旨趣的可貴。

五、評點與文章學

稍後於傅山，清代乾嘉時期大儒章學誠提出「功力」不等於「學問」的新觀點，強烈批判當時乾嘉考證學，孜孜於字義訓詁，與典故考求的知識，以功力自炫，自傲深明經典，卻不能通貫聖賢之學，未解經典義理的弊病。章學誠提出以性情志氣讀書，畫出別徑，開出新義的一種學問方法。章學誠云：

> 夫學有天性焉，讀書服古之中，有入識最初而終身不可變易者是也。學又有至情焉，讀書服古之中，有欣慨會心而忽焉不知歌泣何從者是也。功力有餘而性情不足，未可謂學問也。性情自有而不以功力深之，所謂有美質而未學者也。（註 23）

---

22 〈文選序〉，見《文選》，頁 2 下。

23 葉瑛《文史通義校注‧內篇二‧博約中》，（北京，中華書局，1985），頁 161-162。

章氏此語精彩至極，先嚴格區分學問與功力之不同，再說明學問是以至情天性為本，用「會心」之工夫讀出古書之義，絕不是拘束於飣餖字句之考證。按照章氏的講法，舊文選學過去重心放在「釋事」與「注疏」之學，雖然已累積豐碩的研究成果，留下的著作輝煌。但是文選學的精邃處不當僅限於此，應該跨出文選學作為讀書功力的訓練，用至情天性閱讀品賞，像傅山的評賞一般，道出個人對作品的深沉會心之處。為此，章學誠特別指正當時學者極力摹仿宋人王應麟的功力之學。章氏云：

> 今之博雅君子，疲精勞神於經傳子史，而終身無得於學者，正坐宗仰王氏（應麟），而誤執求知之功力，以為學即在是爾。學與功力，實相似而不同。學不可以驟幾，人當致攻乎功力則可耳。指功力以謂學，是猶指秫黍以謂酒也。（註 24）

章氏此語，全力指正以南宋大家王應麟為典型的博考搜求之功力，誤認功力即學問的作法，可謂發人深省。而前此，章氏曾具體分析何以王氏之學，不能稱作真學問的理由。章氏云：

> 或曰：王伯厚搜羅摘抉，窮幽極微，其於經傳子史，名物制數，貫串旁騖，實能討先儒所未備，其所纂輯諸書，至今學者資衣被焉，豈可以待問之學而忽之哉？答曰：王伯厚氏，蓋因名而求實者也。昔人謂韓昌黎因文而見道，既見其道，則超乎文

24 《文史通義校注》，頁 161。

> 矣。王氏因待問而求學，既知學，則超乎待問矣。然王氏諸書，謂之纂輯可也，謂之著述則不可也；謂之學者求知之功力可也，謂之成家之學術則未可也。（註 25）

這段痛快暢論，指出一生徒事纂集搜求，訓釋考證的王伯厚，疲勞精神於古書，卻僅知經注，不解經義的功力之學，其實不等於真學問。照章氏的說解，唐高宗顯慶三年上《文選》注的李善之文選學，號稱「書簏」，但能「釋事忘義」的功力，大抵同王應麟，弊在不能將性情與學問結合在一起，誤認考證注釋功力即學問。因為，章氏認為離詩文而訓詁，是不能真解文義。文義是存在於詩文之默會品賞中，所以，章學誠提出「意有主客」的創見。章氏云：

> 至於文字流傳，義有主客。古人著述，道豈拘墟。〈東皇太一〉，不過祀神，而或以謂思君；〈橘頌〉嘉樹，不過賦物，而或以為疾惡。朱子曰：「《離騷》不甚怨君，後人往往曲解。」洵知言哉！夫人即清如伯夷，未有一咳唾間即寓懷高餓；忠如比干，未有一便旋間亦留意格君。大義不明而銖銖作解，此治書者之不如無書也。余讀屈子之書，向持此論，而與詞章之士言之，則徒溺於文藻；與義理之士言之，則又過於膠執，窮嘆二十五篇之隱久矣！（註 26）

---

[25] 《文史通義校注》，頁 161。

[26] 倉修良《文史通義新編・外篇二・為謝司馬撰〈楚辭章句〉序》，（上海：上海古籍出版社，1993），頁 394。

章氏這裏提出文章內在存在「主客意」的理論，真可謂空谷足音，可算是能深刻體悟文學妙義之理論大家。順此理論，即能充分支持傅山的評點《文選》，處處發出會心之批語，展現讀者的性情至感，正是最能讀解《文選》作品的人。因為，傅山讀到揚雄〈劇秦美新〉有自己的性情契合處，正像章學誠讀到的屈原〈東皇太一〉與〈橘頌〉之作，有自己的想法，與詞章家不同，更與義理家有異。而不論原來作品為何，傅、章兩氏的閱讀，都同樣發掘原作的「主客意」，進行心領默會的解讀。傅山評點《文選》的方法，已具體示例《文選》「文章學」的文學性讀法，經過以上的分析，當更加肯定傅山文選學的價值，允宜選學家給予重新評價。

六、小結

民國以後，倡行白話語體之文，一時風氣不可排扼。遂盲目痛詆古文，攻毀舊文化之非。於是宿儒通士，本來一生習古文，頌古書者，怕大嘆喪文之弊。以致文論家漠視古文，並古文之批評，古文之理論，乃一概鄙薄之。所幸，尚有一二真才實學之士，堅持畢生之志，力挽狂瀾，不棄庶習，而為文著書，整理古論，排比古說，力倡古文古論不但不可廢，猶且有助文章撰作學習。若章士釗《柳文探微》，馮書耕、金仞千《古文通論》，王葆心《古文辭通義》，葉百豐《韓昌黎文彙評》等諸家力作，可謂示人金針，有功古文復興，見證古代文論反省之書。其中葉百豐自古文八大家，擇其首倡者韓文公之文集，分篇分段，逐篇繫入後世文論家之評點。提倡學古之法，當自評點學之方法以探得門徑。葉百豐云：

> 評點之學，乃吾國文學理論批評之特有形式，由來尚矣。片言居要，一語破的。其精深闢，啟發人意之處，往往有逾於解說者，吾生平治文事，課生徒，得力於此為多，而於昌黎韓氏驗之尤深。……今欲先取昌黎集中世所誦習名篇，別擇諸家評語之精粹者，彙為一編，以餉學者。（註[27]）

上列引文即自葉百豐《韓昌黎文彙評》一書之序文摘出。蓋葉氏不獨強調評點學有助於古文，更以實際編書，彙集歷代評點韓文之作彙為一編，以示學子門法。葉氏可謂精深古文評點之學，括舉要害，實際力行。

其實，章學誠提倡文章有「主客意」，強調閱讀興味的重要性，遠遠大過於考訂訓詁的學問，這種觀點如今更為後人所認可而遵循。殊不知傅山早已在他之前實際的臨文評賞中，廣用此種觀點矣！今人葉百豐提倡古文評點的重要與價值，所舉範例，時代多在傅山之後，由此可知傅山在評點史成績，無論評點方法的示範，評點深度與廣度的兼顧，早已自名一家。可惜，研究的人不多，此處勾畫數例，冀有志之士更加推展發揮，務期未來傅山評點成果有通盤的研究，將傅山的評點成就納入古代文論學史的評價之中。

---

[27] 引自葉百豐《韓昌黎文彙評》序，（台北：正中書局，1990）。

伍 傅山評點文類方法之三：雜著

一、前言

傅山評點《文選》的批語，有時候此類批語不直接施評在《文選》，而是透過傅山撰寫其它文章形式，藉由書札、家訓、雜文、雜記等體式，摘錄、選評《文選》已選的名篇佳句，進行賞讀與點評，傅山此類的《文選》評點學可視作另一種選學「雜著」，它與傅山直接施評《文選》的「專著」，共同組合成為傅山一生全部的「文選評點學」，如果分析這些批語的技巧，既有閱讀之後的興會感受，又有風格描述與歸類統合。試舉傅山對江淹用「理」字評點詩句的批語，分析其義理與技巧兩項，正是傅山評點《文選》作品的手法之一，同時也是一種先導型的《文選》評點方法，值得選家重視，當給予傅山該有的明清選學史地位評價。

所以說傅山（1607～1684）評點《文選》，必須分作兩類研究，一類是直接施批語在《文選》眉端，可視作傅山《文選》評點之專著。另一類不直接施評在《文選》，而是透過傅山撰寫其它文章形式，藉由書札、家訓、雜文、雜記等體式，摘錄、選評《文選》已選的名篇佳句，進行賞讀與點評。傅山此類的《文選》評點學可視作另一種選學「雜著」，它與傅山直接施評《文選》的「專著」，共同組合成為傅山一生全部而多元的「文選評點學」，二者缺一不可。

追溯傅山研究多元化展開始自上世紀八十年代，研究範疇涵蓋傅山的文學、思想、書法、繪畫、與中醫等，不可謂不豐富多角度，但是獨獨未涉及傅山的評點學。學界首先探討傅山的評點學初見於本人發表於〈中華文史論叢〉的一篇〈論傅山的評點學〉，此後本人陸續又寫了再論與三論等探討傅山評點學的論文，進行更全面與多元的傅山評點學研究課題。檢視近二十年來的傅山研究，皆未有聚焦於傅山的評點，主要原因當在評點文獻之不足，以及評點學早期未被重視之學術環境，導致傅山研究的文獻與資料取材，出現誤讀或忽略的現象，學界取材傅山的文獻與資料，大都環繞在外緣研究之史料，偏向學案與方志史料之解讀，較少直接關照傅山的內在文本研究材料，而內在研究材料主要集中在傅山評點經史子集四部古籍之批語，大量的批語代表傅山最直接的思想與文論之展現，更代表傅山學術的精華所在，可惜學界研究傅山少有此材料的整理，歸納與解讀策略，更遑論傅山評點學的方法，價值與意義之討論。

二、評點的基本方法

例如傅山多元評點《文選》的方法主要有二種，一用技巧分析，二作義理討論。但也不自己限定單一方法，有時候傅山也同時兼用此二法評點一篇《文選》文章。傅山此類雙法並用的《文選》評點法，可據傅山評《文選》移類文章劉歆〈移書讓太常博士書〉與贊類夏侯湛〈東方朔畫像贊〉二篇為例。此二篇傅山檢討同在一篇文章的內容思想與文章作法如何配合，不致兩相觸害的問題，傅山評點〈移書讓太常博士書〉云：

> 而且不知左氏之言出自劉子駿，前云丘明而後云左氏耳。即相傳一氏字，猶云施、孟、梁丘家也。鄙夫拈一氏字，執之為左史官氏，發子駿大噱哉！尹焞云：「文章只有六經，至左傳便做壞了也。」哀哉！俗儒真不曾夢見文章也。晦翁云：「左傳，趨炎赴勢之人。」或只嫌其不似胡寅輩通鑑論耶？大抵理學儒先，只許闡微盡性，不勞論文章。以文害詞，以詞害志往往然。文章中變變化化，隱隱躍躍，左左右右，無窮之妙，良難與擔版漢費齒牙也。（註[1]）

此節批語，傅山首先肯定《左傳》作者就是左丘明，此從《史記》、《漢書》說法而不疑。接著傅山痛批宋儒出於道學理學之偏執角度，宋儒不喜《左傳》文章，只緣《左傳》不談心性之學遂質疑《左傳》的經書正統之地位。甚至有尹焞之流，誣指《左傳》文章「做壞了」。細細揣摩傅山的意思，當謂「經學」與「文學」本一體，義理與辭章本一物。傅山在此已表現堅定的「宗經」正統文論的見識，不把文章與聖學硬分，反而更重視文章變化無窮之妙，而宗經之道自在其中。正如《文心雕龍》〈徵聖篇〉云：「是以論文必徵於聖，窺聖必宗于經。」此即文章經學之論，深刻影

[1] 引自傅山：《傅山全書》第一冊，（太原：山西人民出版社，2000），頁 398。

響傅山的評點。又《文心雕龍》〈宗經篇〉結論要用「宗經文論」救治漢賦夸飾淫侈之歪風，與傅山此節批語力駁宋儒「宗經不文」的偏理之論，隱約之中，都有立大道闢異端的用心。《文心雕龍》〈宗經篇〉云：「夫文以行立，行以文傳，四教所先，符采相濟。勵德樹聲，莫不師聖，而建言修辭，鮮克宗經。是以楚艷漢侈，流弊不還，正末歸本，不其懿歟！」此節論漢賦楚辭的「侈艷」，批評「文詞」勝過德教名聲，是一種流弊，可謂「本末倒置」。推考此篇之真義，力主辭賦必須文詞義理兼顧，本末兼備，達到「經學與文學」的融合，而不是各偏一方。此種宗經文論，也即傅山此節批語所宗，反對宋儒只注重經書的「理」，只談經書的心性，卻刻意忽略經書的「文章變化之妙」。傅山評點《文選》暗用化用《文心雕龍》理論的作法，此例亦屬之。看來，傅山不只批點文心〈諸子篇〉而已，他對文心〈宗經〉、〈徵聖〉的經學文學合一之說，不但嫻熟而精詳，而且已化為自家一套綜合而又多元文論的體系根柢。可惜，至今未見有關傅山專批《文心雕龍》此書的整理文稿發表刊行。茲再讀傅山評點〈東方朔畫贊〉之批語如下：

> 山少年愛讀東方先生傳，亦頗臨右軍此讚，但習字耳，不論其文之焉如也。其實惟序之「濁世不可以富貴」八句盡致，韻語嘽矣。「其道猶龍」四字得之魯公寫麻姑僊壇記。道家又列魯公列僊中，爰以其筆意寫東方生畫讚，公不嗔也。（註[2]）

---

[2] 同前註引書，頁399。

此例傅山用「摘句批評法」，摘出「濁世不可以富貴」與「其道猶龍」兩句，加以品賞。另外，兼談王羲之〈東方塑畫贊〉與顏真卿〈麻姑仙壇記〉兩家法帖，傅山反省自己年少習書，只知臨摹此二家法帖，不暇細品二家之文自有人生「義理」之妙，將文章、書法、義理三項合在一起加以綜合品評，此法又比前例增多品評項目矣！而此例的技巧分析，傅山既談到「韻語」之技巧，復欣賞「濁世不可以富貴」此句之風格有「盡致」之妙。顯然傅山對「濁世不可以富貴」的人生義理，有所體悟，自己領會，爰特拈出摘句，寄意深遠。這一例，傅山也有結合義理與技巧雙法評點《文選》文章之涵意。

再看傅山評點王簡棲〈頭陀寺碑文〉的批語，表現兩種閱讀《文選》的策畧，很值得注意。一方面傅山分析此篇講佛教「施捨眾生」真義在不捨之捨，與《老子》講「貴師愛資」的道理可以互通，足證道佛互參，〈頭陀寺碑文〉有道釋並解，這是傅山對此篇進行「義理」之解讀法。

又一方面傅山也分析〈頭陀寺碑文〉絕妙的文章句法，指明此篇在「章句」的藝術技巧，並且比較後來王勒〈滕王閣序〉受到此篇影響，印證六朝作品沾溉唐代文章的事實。這又是傅山從「技巧」的角度，直接評點《文選》的文章。對一篇文章進行兩種不同策畧的評點，可稱作傅山《文選》評點的雙解法。傅山評〈頭陀寺碑文〉云：

頭陀寺碑：「行不捨之檀，而施洽羣有。」注：「心愛眾生而行捨，則憎愛，非為真捨。故大士之捨，見不施之捨，及于眾生，

> 斯為不捨。以茲而施，故羣有皆洽。」此義與吾解老子「不愛其資」同。
> 風作，閉戶，大悶，開囪，偶看至此。因昨日書老子，及此書之證，昧見「不貴其師」，施正是法施之義，「師不自貴」，則施不為檀，猶之乎滅度無量眾生，而無眾生實滅度者，聖人不仁也。（註[3]）

這一節批語，傅山先作〈頭陀寺碑文〉的義理分析，將之比較《老子》云：「善人，不善人之師。不善人，善人之資。不貴其師，不愛其資，雖知大迷。」（26 章）這一段的「貴師愛資」之理互通。這裏，傅山用的是李善注，批語既解讀原文，也同時二度解釋李善注的意思。傅山又云：

> 王簡棲頭陀寺碑文：「層軒延袤，上出雲霓。飛閣逶迤，下臨無地。」王子安用其語于滕閣，則曰：「層巒聳翠，上出重霄。飛閣流丹，下臨無地」，而聲節鏗鋐矣。文章套句法如此，若意之微，亦不過于此。進之後進，賊眼能爾，便足轅轢百家矣。然真奇文不在此例。（註[4]）

這一節批語，傅山改談文章章法，比較王勃〈滕王閣〉一段句法有〈頭陀寺碑文〉轉化而出。這是文章句法的「通變」技巧，近似劉勰《文心雕龍》〈通變篇〉講的文章句法有「通變」的作

[3] 同註 1，頁 760。
[4] 同註 3，頁 836。

法，以及〈章句篇〉講如何「安章完句」的技巧。

三、評點與《文心雕龍》理論結論

由前文講到傅山評點《文選》注意入選作品的「技巧」分析，不禁聯想到傅山的技巧論，應用「章法」比較〈頭陀寺碑文〉與〈滕王閣序〉二文前後句法修辭的相承變化，這是《文心雕龍》此書的理論應用。傅山讀《文選》，評《文選》，已知道由文心理論入手，將文心與文選二書並參互通，治《文選》兼通《文心雕龍》的學問路數，可說比清末民初李詳、黃侃等文選大家的提倡要早四百年矣！

案文心〈章句〉與〈通變〉兩篇都談論文章句法修辭如何安排之技巧，尤其〈通變篇〉主張文章體式有一定常規的「名理」可仿傚，但是文章的「文辭氣力」則會有「通變」之情形，且通變無方，沒有常法。文章的變與不變，各有路數。〈通變篇〉強調文章「文律運周，日新其業」的通變必然性。為此，〈通變篇〉列出五家辭賦描寫日月天地的句法修辭，一一分析此五家前後的變化，看出五家「異同」之技巧。傅山比較分析王簡棲與王勃兩家的句法通變，與文心五家通變之分析，一看即知方法頗為類似。〈通變篇〉分析五家辭賦之例如下：

> 夫夸張聲貌，則漢初已極，自茲厥后，循環相因，雖軒翥出轍，而終入籠內。枚乘〈七發〉云：「通望兮東海，虹洞兮蒼天。」相如〈上林〉云：「視之無端，察之無涯，日出東沼，入乎西

> 陂。」馬融〈廣成〉云：「天地虹洞，固無端涯，大明出東，入乎西陂」。揚雄〈校獵〉云：「出入日月，天与地沓」。張衡〈西京〉云：「日月于是乎出入，象扶桑于濛汜。」此并廣寓極狀，而五家如一。諸如此類，莫不相循，參伍因革，通變之數也。（註[5]）

細看此五家辭賦自枚乘〈七發〉開始描寫只有寫「天」，謂蒼天而已，司馬相如〈上林賦〉則加入「日出日入」的無端涯之形容，馬融〈廣成賦〉繼承這種描寫，只改變句法而已，到了揚雄〈校獵賦〉開始變通，結合前三家的天地與日月，寫出天地的「沓渺」，以及日月的出入。最後，張衡〈西京賦〉沿襲揚雄的綜合筆法，粗看似無變通，可是細看張衡又已加入「扶桑」與「濛汜」做為日出日落的神話傳說，大大擴充前面回家的題材內容。所以說，此五家在劉勰的分析雖然是「五家如一」，但是劉勰要凸出五家文章通變的道理，指出文章要流傳久遠，照例必有「因」也有「革」，這就是文章通變之「理」。劉勰《文心雕龍》的〈章句篇〉贊語云：「斷章有檢，積句不恒。理資配主，辭忌失朋。」此句特別強調文章句法要有「主體」，切忌自造奇辭，前後文意不接，有失「朋友」相顧之理。劉勰重視文章的「理」，必然多少啟發傅山重視理字，不但評點文章要分析章句的理，談論文章的思想內涵，也喜用「理」字下批語。這與文心理論重視文章的情與「理」之見解不無關係，也可看作傅山應用文心理論評點《文選》

[5] 引自黃霖：《文心雕龍匯評》，（上海：上海古籍出版社，2000），頁 104。

作品的實際作法。

因為，傅山有一篇雜記就直接摘錄《文心雕龍．諸子篇》的一段論子家定義的原文，進行批語，深深佩服劉勰的子學見識，認為劉勰對子學宗仰先秦，貶斥兩漢以下魏晉子書「體勢漫弱」的批判，贊賞他有中古之風。傅山評點文心〈諸子篇〉云：

> 文心雕龍：「諸子者，入道見志之書。」又曰：「六國以前，去聖未遠，故能越世高談，自開戶牖。兩漢以後，體勢漫弱，雖明乎坦途，而類多依採，此遠近之微變也。」
> 心鷙氣堅，眼偏手辣，似無忌憚，而非無忌憚，以其言，濟其事，不華不腐，不周不漏，中古之風也。難難。(註[6])

詳味傅山對〈諸子篇〉的批語，難難二字，深刻表達傅山推許崇仰劉勰諸子學標先秦子家「純粹」之論。批語說「以其言、濟其事，不華不腐，不周不漏」直接點明劉勰〈諸子篇〉這段原文的理論可觀，原文的子學理論周備而不浮華孤漏。傅山平生喜好子家，精研子學，好評子書，又對劉勰的〈諸子篇〉理論親加評點析論，均足以驗證傅山平生學術以子家為尚的志趣抱負。傅山奠基於子學學術的學問背景，援用挪用〈諸子篇〉理論，以及《文心雕龍》此書的技巧分析，應用在《文選》作品的解讀，得心應手，自有見解，乃極自然不過之事，這應該也是傅山《文選》評點學的方法特色之一。

---

[6] 同註 2，頁 835。

四、評點術語分析

最後仍然要對傅山好談「理」字的現象，討論其意義。原來，傅山重理的主要目的，要藉由駁正宋儒說理太偏，強調文章自有文章之理，此兩種層面的「理」字之內涵傅山以為並不互相衝突。為此，傅山持續暢論「理」字的本來原始面貌，找出古籍出現的理字，解釋本義，根據理字原義反駁宋代道學家專用理字衡天論地只談心性的過激之論。

由此推知，傅山講的「理」字，可當作傅山《文選》評點方法用「義理」與「技巧」二法之間的一道互通互參媒介，透過對義理有「理」，詩文亦有「理」的理字廣泛圓通理解，表達傅山評點《文選》文章注重文章義理與文章技巧兼顧的觀點。試看下列這則傅山的雜記云：

> 凡所稱理學者，多不知詩文為何事何物，妄自謂我聖賢之徒，豈可無幾首詩、幾篇文字為後學師範，遂高興如「何物清意味，何物天下理」而已矣。也有幾篇行世，其為之弟子者，又不知其先生父兄之詩文為何物意，以為吾師吾父兄之詩文豈有不佳者，盡氣力為之表揚，不顧人禁受得與否，而惟恐其人之不聞不見也。以故長耳下風，動輒數十卷，只得教人叫奈何耳，此事俑于宋而至今遂大盛。（註 [7]）

[7] 同註 1，頁 780。

這一則雜記，代表傅山詮釋「理」字的重要見解，可以分三層看：

第一傅山提出理學主「理」，但是詩文也有理之理字新解。且二者之理並不相悖。

第二傅山批判宋代理學家以「聖賢自居」，又好藉由詩文之名，留傳後世子孫與弟子之作風，殊不可取。此理學家「欺世盜名」之舉，有違聖賢之教。

第三傅山「借古諷今」指出以上二項之誤解「理」字之歪風，在傅山當時代愈演愈烈，已經是「至今遂大盛」。由此推考傅山攻辨「理」字本義，跨越過「當世」流俗之見，直追先秦古經子之理字原義精神，以古照「今」，明顯暗示傅山不滿並世學術思想「宗宋」理學風氣太過之弊，思有以撥亂反正，引導向雅正厚實的「正典」學風。由此亦可看出傅山個人學問生命風格獨特的面貌，反映傅山一生的學術志趣與抱負。此節「理」字疏解之重要性，幾可視為傅山《文選》評點學「義理」與「辭章」並建的文選學術方法宣言，值得選學家深刻參考。（註 8）

試看《文選》詩類雜擬江淹〈雜體詩三十首〉之一「孫廷尉綽」此首，傅山用摘句評點法，拈出江淹此首詩的關鍵兩句「靜觀足捶義，理足未嘗少」有「理」字，傅山批語云：「孫廷尉「靜

[8] 傅山另有專文分析「義理」之理多篇，除了有名的〈理字考〉此篇之外，傅山個別單篇札記討論「理」之義理，尚有許多篇。傅山主要的義理之「理」，特別注重講理不可與「心靈法界」分開，說理即要回歸「孝友之道」。傅山嘗編有《性史》乙書，所謂性史即理史，此書自二十一史摘錄孝友義行加以疏解，可惜今佚不傳。以上參見《傅山全書》第一冊，卷三十九雜記，〈讀理書〉與〈貧道編性史〉二則，頁 778 至 779。

觀尺捶義，理足未嘗少。」鍾嶸云：「綽、詢作平典；如道德論。江生所擬，遂欲過之。」(註[9]) 此句批語內容講的「理」，絕非宋儒理學之理，而是老莊道家之「理」。傅山批語謂孫綽的談理詩太過平淺乏文趣，故引鍾嶸〈詩品序〉的說法謂孫綽許詢兩家詩專述道家之理，缺乏文采，有似一部直講道家義理的《道德篇》一般，只見理義之妙，不見文辭之美，可見傅山亦不主張偏於「理」而少「真性情」之詩文。江淹擬仿孫綽的「理」詩，太過於說理字，此與孫綽詩之平典似道德論同弊，傅山批語駁正之，正代表傅山的選學理論注重義理與詞章並擅的賞讀策畧。

今試比較于光華《文選集評》此書摘錄方伯海、孫月峯與于光華自己對江淹此首擬孫綽的批語，此三家都沒有像傅山注意此首「理」字的重要性。孫月峯批語云：「全是論宗語而腴勁渾妙，打成一片，風致或有餘。」(註[10]) 孫評重點在江淹善用玄論注入詩語，指出老莊玄學與詩語結合的風致，表現此詩特色，孫氏此評似亦兼顧詩中義理與詩語言的配合要恰切，但孫評終究未注意「理」字。方伯海批語云：「會一部莊子以立言，大意總歸於清虛無為，順其自然而已。其曰去機巧，俱忘懷，乃作詩之旨。」(註[11]) 方氏此評說到義理，即順著孫月峯而引伸，同樣用老莊之道解此詩，只是方氏強調此詩的老莊「自然」之道，仍然沒有提出此詩的「理」字關鍵句。再看于光華自己的批語只有「四句

---

[9] 同註 1，頁 833。

[10] 轉引自于光華《評注昭明文選》，(台北：學海書局，1981)，頁 606。

[11] 同前註引書。

通篇結穴」一語而已。（註 [12]）于評摘出江淹此詩最末四句「亹亹元思清，胸中去機巧。物我俱忘懷，可以狎鷗鳥」而有此六字批語，說穿了，也是提醒江淹此詩的老莊玄學思想，並未刻意凸出此詩的「理」字關鍵。由以上比較孫、方、于三家對江淹擬孫綽詩的批語，雖然大同小異，但都沒有特別提示此詩的「理」字，不像傅山的評點，刻意凸出此詩「理」字，乃基於傅山向來關心宋儒理學真義的溯源，才特別摘出點評的結果。傅山注重「理」字在《文選》作品的涵意，正是傅山用「義理」角度解讀《文選》的具體作法。

自傅山用理字解讀江淹此首後，要再隔二百年後的桐城派吳汝綸評點《昭明文選》才再次用「理」字解讀此詩。（註 [13]）相較之下，傅山有先見之明，示範在前，雖未必真的實際影響吳汝綸的評點，但至少已早過吳氏甚久矣！

五、小結

須注意傅山評點《文選》雜擬類江淹〈擬雜體三十首〉其它十五首的批語，雖然批語未出現「理」字，可是仔細審讀江淹摘出的十五例詩句本身大都在「述理」。此十五例詩句之形象描寫，藉形象以說理，藉形象以寄意，詩句內在涵義，無不透露一種天地自然之「理」。然而傅山摘出此類有「理」之詩句加以評賞，卻不直接點出詩句內含之「理」義為何？改從詩句的用字、

---

[12] 同註 10。

[13] 引自吳汝綸：《昭明文選》標點注釋，（台北：文友書店，1975），頁 179。

句法、音韻、結構，以及興會感受等大類屬於「技巧」的分析加以評點。簡言之，傅山評點江淹〈擬雜體三十首〉的主要方法，就是義理與技巧多元並重的評點賞讀。試觀傅山評點此首的十五例摘句，及其批語如下：

1.江淹擬雜體三十首中，好句不能忘，寫出。

2.王侍中：「日暮山河情。」直樸不凋，卻不無氣色。出自仲宣口中，如不甚懸。

3.稽中散：「曠哉宇宙惠。」一惠字，扶得上四字穎別。

4.潘黃門：「青春速天機。」通首肖安仁兒女鼻涕。起頭五字，大別機杼。

5.左記室：「顧念張仲蔚，蓬蒿滿中園。」句本平平，虧作結句，挩映頗寓風力。

6.劉太尉：「白日隱寒樹。」五字淒勁，足傷荒囑。後鮑參軍「寒陰籠白日」，與此同。

7.郭弘農：「矯掌望烟客。」不無做作，而迂平。一往至此，刮目矣。

8.許徵君：「苕苕寄意勝。」「苕苕」加「寄意」上，遂互勝。

9.殷東陽：「青松挺秀萼，惠色出喬樹。」十字要連讀，平異如畫。

10.謝僕射：「淒淒節序高。」「高」字不凡。

11.謝臨川：「身名竟誰辨，圖史終磨滅。」逼真，康樂深情矣。

12.顏特進：「氣生川岳陰。」通首組構不難，只此五言雄起。

13.謝法曹：「開衷瑩所疑。」炤眼如雪。

14.王徵君：「窈藹瀟湘空」、「清音往來遠，月華散前墀」。靡婉幽靜，南風之冠。

15.謝光祿：「氣清知鴈引。」少匠無庸癡尋，下句「露華識猿音」便無味。

16.休上人：「日暮碧雲合，佳人殊未來。」興會之言，商簡不厭。（註 [14]）

細讀此十六例詩句的意義，大率不出一類是寫自然現象之景、山川草木之物。另一類則直說人生宇宙，身名出處之道。前者如例 1、例 5、例 7、例 8、例 9、例 11、例 12、例 13、例 14 等各句，後者如例 2、例 3、例 4、例 6、例 10 等各句。若總括此二類詩句的主題大別分之，屬於自然之道的有：

1.氣

2.天機

3.宇宙

此三類主題都屬於談「理」的詩句。若論屬於人生出處之理的詩句主題則有：

1.節序（象徵人格品節）

2.寄意（寄託人生志向）

3.身名（思考人生三不朽問題）

總合以上六項詩句主題，都屬於「論道說理」的內容，完全可以證實傳山摘出的江淹此十六例詩句都在談「理」，可稱之為江淹理

[14] 同註 2.，頁 832 至 833。

詩。傅山特賞此類寓景於「理」的擬句，注意詩句的「理」義，不一定非有理字不可，反而無「理」之名而有理之「實」的詩句，才是傅山獨具慧眼，視「理」如明眼的評點功夫。傅山評點《文選》喜用「理」字批評視點（point of view）的評點法，至此又可一證。

但是此十六例摘句更重要的是傅山批語不再凸出詩句的「理」義，反而專門做詩句的技巧分析，表達盡情閱讀之後的興會感受，並且加以風格描述與歸類統合。譬如說直樸不凋、大別機杼、頗寓風力、康樂深情、靡婉幽靜、興會之言等傅山批語，俱屬風格描述與閱讀感受，也是文章「技巧」「文術」的點評。如此一來，傅山對江淹有「理」字內涵的詩句摘出，加以技巧風格之賞讀，結合江淹擬體詩的義理與技巧兩項評點，正是傅山評點《文選》作品的多元手法，同時也是一種先導型的《文選》評點方法，值得選家重視，給予傅山該有的評點學史地位評價。

陸 傅山評點文類方法之四：選賦

一、前言

傅山的賦學，主要藉由評點《文選》選賦的形式展現出來。他吸納前人的「賦注」，兼用聲義與歷史考證之法，不盲從作者意，也不濫發己意，結合了作者與讀者的雙重理解，開展出比賦注更有深度的方法——「賦讀」。簡而言之，傅山的賦學不止是純理論的建立，而是表現在賦讀的功夫上，他用理校法來「精讀」、「細讀」（Closed reading）文本，讀出原文與注文的內涵，進而品賞賦體作品，具有濃厚的「實際批評」意味。賦讀既可以看作傅山賦學理論的實踐方式，亦可當作賦學閱讀的示範方法，它帶領了清代賦學的新風氣。以下的分析，不難看到傅山理當在賦學史上佔一席之地，有待後世讀者重新給予傅山賦學新的評價。

傅山的賦學，主要表現在《文選》選賦的評點，藉由評點形式，傅山將其人之賦論，包括閱讀賦作之方法、校勘賦作之知識、分析賦作之章句學、探討賦作之意義學等種種與賦學多元相關的說法，一一展現出來。今以傅山評點〈舞賦〉為代表，最能看出傅山賦學的豐富方法。全文評點如下：

題首墨筆批「舞。少年讀吾家武仲〈舞賦〉，不甚滿意。又怪末之忽流連散客之馬，如不相關。老來虛求，始覺有情。文章一道，真不許輕狂前輩耶！

「聽其聲，不如察其形。」注：「鄭玄注樂記曰：宮、商、角、徵、羽，雜比曰聲，單曰音。」墨筆眉批：「雜比曰聲，單個曰音。」

「玉曰：唯唯。夫何皎皎之閑夜兮，明月爛以施光。朱火曄其延起兮，燿華屋而熺洞房。黼帳袪而結組兮，鋪首炳以焜煌。」墨筆眉批：「獨說及『鋪首』。」

「姣服極麗，姁媮致態。貌嬻妙以妖蠱兮，紅顏曄其揚華。眉連娟以增繞兮，目流睇而橫波。珠翠的皪而炤燿兮，華桂飛髾而雜纖羅。」墨筆眉批：「『姣服』至『纖羅』，言美容麗服。」

「顧形影，目整裝。順微風，揮若芳。動朱脣，紆清陽。亢音高歌為樂方。」墨筆改「陽」為「揚」，又墨筆眉批：「『顧形影』至『紆清揚』，言吟歌之情態。」

「於是躡節鼓陳，舒意自廣」云云。墨筆眉批：「『躡節』以下，言將舞之態。」

「其多少進也，若羽翱若行，若竦若傾。兀動赴度，指顧應聲。羅從風，長袖交橫。駱驛飛散，颯擖合并。鶣鷅燕居，拉㠥鵠驚。綽約閑靡，機迅體輕。」墨筆眉批：「『少進』至『體輕』，說舞。」墨筆根批：「燕居，謂燕未飛時也。鶣鷅，猶翩飄，卻下一『居』字。」

「姿絕倫之妙態」云云。墨筆眉批：「『姿絕』以下，又不說舞。」

「明詩表指，喟息激昂。」注：「歌中有詩。」墨筆眉批：「明詩表指。歌中有詩，從舞寫之。」

「哇哇咬，則發皓齒。」注：「咬，淫聲也，烏文切。」墨筆改「文」為「交」。

「擊不致策，蹈不頓趾。」墨筆眉批：「擊不致策。」

「及至迴身還人，迫於急節」云云。墨筆眉批：「又大舞。」

「黎收而拜，曲度究畢。遷延微笑，退復次列。觀者稱麗，莫不怡悅。」墨筆眉批：「舞罷矣。黎收。」

「於是歡洽宴夜，命遣諸客。擾攘就駕，僕夫正策。車騎並狎，巃嵸逼迫。良駿逸足，蹌捍凌越。龍驤橫舉，揚鑣飛沫。馬材不同，各相傾奪。或有踰埃赴轍，霆駭電滅。蹠地遠羣，闇跳猶絕。或有宛足鬱怒，般桓不發。後往先至，遂為逐末。或有矜容愛儀，洋洋習習。遲速承意，控御緩急。車音如雷，鶩驟相及。駱漠而歸，雲散城邑。」墨筆眉批：「舞賦終篇，獨及於客散之馬之客，何也？有心耶？無意耶？若無意則已，若有意。則謂觀舞之後，磬控馳驟，皆帶舞情。猶美人之當場騁技也！」（註[1]）

傅山評點〈舞賦〉的批語內容，歸納之，包含三項：其一是「文意疏解」，這部分的批語，傅山談到早年讀此文，有所不解處，及至晚年有情，始悟文章之意，這意見十足表現了傅山的辭賦「閱讀法」，具有填補空白，反覆辨證文意的作法。其二是批語

[1] 引自劉貫文、張海瀛、尹協理主編《傅山全書》，（太原：山西人民出版社，1986），頁 2525。

的內容對全篇進行「章法」的分析，將段落章節，依據原文的描寫內容，一一加以劃限，使人觀之爽然，章法分明，這一部份的批語，十足表現傅山對賦學章法的理解。其三是批語作了二次校勘，屬於「理校法」，但論斷極有見地，完全與現存版本相合。這一部份的批語，可以看出傅山的賦學表現小學訓詁的功夫。以上三項批語的內容，又以「文意閱讀法」最具有價值。它幾乎暗合了「閱讀學」的理論，在賦學的「意義學」解讀方法上，具有先導啟示作用。

因為，〈舞賦〉這一篇用著極形象的技巧，高度象徵的手法，頗寫「隱秀」之功，文意模糊，不易閱讀。故而歷來解讀者，各述己見，各抒所感，往往人言言殊，莫可究指。傅山的批語，先自「章句」的分析，指明全篇描寫的分段內容，次就全篇文章的考索，探求作者的用意。這中間，傅山得出有「主」、「客」兩意之分別，頗值參考。

二、評點的基本方法

傅山評點〈舞賦〉的批語，尚有理校法一項。例如此段評點，考訂「紆清陽」的陽字當作「揚」。雖然傅山沒有舉它例為證，只是依理而校，依其個人訓詁聲韻之學，但下己意。可是，這一段，卻暗合今見《文選》各刻本，可謂極具見地。案此句「紆清陽」，文選前輩諸家皆失校。胡克家《文選考異》號稱清代之冠，然亦失校，清代康熙年間選學大家何焯亦不出校。此句惟傅山的評點有校。今案《文選》宋刊奎章閣本此句即作「揚」，恰與傅山校合。其餘《文選》善本宋刊，諸如贛州本、明州本、廣都本、尤本等皆同傅山校。可見傅山的理校法，頗能暗合今見《文選》版本的真相。

理校法的第二例，是「烏交切」三字，傅山校云文當作交。這一例，傅山同樣未引它本參校，故而不得知傅山所據何本《文選》？今案各本《文選》此三字並不誤。傅山所據當為明末毛氏汲古閣刻本《文選》，惟今見此本仍作「烏交切」。四庫全書館臣抄本《文選》，〈提要〉云採自汲古閣，也是作交字。然則，何以傅山所見本有誤，而出校之？此未詳也。

若再從傅山評點〈舞賦〉的方法，尚可看到傅山的賦學建立在賦讀的功夫上，用賦讀取代賦注，集中焦點在賦作品的「釋事兼釋意」，改革過去以唐代李善注《文選》賦類「釋事忘意」的偏頗之弊。但是傅山也並非全部放棄「釋事」與「釋意」的結合。其突破賦學方法的價值，即修正舊注，導向新注。〈舞賦〉評點即此種新注的範例。類此手法，又見於傅山評點揚雄〈甘泉賦〉的多元辨證批語。傅山云：

> 題注：「明日遂卒」云云。殊筆旁批：「此不然。」
> 題首墨筆眉批：「文士想用勸一諷百之詞，為人主藥石之援，其迂疎可笑，良不如優孟、優旃，以至于申漸離、敬新摩之效速也。徒惹道學輩之責讓昧六義耳。若上有聰明特達之遇，何必譏諷而後可？即勸亦可感動。」
> 「孝成帝時，客有薦雄文似相如者。」墨筆眉批：「客有薦句也得意，也知有前輩。若今日之子雲，便不肯說似相如矣。」

「同符三皇，錄功五帝，卹亂錫羡，拓迹開統。」注：「應劭曰：卹，憂也。殊筆眉批：「注都不成文理。」（註 2）

細讀這幾則批語，都是針對「賦之文意」而發，直讀本文，領會深旨，把握「釋事釋意」的原則，不惜攻破舊注之非，指正舊有的古注是「注都不成文理。」，因為〈甘泉賦〉原來有「舊注」，出於李善之前。今存《文選》此篇的李善注本與六臣注本，都同時保留了舊注。（註 3）但是無論善注或舊注，都只是「賦注」而非「賦文注」，其偏失即在「釋事忘意」。這種以墨守舊注為解讀賦文的作法，其實並不能通解賦文大義與引申義。及至傅山的賦學，始刻意力求革新，將賦學主力放在「賦文」的解讀，於是，大多數賦作的「勸百諷一」之弊，經過傅山的重新理解，看出「勸百諷一」也有其諷諭功用，此即傅山指出〈甘泉賦〉雖盡力於勸之描寫，但是「勸中亦可感動」。傅山這一解讀，直指〈甘泉賦〉仍然有諷諭之功。在傅山之後的解讀者，大都從其說而更加發揮，可知後世的讀法當從傅山的啟示而來。例如于光華《評注昭明文選》轉引邵子湘、方伯海、與何義門三家對此篇的解讀，都一齊注重此篇「諷」意的主旨。邵子湘云：

---

2 引自劉貫文、張海瀛、尹協理主編《傅山全書》，（太原：山西人民出版社，1986），頁 2489。

3 案今本《文選》〈甘泉賦〉題下李善注云：「然舊有集注者並篇內具列其姓名，亦稱臣善以相別，它皆類此。」根據此言，可知本篇舊有注，今注中文穎曰、如淳曰、孟康曰等，即是舊注。

〈甘泉賦〉詞氣閎肆，音節抑揚，宮壘之宗宏，郊祀之肅移，備矣。求繼嗣意 為一篇之主。(註[4])

這裏，邵子湘的評點，揭示〈甘泉賦〉表面寫郊祀之禮，故而《文選》編入「郊祀」類，但此篇真正深層本意則在「求繼嗣」。揚雄有鑑及此，賦中暗寓諷諫之旨，當深明之。因此方伯海云：

上擬之以璇室傾宮，使見太一不至其地。下諷之以屏玉女却宓妃，便見太一不享其祭。直以道德精剛，當面一照，見欲求繼嗣，惟此為祇事感格之本，僕僕征遂無為也，此篇中看意處。（註[5]）

細審這則方伯海的批語，看到他說明賦意更清楚，直接拈出一個「諷」字，解釋上天下地皆無關乎太一之神祀。然則，〈甘泉賦〉真正的用意就在「求繼嗣」了。何義門最後做一總結，點出〈甘泉賦〉勸中帶諷的隱筆寫法。何焯云：

漢書本傳云：「甘泉本因秦離宮，既奢泰，而武帝復增屈奇瑰瑋，非木靡而不雕，牆塗而不畫之制也。其為已久矣。非成帝所造，欲諫則非時，欲默則不能已，故遂推而隆之，迺上比於帝室紫宮，若曰此非人力之所為，儻鬼神可也。」愚按賦家之

---

[4] 轉引自于光華《評注昭明文選》卷 2 頁 1，(台北：學海出版社，1977)，新編頁 185。

[5] 同註 4 引書，頁 190。

> 心，當以子雲此言求之，無非六義之風，非苟為夸飾也。其或本頌功德，而反肆侈靡，淫而非則，是司馬揚班之罪人矣。（註[6]）

何焯此則批語，點明〈甘泉賦〉用「反筆」的技巧，藉由臺殿雲閣的描寫，玉樹金人的奇思，表面看，生色錯參之夸飾，其實暗寓「六義之風」，十足地表現「賦家之心」。至此，〈甘泉賦〉於勸中有諷之筆法乃可確定矣！傅山率先用「賦讀」改寫賦注的傳學方法，具有先見啟導之價值，於此可得一證。其它尚可見到傅山批判舊注與善注的批語，目的都在扭轉由「賦注」到「賦讀」的新研究法。例如以下幾則批語，傅山云：

> 「屬堪輿以壁壘兮，捎夔魖而抶獝狂；八神奔而警蹕兮，振殷轔而軍裝。」注：「張晏曰：堪輿至獝狂，八神也。」「漢書武帝紀曰：用事八神也。」墨筆眉批：「封禪書：秦始皇祠名山大川及八神。一天、二地、三兵、四陰、五陽、六皿、七日、八四時，此神亦非其義。」又批：「堪輿至獝狂哪得有八？且上注張晏曰堪輿為天地總名矣，而此又曰八神，何也？漢書：元封元年，詔用事八神。後文穎曰：武帝祭名山于大一壇西南，開除八通鬼道，故言用事八神也。一曰：八方之神。」（註[7]）

---

[6] 同註 4。
[7] 同註 2，頁 2489。

這則批語仔細考究八神，當作八事之神，即「八通鬼道」之神，非如舊注所謂從「堪輿」以下的八神，也不是秦始皇祀山的八神。傅山又云：

> 「歷倒景而絕飛梁兮，浮蠛蠓而撇天。」注：「張揖曰：陵陽子明經曰：倒景氣，去地四千里，其景皆倒下。如淳郊祀志注曰：在日月之上，日月返從下照，故其景倒。」硃筆眉批：「倒景之說，亦須細繹。」又墨筆眉批：「在日月之上，日月返從下炤，是矣。『故其景倒』四字，又不大了了。此蠛蠓非蟲也。」又墨筆根批：「陵陽子明經。」（註[8]）

此則批語，傅山力辨舊注「故其景倒」一句的不可通，影倒之詞難解。傅山對此注的理解，一方面來自賦本文的上下文意，一方面出之以「理校法」。雖然，傅山的批語沒有直接說「故其倒景」四字衍文，但其批語中已表示猜疑，只差未引版本為證。其後，清代嘉慶年間胡克家《文選考異》一書，即明確指出其誤，引茶陵本與袁本《文選》以校正，知注文不當有此四字，可補傅山未引版本為證之不足。然而，傅山率先評點此舊注之失的睿見，尤堪選學家的注重。其後，胡克家開始有了「賦文」與「賦意」的區別觀念，並據之而校刊，大有所得。例如胡克家校正〈甘泉賦〉「若登高眇遠亡國」句云：

[8] 同註 2，頁 2491。

> 袁本眇下有而字，遠下無亡國二字，云善正文作登高眇遠亡國，茶陵本云五臣作若登高眇而遠，陳云漢書無亡國二字，今案各本所見皆非也。注應劭曰當以亡國為戒者，但說賦意，非舉賦文也。傳寫善本因注引應而誤添正文，又五臣衍而字漢書亦無。（註[9]）

細觀胡克家的校正是正確的，不惟袁本茶陵本無亡國二字，廣都本與其它各本《文選》也沒有，胡克家出校的理由，除了版本旁證，最有力的說法，就是注意到「亡國」二字是讀賦的人，表達閱讀的領會旁注於下，後人刊刻不加細察，誤入正文。這裏，即成功地運用「賦文」與「賦意」的參讀，得出校證結果，可謂「賦讀」法的實際例證。

三、評點是一種細讀

傅山評點《文選》賦體類的方法，主要表現一種「精讀」、「細讀」（Closed reading）的閱讀策略，往往能藉由自己精細的品味文選原文字句，或精讀《文選》注文的關鍵意義，而讀出原文與注文的內涵，雖然批語簡短，但是一字之品評，總能做出正確判讀，疏解《文選》作品原文深義，解決注文長久未解決的問題。

例如傅山評點張衡〈思玄賦〉的一段批語，緊緊扣住張衡注文裏的一個字「愚」，精密思索，終於判讀這個字，當屬張衡自己

[9] 引自胡克家《文選考異》卷2頁2，（台北：正中書局，1976），新編頁30。

的謙稱自謂，反駁李善注的說法，解決長期以來對《文選》「自注」到底有多少篇的不同意見，正式判定，《文選》的舊注，除了李善所標出的幾篇之外，尚有張衡自注〈思玄賦〉的體例，傅山評點〈思玄賦〉云：

> 題注：「善曰：未詳注者姓名。摯虞流別題云衡注，詳其義訓，甚多疎略，而注又稱愚，以為疑辭，非衡明矣。」墨筆眉批：「何迷故而不忘，注有一愚字。」
> 「羡上都之赫戲兮，何迷故而不忘？」注：「何感舊故而不忘新。愚以為當去己之迷故之心也。」墨筆眉批：「愚。」（註[10]）

傅山這則批語，專注在張衡自注用一個「愚」字，李善以為既有愚字，當囑別家注，非張衡自注。傅山則謂不然，他採取類似本經自注的方法，就注文本身舉出「本文自證」的例子，從注文找到兩個用「愚」字之句，仔細揣摩注文的涵意，更加證明這個愚字其實就是張衡自注的謙稱，李善注一時失察，誤讀了這個「愚」字，遂曲解注文即自注之體例，幸今有傅山之斧正。

傅山的批語一出，張衡〈思玄賦〉自注之可證，已成定案。自傅山而後，又見何焯、汪師韓、梁章鉅、胡克家等清代幾位文選學大家，對此篇自注續有考訂，然皆力主此篇為張衡自注。及至近代，揚州選學名家李詳，與黃崗黃季剛等，亦未作疑，並無異議。可惜以上幾位選學名家未能讀到傅山之批語，不知傅山評

---

[10] 引自劉貫文等主編《傅山全書》冊四，（太原：山西人民出版社，1986），頁 2510 與 2514。

點《文選》已率先做此結論（註 [11]）。由此益知，傅山評點《文選》，應用精細閱讀的功夫，每每見人所未見，頗具開創之功，玆引近人李詳《愧生叢錄》說到〈思玄賦〉自注的一段話，李氏云：

> 前人賦頌有自注之例。謝靈運《山居賦》、顏子推《觀我生賦》，世人所習知也。張衡〈思玄賦〉自注，見摯虞《文章流別》。左思《三都賦》，亦思自注，見《世說新語・文學篇》注。王逸《九思》，亦自注也，四庫館臣疑為其子延壽之徒為之，蓋未知此例自張衡以啟之。（註 [12]）

李詳這段見解，正式定名「自注」之例，並從傅山之評點，謂〈思玄賦〉即張衡自注，此為賦之有自注之始，徹底駁正李善注對張衡自注的質疑。其實，李詳此段話，並未引傅山的評語，故而不知自注之發明，已先見於傅山，因而責難四庫館臣之「未知」，不免疏陋之譏。

傅山的賦學，最值得稱道的方法，無寧說就是展現一種綜合分析多元解讀的「賦讀」，以取代之前的「賦注」之賦學。賦注之賦學，主要以王逸注《楚辭》、李善注《文選》賦，與洪興祖、朱熹補注《楚辭》等幾類著作為代表。這一類的賦注之學，主要以訓詁字義、辨訂名物、考證制度、訓釋地理為主，較少涉及文詞

---

[11] 以上各家關於《文選》舊注的討論，何焯、汪師韓謂「舊注」，至梁章鉅始用「自注」一詞，揭出〈思玄賦〉乃張衡自注。及至李詳《愧生叢錄》始從梁說，亦名曰自注，以與舊注有所區別。

[12] 引自李詳《愧生叢錄》，（南京：江蘇古籍出版社，2000），頁 104。

疏解、章法分析、與詞章義理的探求。基本上，傅山之前的賦學，以「賦注」之形式為主流。

經由傅山吸納前人的「賦注」之學以後，傅山開展出一條比賦注更有深度的「賦讀」，將賦作文本當作文學品賞、韻味體悟、意義領會的學問，進行解讀。傅山這種賦讀法，既可以看作賦學理論的實踐方式之一，亦可當作賦學閱讀的方法示範，就此二者而言，傅山的賦學應該置於賦學發展史上一個高點地位，有待後世讀者重新評價。

從傅山開展的「賦讀法」之後，清代的賦學，出現了更多類似的讀法，藉由評點形式，開展以文學閱讀為趣味的賦之評點與疏解。譬如康熙年間何焯評點的《文選》選賦，乾隆年間，于光華的評點《文選》選賦，顧施禎的疏解《文選》選賦，何、于、顧三家可謂代表，而其賦學方法大抵不出傅山的「賦讀」模式，大部份都以疏通文義，闡釋言外之音，品賞章法技巧的一種賦學閱讀為主軸，從而可知傅山用「賦讀」改良「賦注」，提出新手法的賦學，確實帶領了清代賦學的新風氣，其明顯的特色，就是用文學閱讀的角度品賞賦體作品，具有濃厚的賦學「實際批評」意味，不止是純理論的建立。這一點，應該是傅山「賦讀」法的最大價值。兹引傅山評點張衡〈南都賦〉的幾則關鍵批語，考察傅山賦讀法的種種面貌。傅山云：

> 「方今天地之睢剌，帝亂其政，豺虎肆虐，真人革命之秋也。」注：「漢書音義曰：方，向也，謂高祖之時。」「豺狼貪殘，謂王莽也，真人，光武也。」墨筆眉批：「睢剌。方今數句，在

> 平子時，豈不招斥？」墨筆旁批：「方今以下廿二字，本非賦中語，不知自何文篹入，刪去。從上『且其君子良章』之韻，下與『謀臣武將，至於久長』，實叶一韻，是其證也」墨筆眉批：「注猶不通，以上下文義求之，方今謂高祖，真人謂光武，皆說不去。」又墨筆旁批：「注全不省文義，妄為解之。」墨筆根批：「平子本傳，六十二歲，當順帝陽嘉四年丙子卒，逆數至明帝，明帝十八年，正是十二，是平子于此年生也。又非永和四年生矣。傳有訛。大概生於永平之末，卒於陽嘉四年，而中間所歷章、和、殤、安、順五帝，亦不得說方今謂指光武矣。此注大混。」（註[13]）

傅山這則批語，頗作驚人之語，獨家創解，批判〈南都賦〉原文「方今天地」以下二十二字衍，原文不當有。傅山雖無版本為證，但憑藉深厚的精密閱讀，領會上下文義，用「理校法」判讀，校當刪，可謂精彩之至。接著，因為原文既衍，注文又非，傅山大膽駁斥李善的「賦注」之注文，無助於〈南都賦〉隱微文意之疏解。於是，奠基於以上二點對原文與注文的考辨，傅山進一步揣摩本篇〈南都賦〉的寫作背景，引伸張衡生卒年的考訂，配合〈南都賦〉全文旨意推考，傅山提出〈南都賦〉的解讀新說。傅山運用章法結構的分析，進行〈南都賦〉一段描寫的解讀，即自「其寶利珍怪……」以下至「夫南陽者，真所謂漢之舊都也」這一大段原文的理解，指出張衡描寫南陽地理風土名物的相關問題。傅山云：

---

[13] 引自《傅山全書》卷190，（太原：山西人民出版社，1988），新編頁2472。

「其寶利珍怪，則金彩玉璞，隋珠夜光，銅錫鈆鍇，赭堊流黃。」注：「山海經曰：陸郈之山，其下多堊。」墨筆眉批：「隋侯珠。鍇。郈。」又硃筆眉批：「自『寶利』以下，至『其樂難忘』，不知於南的有何情。且賦中大狐，注引蜀中大胡之山；陽瀕，注又引蜀都賦之陽瀕，于南陽何與也？不然，當有同名者。天封、大狐，或皆南陽之山。陽瀕亦當陽上水際。注但取其言之有據，不論方域之，何貴乎注？」

「太一餘糧，中黃轂玉。」注：「太一禹餘糧，一名石腦。」「欲得好轂玉，用合漿於襄鄉縣舊穴中鑿取。」墨筆眉批：「腦。合漿何說？」

「松子神陂，走靈解角。」墨筆眉批：「語氣似走龍即解角子神陂也。」

「其山則」云云。硃筆眉批：「山。」又墨筆眉批：「『山則』以下至『雲霓』，止是山耳，非南陽之山如此。」

「或嵒嶙而纚運，或豁爾而中絕。」墨筆眉批：「嵒嶙。」

「若夫天封大狐，列仙之陬。注：「蜀郡圖經曰：大胡山，故縣縣南十里。」墨筆眉批：「天封、大狐，似山名矣。引蜀郡圖經，于南陽乖。」（註[14]）

透過以上的批語看到傅山的賦學閱讀法，悉出於一種自覺意識的解讀，他已能明白分出自己的閱讀是針對「作者」之意而發。作者意，即原始作者本意。稍後於傅山的章學誠提出文章有「主客

[14] 同註 13，新編頁 2469。

意」之別，其中的「主」意就是作者意。在傅、章二家之說法未提出之前，賦學主要以「注」為主的讀法，說穿了，就是不斷重覆注解「作者」之意，較少申發讀者閱讀的情境、閱讀主體的感受、閱讀興味的聯想。及至傅山評點賦作提出「作者意」，並經常批判賦注的非解，駁難賦注的誤讀，始揭開賦學過去以賦注為主的革新讀法，當視為賦學發展脈絡的一大轉折。故而可知傅山區別「作者意」與「讀者意」的分野，對賦學解讀產生變革作用，值得吾人對此一說法的注意。傅山評點張衡〈西京賦〉的批語，首見「作者意」此一術語的提出，傅山云：

> 「仰福帝居，陽曜陰藏，洪鐘萬鈞，獨虛趪趪。」墨筆眉批：「趪。此處方說帝居，突然說到洪鐘上，亦須解之。即作者本當有開闔聯絡之義。」（註[15]）

這則批語，直解〈西京賦〉文句，反覆咀嚼文意，揣摩作者之意，認為原文前後帝居，是天上之事，後又突接洪鏡，乃地下之事，如此天地絕隔之事而統於一段中。何以如此寫作？傅山揭示此乃作者有「開闔聯絡之義」此處傅山用易經的概念，開指天，闔指地，開闔象徵往來天地之間，此即作者的本意。在此一例中，傅山只依違於原句之上下文義（context）之揣摩研考，並不作漫推聯想的讀者引伸，這是遵守「作者意」的解讀法。但傅山並非只隨附作者原句文意而已，在〈西京賦〉其它文句的批語中，處處可

---

[15] 引自《傅山全集》，頁 246。

見傅山臨文而讀，大加發揮讀者閱讀意義的批語。傅山云：

> 「伯梁既災，越巫陳方，建章是經，用厭火祥。營宇之制，事兼未央。」墨筆眉批：「南史齊廢帝紀：東昏出遊，火燒璿儀、曜靈等十餘殿及柏寢，北至華林，西至祕閣，三千餘間皆盡。左右趙鬼能讀西京賦云：伯梁既災，建章是營，於是大起諸殿。」（註[16]）

這則批語，悉不顧〈西京賦〉原文之言漢代西京，而別引《南史．齊廢帝紀》東昏侯決意重建廢殿，乃起因於讀〈西京賦〉之本事，以助解〈西京賦〉之作者意。傅山的評點乃重新援引後世之典故，旁證前代之故事，以今驗古，表面上看似與「作者意」無關，其實正是從原文體悟讀解而引伸之意，此即「讀者意」之一例。傅山又云：

> 「鳥則鷫鷞、鴰、鴇、駕鵝、鴻、鶤。」注：「鶤雞，黃白色，長頷、赤喙。」墨筆眉批：「『頷』難說長，若頸斯可」「謂為彼人所驚，而來集此人之前。」硃筆眉批：「彼此何必人？」（註[17]）

這兩則批語，訂正李善注〈西京賦〉之誤，初看之，似與「作者意」無涉，然而再思之，傅山用意在指正善注只顧「賦注」不解

---

[16] 同註 15。

[17] 同註 13，頁 2462。

原賦文義之弊，結果不但不能真解作者之意，即連注文亦失其義。故而傅山用「理校法」謂「頷」當作「頸」，始合作者原意。這是結合「理校」與「主客意」的批語。又云：

> 「東海黃公，赤刀粵祝。」墨筆旁批：「都是扮演技中事。」
> 「冀厭白虎，卒不能救。」墨筆眉批：「冀厭，冀字不解。」
> 「挾邪作蠱，於是不售。」注：「謂懷挾不正道者，於是時不得行也。」墨筆旁批：「此八字在此無義，所以成注中呆語，不過仍是承上文『卒不能救』來。今人木偶小戲，尚有師子喫一小人之弄。」又墨筆眉批：「東海黃公以下六句，皆是說戲伎如此，非謂黃公當時真事。註：『懷不正道者，于是時不得行。』真笑殺人也。」
> 「此何與於殷人屢遷，前八而後五」云云。注：「言欲遷都洛陽，何如殷之屢遷乎？」墨筆眉批：「注言『欲遷都洛陽，何如殷之屢遷』也，語氣非賦本義。」（註[18]）

這二則批語，典型地再次示範以「賦注」為主的賦學，不但不能真正理解作者意，甚至喪失了讀者閱讀賦作品的聯想與引伸意趣，可謂主客兩失。因為，在〈西京賦〉描寫的東海黃公，冀厭白虎，用的是賦筆虛寫，後借戲伎之表演，以喻現實中事，非真有其人實事。傅山摘出李善注的八字呆語，謂與賦文原句本意不類，再次破解以「賦注」為主的賦學，既無涉文義，自不能真正理解賦作品中的作者意。

[18] 同註 13，頁 2464。

經由以上〈西京賦〉的幾則批語，明顯看出傅山的賦學，相當重視原文，處處照顧原文「作者意」。但並不以「賦注」為滿足，而是更多的發揮讀者解讀，引伸感發，推展以「賦讀」取代「賦注」的賦學新研究法。

尤有進者，傅山以賦讀為主的賦學，同時兼顧「作者意」與「讀者意」，這一解讀手法的特點，並非意味讀者可以亂說亂解。反而是要藉由更謹慎的闡發，更精密的細讀，重新獲取賦作新意，再反證過去以「賦注」為主的閱讀法是否有效？是否有錯？易言之，傅山的賦讀法，經常結合以考證校勘為主的賦學。這可以傅山〈東京賦〉與〈南都賦〉的兩則批語為代表，傅山云：

> 「却走馬以糞車，何惜騕與飛兔。」注：「今言糞車者，言馬不用而車不敗，故曰糞車也。」硃筆眉批：「走馬糞車，謂以馬駕糞車耳。注中是何語？糞車謂車不敗，請自申其說。」（註19）

這一則批語，言簡意賅，不須多引字書訓詁考證，直就文意體會，已明白盡曉。傅山又云：

> 「方今天地之睢剌，帝亂其政，豺虎肆虐，真人革命之秋也。」注：「漢書音義曰：方，向也，謂高祖之時。」「豺狼貪殘，謂王莽也，真人，光武也。」墨筆眉批：「睢剌。方今數句，在

---

19 同註 13，頁 2467。

平子時，豈不招斥？」墨筆旁批：「方今以下廿二字，本非賦中語，不知自何文篡入，刪去。從上『且其君子良章』之韻，下與『謀臣武將，至於久長』，實叶一韻，是其證也」墨筆眉批：「注猶不通，以上下文義求之，方今謂高祖，真人謂光武，皆說不去。」又墨筆旁批：「注全不省文義，妄為解之。」墨筆根批：「平子本傳，六十二歲，當順帝陽嘉四年丙子卒，逆數至明帝，明帝十八年，正是十二，是平子于此年生也。又非永和四年生矣。傳有訛。大概生於永平之末，卒於陽嘉四年，而中間所歷章、和、殤、安、順五帝，亦不得說方今謂指光武矣。此注大混。」（註[20]）

這一則的批語，悉由〈南都賦〉原文上下文意的細讀，輔以知人論世的考證，破解善注之誤，言前人所不能言，正式確立本篇賦作「方今以下廿二字」非原文。這裏傅山已兼用聲韻學、避諱學、與歷史文獻，綜合判讀，始得原文真正的作者意。

這一段廿二字〈南都賦〉原文的考證，涉及〈南都賦〉文意解讀的重要問題，經由傅山首次摘出討論，影響清代以下不少學者之辨證。及至民國黃季剛與高步瀛才做了小結，確信李善的注有誤。從而可知傅山的「賦讀」之精細，收到的閱讀效果，對賦學起了很大的作用。

首先，傅山據押韻的考證，由上下文判讀，上文的良、章、揚三字成韻，與下文的將、剛、陽、英、長五字亦成韻，中間自方今以下廿二字，獨不押韻，傅山乃校正為衍文，雖未據版本輔

[20] 同註 13，頁 2468。

證，但由文義的判讀，依「理校法」判為衍文，說亦可通。唯自此以後注解諸家強為解之，何焯謂：「此處疑有脫誤。」（註[21]）于光華《評註昭明文選》引山曉閣注云：「帝，謂哀平。」（註[22]）黃季剛則以為此二十二字，自來解說紛紜，但仍遵李善注謂：「真人革命兼屬高光。」（註[23]）此處所謂高光，指漢高祖與光武帝，此解已經由傅山的考證知必非。後來高步瀛別據朱超之說，認為此二十二字中所舉的「帝」，按西漢末期史實，當指漢成帝。因為此時趙氏亂內，外家擅朝。高步瀛云：「所謂帝亂其政，實指成帝而言，降及哀平，新莽肆亂，遂為真人革命之秋也。」（註[24]）高氏的講法，否定帝是光武，與傅山的解讀近似，可謂較持平的理解。但仍指豺狼是王莽，則非傅山之意。

四、小結

綜合以上比較各家讀解〈南都賦〉的方法，傅山的讀解頗具創見，又兼用聲義與歷史考證之法，不盲從作者意，也不濫發己意，而是結合作者與讀者的雙重理解，這種賦學，是以「賦讀」取代「賦注」的新法，所展現的成果，理當在評點史上佔一席之地，重新給予傅山的賦學新的評價。

---

[21] 此條何焯批語，未見於今本《義門讀書記》。今轉引自于光華《評注昭明文選》卷 1 頁 26，（台北：學海出版社，1981），新編頁 146。又案：黃季剛《文選評點》與高步瀛《文選李注義疏》二書均轉錄何焯此條批語。

[22] 引自于光華《評注昭明文選》卷 1 頁 26，（台北：學海出版社，1981），新編頁 146。

[23] 引自黃季剛《文選黃氏學》，（台北：文史哲出版社，1977），頁 29。

[24] 引自高步瀛《文選李注義疏》卷 4 頁 35，（台北：廣文書局，1977），新編頁 653。

柒 結論

經由以上各章分析傅山評點文學作品的方法，呈現多元策略的特色。看出他把過去閱讀古書常用的「校讀」包括本校、理校、它校、對校等基本手法加以擴充、改造，大大創發了一種融合新與舊的閱讀作品策略。本書雖然主要根據傅山評點《文選》的批語進行分析，但這不表示傅山的評點方法只適用在《文選》作品而已。

可想而知，推廣傅山這種融合式的評點，引一推十，照樣可以施用在其它作品類型，而且不限於文學作品，凡經史子各類著作都可以套用傅山的評點策略，從事作品意義的精密分析與賞鑑，本書附錄的四篇就可以做見證。

須知傅山解讀《文選》作品的指涉含義，完全是用「讀出來的」解法，而不是「考證」出來的。雖然他也常常針對《文選》作品字詞訂正、釋音，與版本校斠，但最終他是用心在作品「第三義」的解讀。也就是說，作品表面字義如果是第一層次的意義，經過上下連貫串讀，輔助生世背景的知識，與作者的原意加以揣摩，則是作品第二層次的解讀。凡《文選》作品大部份的「舊解」，大都做到這兩層意思。

但這還不夠，傅山的《文選》解讀側重第三層意義內涵的發掘、啟導。要將《文選》當作讀者與作品、作者這三種之間的媒介，進行三者之間的互通、交融、以及對話，由這樣的過程所得出來的「作品」講什麼？暗示什麼？大抵都不會只是第一層與第二層的作品意思，而是作品潛藏的、內攝的、須要細讀深思與品賞，才能悟出來的作品意義，這就是傅山解讀《文選》作品的主要方法。

試看淮南小山〈招隱士〉此篇收錄在《文選》騷類，不入《文選》賦，可見從文體分類的觀點看，昭明原選是把它當作楚辭，不當作漢賦。試看今傳劉向《楚辭》王逸注本，即收錄了這篇漢人之作，仍題作淮南小山作。可是在明清的《文選》傳本中，大都改題劉安作。今據傅山的評點，揣摩其意，仍以為是淮南小山作。所以，整理者在傅山的批語之前加上「書淮南小山作招隱讀書復」此語（註 [1]），推想傅山所用的《文選》底本原題當作淮南小山。

從淮南小山〈招隱士〉初看題目，必知主題是說「隱士」之風不可推廣，要把隱士招引出來，為君王所用。全篇〈招隱士〉就環繞在隱與不隱這個概念，凡這篇作品的第一層與第二層意義大都不出此範圍。可是到了傅山，批語就大為一轉，不再執著於隱字，而另外開出一個「遊」字，與一個「上下天路」的概念。

[1] 今考傅山評點《文選》的底本是明刊汲古閣本，查此本仍題作劉安，但保留王逸注，即篇題下「序曰」這四十七字，「序曰」已講明這篇作品是「淮南小山之所作也」，這當是傅山根據的理由，所以在批語中把此詩解讀成淮南小山對「八公仙人」主題的興趣。

所謂遊字，傅山認為隱居山林，不必一定是為了養生求仙，而是如果真愛山林，心領神會，且能自得其樂，自在其中，正是「會人入之，遂領與之遊也」此句要表達的領悟之「遊」，這種遊，傅山說是「亦自消遙得去」此語，可以暫時稱它作另類的山林消遙遊。

但這還不夠，傅山認為〈招隱士〉所描寫的內容是從「上」到「下」的一片生生之氣，諸如深山高聳的桂樹，山氣從上貫下，動物諸如猿猴熊羆也是在高聳的邱谷之間上下奔騰跳躍。〈招隱士〉這種描寫天地自然偉狀的山形物貌，凜洌逼人，這完全帶給傅山一種全新的、驚心動魄的感受。於是，傅山的解讀，聚焦在由作品白描直寫的奇險狀貌，說出「而拍高上下天路」這句批語，壓根兒與「隱」字無關，已另外開出「上下天路」之說，從「天道」之高崇、飛龍、上天等等屬於天命天道這類的義理內涵加以理解、領會。將〈招隱士〉本來沒有說到的「天道」發掘出來，並且，與下一句批語「豈復在五遁六達間哉」形成強烈對比。因為這五遁六達，是說四通八達之道，是指仕道，也就是說仕途宏達之道。這是要把隱士招引出來，不要讓隱士終身埋名隱姓，而可以快意仕進，滿足功名利祿追求的最大誘因，可以暫時叫它做仕道，這是〈招隱士〉最根本的文意主題。

現在，傅山重新提「上下天路」之解讀，完全是《文選》作品的第三層意義。凸出〈招隱士〉有暗藏「天路」之想，用來與「仕路」強烈對比，說明了隱士如果真能自得其樂，逍遙天道，則又何關乎隱與不隱之爭辨？也不必理會招與不招的選擇了。傅山這樣一解，都不是「舊解」曾經想過的作品意思，當然很符合

「第三義」解讀的層次。(註[2])

與此同理，傅山解讀漢高祖劉邦〈大風歌〉是從「內外」即「君臣」之位而解，用內君外臣之說讀出〈大風歌〉的第三層作品意義。

而在解釋劉伶〈酒德頌〉時，傅山一口氣擺開舊說酒德該如何如何是好的解釋，直接切入一個「心」字，用「劉伶處天地之間，悠悠蕩蕩，無所用心」一句批語，另外開出「天地之心」一說，表揚劉伶的「高雅」人格，是學問之道，求其「放心」而已矣的思想，提示〈酒德頌〉不在討論縱酒酗酒、與禁酒戒酒這一類傷風敗俗之「酒德」的課題，那是「俗人之事」的焦慮，試著揣摩傅山「乃知措意文章是大老俗漢事矣」這句〈酒德頌〉批語，正是痛快地顛覆了以前各家解讀，都只是斤斤計較文章表面字義所反映的縱酒無德，不能夠讀出第三意義。

其實，在傅山看來，劉伶〈酒德頌〉真正要說的是天地之間，唯有一心而已。這種境界，已非關酒不酒？或者德不德的辨正。如果只是局限在〈酒德頌〉表面文章的字詞文意之解讀，根本是誤讀了，甚至用「大老俗漢」看低了劉伶，淪落為只是對劉伶「措意文章」之解而已，殊不知劉伶根本內在之「心」，存於天廣地闊之間，不與一般「俗士」吆喝呼唱，完全不把「文章」放在眼裏，在劉伶眼中，文章不過是雞肋，可有可無，而真正的天地

2 關於作品意義的解讀，一直以來都是文論的熱門話題，文論家認為作品的表面字義與引伸喻義之外，還有「讀者」角色溶入的參照意義。解釋者與作品是互動的，作品的意義永遠不會結束，是無限的過程，作品意義是包括解釋者經驗，以及對意義的評述。參見王先霈、王又平(主編)：《文學理論批評術語匯釋》，(北京：高等教育出版社，2006)，頁 203 至 204。

之「心」才是劉伶所要追求的。這一層也正是不折不扣的「第三層」作品意義解讀法，它與〈酒德頌〉舊解各家說都不太一樣，再次展現了傅山閱讀《文選》作品注重「第三意義」的解讀方法特色，可視作《文選》閱讀學很好很成功的示範例證。

而從現代閱讀學的角度來看傅山的評點，也是可以結合解釋這種解讀是「跨界」的新途徑，將評點學與現代文論對等比較、融合交叉，例如下列各項研究範疇：

一、評點學與文章學。

二、評點學與通識教育閱讀學。

三、評點學與接受理論、讀者反應理論。

四、評點學與國文教學。

五、評點學與讀書會。

六、評點學與文論。

經由以上的對比，立可看出傅山的評點方法帶有濃厚的「中式批評」味道。所謂中式批評就像明代楊慎用五色筆圈點，運用圈點符號與「批語」雙向並行之方法，與現代閱讀學之概念與形式，頗有相侔之屬。楊慎〈與張禺山書〉乙文，細述自己評點方法如下：

> 批點《文心雕龍》，頗得劉舍人精意。此本亦古，有一二誤字，已正之。其用色：或紅，或黃，或青，或白；自為一例，正不必說破，說破又宋人矣。蓋立意一定，時有出入者，是乖其例。人名用斜角，地名用長圈。然亦有不然者，如董狐對司馬，有苗對無棣，雖系人名地名，但儷偶之切，又當用青筆圈之，此

豈區區宋人之所能盡，高明必契鄙言耳。（註[3]）

細讀此段楊慎自述的評點閱讀法，可歸納要義如下：

一、評點閱讀的最終閱讀目標，在於文章「精義」的發現與「得悟」，此可謂「深度閱讀」、「領悟閱讀」。

二、評點閱讀用五色筆，代表五種符號及其含義。此種方法很類似「圖像簡報」，屬於圖記式閱讀，是現代閱讀學非常強調的一種具體形象閱讀法。

三、評點閱讀力欲與宋人的讀法區別開來，因為宋人的評點，側重點、圈、抹等等符號形式的安排，偏向形式閱讀與定向閱讀，較少閱讀的內在彈性，較少閱讀文章「精義」的深度。故而楊慎批評宋人「此豈區區宋人之所能盡」，此句意指楊慎注重閱讀的主體性與創發性。尤其楊慎評點「不必說破」的原則，應當視作閱讀學很重要的閱讀情境，它保留閱讀者的開放性，以及閱讀文章的自主性，是一種沉潛默會的閱讀樂趣，這是現代閱讀學的焦點課題。

順著楊慎開展的這種有別於宋代早期注重作品表面「形式」的評點，轉向作品「意義」的開發，評點學愈到後期，愈逐漸走向作品意義的解讀，做為文論「實際批評」的落實。傅山評點學正是在這樣歷史轉變的背景之下，激盪出來，順理成章地開展另

---

[3] 關於楊慎評點《文心雕龍》，有二種，一是楊慎批點曹學佺評，二是楊慎批點，梅慶生音注，此二本皆有影刊本，參見文心雕龍學會（編）：《文心雕龍資料叢書》，（北京：學苑出版社，2005），頁 833 至 1707。

一種閱讀策略。（註[4]）

倘若環顧台灣的人文科學界，上世紀曾經建構一套完整的文章學理論，也成立文章學學會，出版有關文章鑑賞、文章閱讀、文章心理、文章與社會、文章與教學、文章與知識……等等一系列相關著作，其中主要課題，其實深深緊扣現代閱讀學的研究主題，頗值得學界進行統整，比較與研究。

就閱讀學在台灣的發展而言，此時亦正是面臨深度思考與學院化轉型的關鍵契機。民國九十五年十月，台灣閱讀學會（TWRA）正式召開國際性討論大會，集中研討互動、多元、自主、與創意的閱讀新氣象，這是可喜的一次反思。奠基在此理念之下的閱讀研究，急需一套綜合式的，古今對照式的閱讀經驗，吸收前人評點閱讀的策略，注入閱讀新理念，應可開發中式閱讀學的新領域。

除了以上的台灣學術經驗與學術環境之外，台灣更是在心理學、行為科學、美學、文章學、語言學等各學科的研究成果豐碩，有待學者進一步整合，分析與歸納，而借參傅山的中式評點，建構台灣的閱讀學理論與策略。

有了以上的認識與學術背景基礎，再進一層從中式閱讀學的思維模式入手，借鏡西方現代閱讀學理論，參酌台灣在地發展的閱讀學經驗，引據古代評點學的理論方法與策略，將之現代轉化，嘗試建構新一代中西並參的現代閱讀學，期待國際閱讀學領域加入古代中式評點方法的閱讀學。

[4] 所謂實際批評，是指作品的具體分析、解讀，注重作品的技巧、結構與意義。參見李璞良（譯）：《實際批評的技巧與方法》，（台北：寂天文化事業有限公司，2007），頁 3。

捌 傅山研究書目

一、專書

陳監先批校，《陳批霜紅龕集》（全三冊），太原：山西古籍出版社，2007 年。
陳監先批校，《霜紅龕集校補》，太原：山西古籍出版社，2007 年。
齊峰主編，《傅山書法全集》（全八冊），太原：山西人民出版社，2007 年。
趙寶琴，《傅山紀念文集》，太原：山西古籍出版社，2007 年。
侯文正，《傅山傳》，太原：山西古籍出版社，2007 年。
盧輔聖主編，《傅山與明末清初草書丕變》，上海：上海書畫出版社，2007 年。
白謙慎，《傅山的世界——十七世紀中國書法的嬗變》，北京：生活・讀書・新知三聯書店，2006 年。
孫稼阜，《朱衣道人：傅山的生平及其藝術》，上海：上海書畫出版社，2005 年。
太原市三晉文化研究會編，《傅山全書補編》，太原：山西人民出版社，2004 年。
白謙慎，《傅山的交往和應酬——藝術社會史的一項個案研究》，上海：上海書畫出版社，2003 年。
林　鵬，《丹崖書論》，太原：山西人民出版社，2003 年。
魏崇禹，《傅山評傳》，南京：南京大學出版社，1995 年。
許守泯，《明代遺民的悲情與救忘：傅青主生平與思想研究》，臺北：新文豐出版公司，1995 年。
劉江、謝啟源，《傅山書法藝術研究》，太原：山西人民出版社，1995 年。
侯文正、侯文宜、侯平宇，《傅山評傳》，山西：山西人民出版社，1992 年。
（案：侯文正《傅山傳》為其所著《傅山評傳》與《傅山詩文選注》所附《年譜》之合編，並訂補之）
（清）傅山撰，劉貫文、張海瀛、尹協理主編，《傅山全書》（太原：山西人民出版社，1991 年）。
侯文正輯注，《傅山論書畫》，山西：山西人民出版社，1986 年；臺北：華正書局，1987 年。
（清）傅山撰，《霜紅龕集》（四十卷，附錄三卷，年譜一卷）（全二冊），臺北：文史哲出版社，1986 年。
侯文正輯注，《傅山文論詩論輯注》，山西：山西人民出版社，1986 年。
侯文正、張厚余、方濤選注，《傅山詩文選注》，太原：山西人民出版社，1985 年。
郝樹侯，《傅山傳》，太原：山西古籍出版社，1985 年。
山西省社會科學院編，《傅山研究文集》，太原：山西人民出版社，1985 年。

方聞，《傅青主先生大傳年譜》，臺北：臺灣中華書局，1970 年。

（清）傅山撰，《霜紅龕集》四十卷，附錄一卷，年譜一卷，收於《續修四庫全書》集部別集類 1395-1396 冊。

二、期刊論文

徐華中，〈傅山的評點學——以《文選》評點為例〉，《中華文史論叢》2008 年第 2 期，頁 239-259。

曾春海，〈傅山對郭象《莊子．逍遙遊》詮解的評論〉，《哲學與文化》第 35 卷第 3 期（2008 年 3 月），頁 119-133。

賴勇軍，〈傅山研究四題——讀書札記〉，《龍巖學院學報》2008 年第 1 期，頁 70-73。

時志明，〈論明末清初晉中遺民詩人傅山的山水詩〉，《齊魯學刊》2006 年第 6 期，頁 78-81。

陳良真，〈傅山書學觀及其草書風格探析〉，《中國書道》第 49 期（2005 年 8 月），頁 51-62。

黃一鳴，〈從「方折」、「圓弧」談王鐸與傅山〉，《造形藝術學刊》（2004 年 12 月），頁 189-207。

何炎泉，〈評 Qianshen Bai.《Fu Shan's World: The Transformation of Chinese Calligraphy in the Seventeenth Century》〉，《中央研究院近代史研究所集刊》第 43 期（2004 年 3 月），頁 237-242。

張香琪，〈傅山劇作考辨〉，《晉陽學刊》2003 年第 1 期，頁 78-82。

趙園，〈我讀傅山〉，收於氏著：《明清之際士大夫研究》（北京：

北京大學出版社，1999 年），頁 501-520。

鄧長風，〈「霜紅龕集〉的版本與傅山生卒年，《漢學研究》第 15 卷第 1 期（1997 年 6 月），頁 243-261+453。

張兵，〈傅山的個生及其詩歌的主題取向〉，《西北師大學報（社會科學版）》第 34 卷第 1 期（1997 年 1 月），頁 68-74。

鄭雅芬，〈呻吟實由瘼：傅山詩論試探〉，《興大中文研究生論文集》第 1 期（1996 年 1 月），頁 111-127。

鄔國平，〈傅山文學思想簡述〉，《晉陽學刊》1991 年第 1 期，頁 69-74。

尹協理，〈傅山甲申前後的詩作與思想變遷〉，《晉陽學刊》1990 年第 3 期，頁 28-36。

吳志鑑，〈傅山——清初明遺民的個案研究〉，《歷史學報》第 16 期（1988 年 6 月），頁 63-89。

謝興堯、柯愈春，〈清入關後傅山的活動與交游〉，《晉陽學刊》1985 年第 1 期，頁 70-77+55。

姜國柱、朱葵菊，〈傅山思想精華三論〉，《晉陽學刊》1984 年第 1 期，頁 95-97。

姜廣輝，〈傅山思想探析〉，《晉陽學刊》1984 年第 4 期，頁 38-45。

傅巖，〈傅山研究述要〉，《晉陽學刊》1984 年第 3 期。

王螢，〈明遺民畫派與傅山的畫〉，《晉陽學刊》1983 年第 6 期，頁 106-108。

三、學位論文

夏雲飛，《傅山倫理思想研究》，湖南師範大學倫理學碩士論文，鄧名瑛指導，2008 年。

李金波，《傅山「尚奇」藝術觀研究》，山東師範大學文藝學碩士論文，周波指導，2007 年。

紀瓔真，《傅山詩歌中地域書寫與審美意趣研究》，新竹：國立清華大學中國文學研究所碩士論文，蔡英俊指導，2007 年。

劉亞飛，《傅山論治崩漏特色及運用價值探討》，成都中醫藥大學中醫醫史文獻碩士論文，宋興指導，2006 年。

李東琴，《傅山人格與其詩歌風格》，福建師範大學中國古代文學碩士論文，王子寬指導，2005 年。

張函，《明遺民變異書風研究——以陳洪綬、傅山、朱耷為例》，吉林大學歷史文獻學碩士論文，張金梁指導，2005 年。

許志信，《傅山思想研究》，臺北：國立臺灣師範大學國文研究所博士論文，王冬珍指導，2004 年。

鄭蕊，《論傅山的醫學哲學觀》，山西大學科學技術哲學碩士論文，成素梅指導，2003 年。

王志剛，《「另類」文人畫家：傅山繪畫研究》，南京藝術學院碩士論文，方駿指導，2003 年。

羅景中，《傅山書論及篆書創作成果析論》，臺北縣：國立臺灣藝術大學造形藝術研究所碩士論文，林進忠指導，2002 年。

周玟觀，《傅山學術思想研究》，臺北：國立臺灣大學中國文學研究所碩士論文，夏長樸指導，1998 年。

鄭元惠，《傅山書風研究》，臺北：國立臺灣師範大學美術研究所碩士論文，王北岳指導，1994 年。

鄭卜五，《傅青主與其諸子學研究》，高雄：國立高雄師範大學國文研究所碩士論文，周虎林、鮑國順指導，1990 年。

許守泯，《傅山之生平與思想》，新竹：國立清華大學歷史研究所碩士論文，黃進興指導，1989 年。

白雪蘭，《傅山之書畫研究》，臺北：中國文化大學藝術研究所碩士論文，王北岳、姜一涵指導，1982 年。

四、傅山紀念文集

趙寶琴等編，山西人民出版，2007 年 7 月，ISBN7203058603。

目錄

七	傅山對農民起義的態度問題	陳監先
八	傅山《荀子評注》舉例	吳連城
九	傅山論士風	郝樹候
十	傅山的著作生涯和編輯工作	侯文正
十一	傅山與王船山	魏宗禹
十二	再論傅山	楊向奎
十三	傅山《山海經類鈔》稿本述略	羅繼祖
十四	略談傅青主	田羽翔
十五	傅山稱許馬士英、阮大鋮嗎？	趙廷鵬
十六	傅山論書法	吳連城
十七	傅山與晉祠	劉海清
十八	傅山的鬥爭經歷與啟蒙思想	張海瀛
十九	傅山先生簡介	衛俊秀
二十	傅山與薛瑄	周慶義
二十一	清入關後傅山的活動與交遊	謝興堯　柯愈春
二十二	傅山與陳亮	郭潤偉
二十三	傅山與李贄	李明友
二十四	傅山《十六字格言》淺箋	孟肇咏、李　彬
二十五	傅山「思以濟世」的實學思想	魏宗禹
二十六	傅山甲申前後的詩作與思想變遷	尹協理
二十七	三百年傅山評價變遷	師道剛
二十八	傅山的邏輯思想—•讀傅山《公孫龍子注》和《墨子•大取篇釋》	李元慶
二十九	傅山及其雜劇《紅羅鏡》	趙尚文

十三	藝術地表現與表現的藝術——談傅山的創作及其心態	陳新亞
十四	「四寧四毋」論與流行書風	庄希祖
十五	「四寧四毋」之我見	賈宗赤
十六	傅山「四寧四毋」辯	白　煦
十七	傅山的連筆字與連綿大草	一　真
十八	傅山散文的藝術特色	張厚余
十九	論傅山的書畫藝術	趙寶琴
二十	《中國書法傳世極品大幅彷系列——傅山書法》前言	李　鋼
二十一	筆如同雨氣如虹——論傅山及其書法藝術	趙寶琴
二十二	蕩逸神超 獨辟蹊徑——傅山兩件書法作品介紹	謝麗霓
二十三	傅山書法中的顏真卿	劉鎖祥
二十四	王鐸與傅山——山行四題	梅墨生
二十五	明遺民畫家與傅山的畫	王　螢
二十六	堅質浩氣 妙道真情——傅山的美竹孚思想及其書藝試析	謝啟源
二十七	淺談傅山書畫藝術	張　杰
二十八	追求拙丑的傅山	陳振濂
二十九	精凝靜穆的傅山小楷《逍遙遊》	陳振濂
三十	《丹楓閣記》中的孤臣孽子之心	陳振濂
三十一	傅山「中氣」論試說	楊吉平

七	發揚傅山的優良學術傳統——紀念傅山逝世三百周年	候外廬
八	談傅青主的歷史地位	張岱年
九	傅山哲學思想的主要傾向及開展傅山研究的重要性	賀　麟
十	論傅山的社會歷史觀	任　樂
十一	傅山思想探析	姜廣輝
十二	傅山思想精華三論	姜國柱、朱葵菊
十三	傅山反對舊禮教的倫理觀	魏宗禹
十四	我寫傅山及梅花母女	孫　濤
十五	仰懷傅山先生	蕭蓮父
十六	淡談傅山“是非觀”的認識論基礎	趙繼明
十七	傅山《霜紅龕集》中的史論與政論	馮爾康
十八	傅山的認識論	李五湖
十九	自然人性論是傅山思想的核心	潘運告
二十	傅山反封建的民主主義思想	岑賢安
二十一	傅山《草書千字文》出版	趙望進
二十二	論傅山對荀子思想簡述	魏宗禹
二十三	論傅山文學思想簡述	鄔國平
二十四	傅山的倫理道德觀	姜國柱
二十五	書法藝術精品 出版設計之創新——談《中國書法傳世極品大幅彷真系列——傅山書法》	韻　湛 史　成
二十六	《傅山書畫子經墨子迹》冊論略	李德仁

玖 徵引文獻與參考書目

一、古籍文獻

清永瑢、紀昀等，四庫全書總目提要，臺北：台灣商務印書館，2001 年。

班固撰，顏師古注，漢書，上海：上海古籍出版社，1995 年。

司馬遷撰，史記，上海：上海古籍出版社，1995 年。

何焯，義門先生集（影印本續四庫全書），台南：莊嚴出版社，1990 年。

春秋公羊傳注疏，公羊壽傳、何休解詁、徐公彥疏，十三經注疏第七冊，臺北：藝文印書館，1989 年。

孟子正義，趙歧注、舊題孫奭疏，十三經注疏第八冊，臺北：藝文印書館，1989 年。

論語正義，何晏注、刑昺疏，十三經注疏第八冊，臺北：藝文印書館，1989 年。

四書章句集注，朱熹撰，臺北：漢京文化事業有限公司，1987 年。

葉衍蘭、葉恭綽，清代學者象傳合集，上海：上海古籍出版社，1987 年。

何焯，義門讀書記（崔高維點校本），北京：中華書局，1987 年。

李玉棻，甌鉢羅室書畫過目考，收入清代傳記叢第七四種。臺北：明文書局，1986年。
周駿富，清恣傳記叢刊。臺北：明文書局，1986年。
章學誠，文史學義，臺北：世界書局，1984年。
高士奇，左傳紀事本末，臺北：里仁書局，1981年。
何焯，義門讀書記（影印文淵閣本四庫全書），臺北：台灣商務印書館，1981年。
何焯，義門讀書記（石香齋刊本），北京：中華書局，1981年。
高士奇撰，楊伯峻點校，左傳紀事本末，北京：中華書局，1979年。
陳奐，詩毛氏傳疏，臺北：廣文書局有限公司，1979年。
左傳義法舉要，方苞，臺北：廣文書局，1977年，影榕園叢書本。
李善（注），文選，臺北：石門圖書有限公司，1976年。
趙爾巽，清史稿，臺北：鼎文書局，1974年。
趙順孫，四書纂疏。臺北：新興書局有限公司，1972年。
劉勰著，范文瀾注，文心雕龍注，香港：商務印書館，1960年。

二、近人論著

王夢鷗，中國文學理論與實踐，臺北：里仁書局，2009年。
曾守正，權力、知識與批評史圖像，臺北：學生書局，2008年。
黃肇基，鑒奧與圓照，臺北：允晨文化實業有限公司，2008年。
蔣寅，清詩話考，北京：中華書局，2007年。
吳承學，四庫全書與評點之學，中國古代、近代文學研究，2007

年。

張伯偉，中國古代文學批評方法研究，北京：中華書局，2006 年。

左東嶺、陶禮天主編，中國古代文藝思想國際學術研討會論文集，北京：學苑出版社，2005 年。

王基倫，焦循手批柳文的評點學意義探究，臺北：國立台灣大學出版中心，2005 年。

吳宏一主編，清代詩話知見錄，臺北：中央研究院中國文哲研究所，2002 年。

章培恆、王靖宇主編，中國文學評點研究論集，上海：上海古籍出版社，2002 年。

張高評，春秋書法與左傳學史，台灣：五南圖書出版公司，2002 年。

蔡鎮楚，中國詩話史，長沙：湖南文藝出版社，2001 年。

林崗，明清之際小說評點學之研究，北京：北京大學出版社，1999 年。

孫琴安，中國評點文學史，上海：上海社會科學院出版社，1999 年。

張健，清代詩學研究，北京：北京大學出版社，1999 年。

王禮卿，唐賢三體詩法詮評，臺北：學生書局，1998 年。

蔡瑜，唐詩學探索，臺北：里仁書局，1998 年。

吳宏一，清代文學批評論集，臺北：聯經出版事業公司，1998 年。

龍協濤，讀者反應理論，臺北：揚智文化事業股份有限公司，1997 年。

鄔國平、王鎮遠，清代文學批評史，上海：上海古籍出版社，1995

年。
張高評，方苞義法說與春秋書法，見載清代經學國際研究會論文集，217 至 246 頁，臺北：中央研究院中國文哲研究所，1994 年。
吳宏一，清代詩學初探，臺北：學生書局，1990 年。
徐復觀，中國文學論集，臺北：學生書局，1990 年。
劉介民，比較文學方法論，臺北：時報文化出版事業有限公司，1990 年。
葉葱奇，李商隱詩集疏注，臺北：里仁書局，1987 年。
杜松柏，清詩話訪佚初編，臺北：新文豐出版公司，1987 年。
徐復觀，中國文學論集續編，臺北：學生書局，1984 年。
張健，明清文學批評，臺北：國家出版社，1983 年。
張舜徽，清人文集別錄，臺北：明文書局，1982 年。
王利器，文心雕龍校證，臺北：明文書局股份有限公司，1982 年。
川西格輔（編次），片山勤（纂評），唐宋八大家文格纂評，臺北：新文豐出版股份有限公司，1975 年。
臺靜農（編），百種詩話類編，臺北：藝文印書館，1974 年。
黃侃，文心雕龍札記，臺北：文史哲出版社，1973 年。
鄧之誠，清詩紀事初編，收入鼎文版《歷史詩史長編》第十五種，臺北：鼎文書局，1971 年。

三、論文期刊類

孫紀文，〈《四庫全書總目》對歷代詩歌的批評〉，內蒙古社會科學（漢文版），2005 年，五期。

孫紀文，〈《四庫全書總目》對本朝詩歌的批評〉，寧夏社會科學，2005 年，三期。

孫紀文，〈《四庫全書總目》在詩歌批評史上的價值〉，固原師專學報，2005 年，五期。

張傳峰，〈《四庫全書總目》詩學批評與紀昀詩學〉，北方論叢，2000 年，六期。

吳承學，〈論《四庫全書總目》在詩文研究史上的貢獻〉，文學評論，1998 年，第六期。

吳承學，〈評點之興〉，文學評論，1995 年第一期，1995 年。

廖棟樑，〈《四庫全書總目・詩文評類序》對文學批評的認識〉，輔仁國文學報，第九期，1993 年 6 月。

四、文論書目

黃智明，〈文章學的寶庫——《歷代文話》[王水照編]簡介〉，《國文天地》24 卷 5 期（2008 年 10 月），頁 95-98。

辭章章法學會籌備處主編，《章法論叢》第 2 輯，臺北：萬卷樓圖書股份有限公司，2008。

陳滿銘，《章法結構原理與教學》，臺北：萬卷樓圖書股份有限公司，2007。

仇小屏等編，《陳滿銘與辭章章法學：陳滿銘辭章章法學術思想論集》，臺北：文油出版社，2007。

黃淑貞，《辭章章法四大律研究》，臺北：文津出版社，2007。

毛玉玫，《辛稼軒離別詞篇章結構探析》，臺北：國立臺灣師範大學國文學系在職進修碩士班碩士論文，2007。

唐恩溥，《文章學》，上海：復旦大學出版社 2007。（收錄於歷代文話第 9 冊頁 8713-8759）。

清末・唐恩溥：《文章學》，香港刊本，1966。收於王水照編：《歷代文話》，上海：復旦大學出版社，2007。

陳滿銘，《辭章學十論》，臺北：里仁書局，2006。

辭章章法學會籌備處主編，《章法論叢——辭章章法學術研討會論文集》，臺北：萬卷樓圖書股份有限公司，2006。

黃淑貞，《辭章章法統一律研究》，臺北：國立臺灣師範大學國文研究所博士論文，2006。

顏智英，《辭章章法變化律研究：以古典詩詞為考察對象》，臺北：國立臺灣師範大學國文研究所，2006。

周振甫，《中國文章學史》，南京：江蘇教育出版社，2006。（收錄於周振甫著作別集）

陳滿銘，《篇章結構學》，臺北：萬卷樓圖書股份有限公司，2005。

陳佳君，《辭章意象形成論》，臺北：萬卷樓圖書股份有限公司，2005。

廖惠美，《杜甫五律登臨詩篇章結構探析》，臺北：國立臺灣師範大學國文研究所碩士論文，2005。

鄭頤壽，《辭章學發凡》，福州：海峽文藝出版社，2005。

鄭頤壽，《辭章學新論》，臺北：萬卷樓圖書股份有限公司，2004。
蒲基維，《章法風格析論：以《蘇軾詞》、《姜夔詞》為考察對象》，臺北：國立臺灣師範大學國文研究所博士論文，2004。
李靜雯，《點染章法析論》，臺北：國立臺灣師範大學國文研究所碩士論文，2004。
邱瓊薇，《東坡黃州詞篇章結構探析》，臺北：國立臺灣師範大學國文研究所碩士論文，2004。
高敏馨，《平側章法析論》，臺北：國立臺灣師範大學國文學系教學碩士班碩士論文，2004。
蘇秀玉，《唐宋古文篇章結構析論——以《古文觀止》為碩究範圍》，臺北：國立臺灣師範大學國文學系在職進修碩士班碩士論文，2004。
穆罕默德・本・侯賽因・謝裏夫・萊迪選編，《伊瑪目阿裏・本・艾比・塔利蔔言論集——辭章之道》，北京：宗教文化出版社，2004。
鄭頤壽，《大學辭章學》，福建：福建人民出版社，2004。
鄭頤壽，《辭章學導論》，臺北：萬卷樓圖書股份有限公司，2003。
陳滿銘，《章法學綜論》，臺北：萬卷樓圖書股份有限公司，2003。
顏瓊雯，《〈六一詞〉篇章結構探析》，臺北：國立臺灣師範大學國文研究所碩士論文，2003。
陳良運主編，《中國歷代文章學論著選》，南昌：百花洲文藝出版社，2003。
陳滿銘，《章法學論粹》，臺北：萬卷樓圖書股份有限公司，2002。
蔡美惠，《方東樹文章學研究》，臺北：國立臺灣師範大學國文研究所博士論文，2002。

溫光華，〈論「文心雕龍」在文章學上的成就〉，《人文及社會學科教學通訊》12 卷 5 期（2002 年 2 月），頁 177-189。

仇小屏，《章法新視野》，臺北：萬卷樓圖書股份有限公司，2001。

陳滿銘，《章法學新裁》，臺北：萬卷樓圖書股份有限公司，2001。

陳佳君，《虛實章法析論》，臺北：國立臺灣師範大學國文研究所碩士論文，2001。

溫光華，《劉勰文心雕龍文章藝術析論》，臺北：國立臺灣師範大學國文研究所碩士論文，2001。

張會恩，曾祥芹主編，《文章學教程》，上海：上海教育出版社，2001。

仇小屏，《篇章結構類型論》，臺北：萬卷樓圖書股份有限公司，2000。

夏薇薇，《文章賓主法析論》，臺北：國立臺灣師範大學國文研究所碩士論文，2000。

鄭頤壽，《辭章學辭典》，西安：三秦出版社，2000。

陳滿銘，《文章結構分析》，臺北：萬卷樓圖書股份有限公司，1999。

陳滿銘，《文章結構分析——以中學國文課文為例》，臺北：萬卷樓圖書有限股份公司，1999。

溫光華，〈文章學在教學與研究上的重要性〉，《中國語文》84 卷 1 期（1999 年 1 月），頁 62-65。

林淑雲，《林琴南先生的文章學》，臺北：國立臺灣師範大學國文研究所碩士論文，1998。

海丁，《基礎文章學》，北京：北方婦女兒童出版社，1997。

仇小屏，《中國辭章章法析論》，臺北：國立臺灣師範大學國文研究所碩士論文，1997。

張志公著，《漢語辭章學論集》，北京：人民教育出版社，1996。

陳亞麗，《文章學新探：面向未來的寫作技法》，北京市：科技文獻出版社，1995。

曾祥芹主編，《文章學與語文教育》，上海：上海教育出版社，1995。

張會恩，《文章學史論》，長沙：湖南師範大學，1993。

來裕恂注，《漢文典注釋：二十世紀初中國文章學名著》，天津：南開大學出版社，1993。

張壽康，王福祥，《日本文章學論文集》，北京：外語教學與研究出版社，1992。

張壽康主編，《現代文章學資料彙編》，濟南：山東教育出版社，1991。

蔣祖怡編著，《文章學纂要》，上海：上海書店，1991。

林治金，張文平等主編：《中國古代文章學辭典》，濟南：山東教育出版社，1991。

張壽康，《文章學導論》，湖北教育出版社，1985。另台灣出版（臺北：新學識出版社，1990）。

程福寧，《文章學基礎》，長沙：湖南大學，1987。

孫移山主編，《文章學》，北京：新華書店，1986。

王凱符，《古代文章學概論》，武漢：武漢大學，1983。

張壽康主編，《文章學概論》，濟南：山東教育出版社，1983。

段清玉，《文章學概論》，臺北：興豐印刷廠有限公司，1966。
劉啟瑞編著，《文章學十講初稿》，重慶：編者自刊，1943。
龔自知，《文章學初編》，上海：商務印書館，1926。

附錄甲 明清評點家的對話

一、前言

宋濂（1310～1381）字景濂，號潛溪，祖籍金華，後遷浦江（今浙江浦陽縣）。累官翰林學士承旨，詩文兼擅，明太祖許為明初開國文臣之首。其學承自元代名儒黃溍之門，下開方孝孺（1357～1402）道學儒風之脈。文學思想以宗經明道為本，然亦主張自抒一家，變通無跡以至於神，力戒「體規畫圓」,「合喙比聲」之模擬。（註 1）一生著作甚豐，《四庫全書》收錄《宋學士全集三十六卷》、《宋景濂未刻集二卷》等。今人羅月霞主編《宋濂全集》增補輯佚現存宋濂詩文及雜著，刊行四冊，凡宋濂作品大抵盡備於斯。（註 2）惟尚欠闕補待補者，即有關宋濂作品之評論。

說到評論，又可大別為兩類，其一見諸於明清詩文總集選

[1] 參見宋濂〈蘇平仲文集序〉與〈答章秀才論詩書〉此二文。收錄於《宋學士文集》卷七，（台北：台灣商務印書館，1981），四部叢刊初編本。

[2] 參見羅月霞（主編）:《宋濂全集》,（杭州：浙江古籍出版社，1998）。案：宋濂著作當不止此，今據四庫全書存目有《篇海類編二十卷》，題宋濂撰，楊時偉補箋《洪武正韻四卷》，又據《叢書子目類編》載錄《蘿山雜言》、《燕書》、《文原》等皆是。而《龍門子》與《凝道記》實為兩書，可惜諸家書目均混為一書。清人邵懿辰《增訂四庫全書簡明目錄標注》卷 18 據《繡谷亭書錄》始知分開為二書。

集，凡入選宋濂詩文之評語，表達對宋濂詩文之評價，可謂宋濂評論之一。其二見諸於明清詩文選集選錄宋濂詩文，加以評點，寫下行間批語、案語、眉批等之文字，謂之宋濂詩文評點。此二類，在新編《宋濂全集》一書中未收錄，以致對宋濂文學的研究，及其總成就之評價，較難窺其全貌。本文有鑑及此，乃先擇明清學者有關宋濂詩作品之「評點」資料，畧加疏理，舉例析論，專就文學評點學之理論與角度，論述評點家筆下的宋濂詩風格，及其評價。

二、評點文獻舉例：宋濂

今傳文獻有關明代詩選選錄宋濂詩作，首見於王夫之《明詩評選》。其後朱彝尊《明詩綜》卷四收錄宋濂詩作五首，並輯錄諸家評語，再益以朱彝尊詩話。其三則有沈德潛《明詩別裁集》，僅錄宋濂詩一首，未下批語。至於清初錢謙益與程嘉燧合選的《列朝詩集》則每一入選詩人皆作小傳，次下評論，但此評論性質稍與「評點」形式不同。考評點學興起南宋，下迄元明清各代，皆有評點之作，及至清季中葉桐城文派而集其大成。不惟集部有評點，經史子各部要籍，無不有評點之作。可惜，此類書籍文獻，龐然雜陳，無以歸類。故而「評點學」一目竟闕載於四庫，評點之書，淹埋良久，過去學界罕有措語論之者。所幸近年學界已知延伸文論的研究新途徑，大量注意明清四部學方方面面及其繁複多元的文學評點。本此，對宋濂的詩文研究，恰恰足以適時趕上這股新學風，重新加以詮釋。蓋一因自宋濂以下的明清學風，正是流行評點的最盛期，民國劉聲木《萇楚齋隨筆》卷五「評點書目」條云：

> 評點始於南宋諸儒，當時選本，若宋樓昉編《崇古文訣》三十五卷，宋呂祖謙編《古文關鍵》二卷，宋謝枋得編《文章軌範》七卷，卷中始有評點勾抹，後世皆稱善本，即《四庫提要》亦言其善。後來明人踵行其法，變本加厲，幾於無一書無評點，無一人不評點。南宋若樓昉、呂祖謙、謝枋得，皆深知文體，撰述淵雅，其書足傳，其人尤足傳，故人無閒言。明則無人無書不評點，陋劣之人，俗惡之書，亦與列焉，遂致為通人詬病，懸為厲禁。其實評點能啟發人意，固有愈於講說，姚姬傳郎中鼐亦嘗言之，曾文正公國藩至謂之評點之學，是評點又何可廢也。誠能得通儒之書，深知文體者評點，其嘉惠後學，裨益文學，至遠且大。（註[3]）

這則引文裏劉聲木比較客觀地以近代人的新見解，重新認識評點的功與過，優與劣。尤其指明明代人無書不評的現象，若從此切入對宋濂詩評點的研究，不失為可嚐試之途徑。以下即畧舉王夫之、何焯、朱彝尊三家評點宋濂的詩作為例，試論之。

[3] 引自劉聲木：《萇楚齋隨筆》卷5，（北京：中華書局，1998），新編頁103。

三、評點文獻舉例：王夫之

宋濂詩七絕體收入《明詩選評》有三首，分別是〈秦宮謠〉、〈艷陽詞〉二首。王夫之的評點，認為此三首宋濂七絕，有很深的美刺羣怨效果。但是，王夫之更加強調宋濂此三首七絕是透過深刻、自然，與玄妙的筆法，表現詩中美刺羣怨的內涵，而不是明白露骨，一眼看出的那種俗筆寫法。所以，王夫之用了「雅人高唱，自然玄至」的批語稱贊〈艷陽詞〉此首。試讀這首〈艷陽詞〉如下：

其一

南國佳人玉作腰，鬧裝香帶斬新雕。醉騎寶馬踏青去，嘶入城東第四橋。

其二

九子金鈴出九龍，流蘇染彩蹙芙蓉。東風不管花無力，吹滿昭陽第一宮。

粗看表面詩語，字詞有「佳人」，容易讓人聯想《楚辭》的美人香草之比興，由此揣想詩句必定影射什麼當代時事，或諷刺人君俗士。然而詩語只是直寫，即景即目，就眼前所見景物，寓景於人，人與物合寫，一路描寫，皆是眼中景，情中景。可以不必細究佳人有何比興？但也不可隨意放過佳人或有所指？一任讀者各以其「心」感應，自然融洽於詩心人心。於是，像此首第三句「醉騎寶馬踏青去」的騎者，也不必一定指逃世之隱士。然而處於一時代的混濁氣氛中，亦自有清流不俗，私心孤傲之輩，不隨世而浮沉。然而不論何指？此首詩之末句但就眼前所見所聞，趨馬城東，跨越第四橋，遂不必究問何以第四？須知此無非自然玄妙之行，隨心高雅之聲。宋濂的詩，表現一派清明醒目，情景自然的抒懷。而王夫之的評點，則能切中精義，點出宋濂七絕的特色，真可謂要言不煩，深悟宋濂詩風深妙之意涵。

宋濂〈艷陽詞〉第二首與第一首的寫法，特點一致，都屬即景即目，景中有人，景中有情的白描手法。單憑詩詞的表面看，完全讀不出有何諷諭美刺的指涉，但是在「作者之心未必然，讀者之心未必不然」的理解之下，詩語更深一層的內涵，其實容許讀者做多角度與多元意義的聯想發揮。類似這樣的詩，一直是王夫之個人詩學理論中所認可的，也是王夫之評價明代詩好與壞的重要評價標準。而這種白描寫景的理論，就是王夫之提出非常著名的詩學「情景交溶」理論。王夫之根據個人的學術系統，即以經學為基礎，由經學文學再到詩學，建構他自己特色的情景說，不但有理論的闡釋，也時常將此理論應用在明詩唐詩的評點與解讀。對於宋濂詩的評點也不例外，王夫之充分運用他的情景交溶理論評賞宋濂詩，這也就無形中證實了他心目中的宋濂詩作，確實具有情景合一的寫法特色，點出宋濂詩的價值及意義。

然而為何王夫之在另外幾則批語中又特別強調宋濂詩的「自然玄妙」，非來自俗人的「古學」功力呢？顯然，在王夫之的理論系統裏，所謂自然玄妙的詩，並不表示與學問功力有必然關係，相反的，王夫之一再點出宋濂詩之佳處，其背景是來自宋濂個人性情襟抱的天然英姿。王夫之舉韓愈、蘇東坡二人為代表的唐宋詩為例，對比宋濂的詩作，既不致落入韓愈的「夸學」，好在詩中賣弄學問。又免於蘇東坡的「俗媚」，做市井小人能言之語。從而凸顯宋濂詩作不被浮言浮語所拘束，終能脫離狐媚，馳騁千年萬里。王夫之這種詩評觀點，寫在宋濂三首古詩的批語中。分別見於《明代詩選》五言古詩類宋濂詩三首：〈清夜〉、〈和劉伯溫秋懷〉、〈蘭花篇〉等。今錄王夫之批語如下：其一〈清夜〉批語：

> 太史清姿自絕，未免為韓、蘇所困，泛濫時不能自己。如此作者，道氣、雅情、騷腸、古韵備矣，亦何必定如俗之所謂古學而後為古哉。（註[4]）

此段批語，首將宋濂的詩風，與韓愈、蘇軾做一比較。低貶韓蘇高談濶論，稍欠清氣典雅之風。反而高度評價宋濂詩能傳承〈離騷〉的風格，具備古韻之美，以及道氣雅情的特點。其中拈出宋濂詩特有的古韻味，又與一般俗論大談特談的古學不一樣旨趣，宋濂的古趣出自天然清姿的性情。這一觀點，在〈和劉伯溫秋懷〉這首的批語，又再次申論。王夫之云：

> 局約言博，可以千年萬里。如此襟次，一為昌黎、眉山所桎梏，便鎖入格子里翻筋斗。甚矣，流俗之所謂古學者，損天下之已酷也。（註[5]）

---

[4] 轉引自陳新點校，王夫之《明詩評選》，（北京：文化藝術出版社，1997），頁 107。

[5] 同註 4，頁 108。

這則批語，著重說明宋濂其人之性情襟抱，遼闊深遠。故而下筆為詩，就能達到「局約言博」，可以馳縱千年萬里，不致於像韓愈、蘇軾般的拘束，只講格法，不能縱橫放達。因為，太拘泥於所謂古學古調，容易落入流俗人之見解。此則批語與上則批語都同時注重宋濂詩的古典情味，與一般俗士講古學不同。足證宋濂詩很符合王夫之「情景自然」的理論要求。由此而知，王夫之評點宋濂古風式的長篇歌行〈蘭花篇〉，就明言宋濂詩的古樸之氣，可以上追詩三百。王夫之云：

> 宛折無痕。此太史公髫齡作也，靜遠之度，早已如是，涵泳久之，何古人之足勞，其企逮進追《三百篇》有餘矣。一為韓、蘇所引，捨其恒度而從之也，遂成荑稗。韓、蘇詖淫之詞，但以外面浮理浮情誘人樂動之心，而早報之以成功，憚於自守者，不為其蛊鮮矣。太史雋才深致，且為河間挑許，況未逮太史者乎。伊川言學者于佛氏，當如淫聲美色以遠之。韓、蘇亦然，無他，唯其挑達引人，夙多狐媚也。（註[6]）

此段批語，首先總括宋濂此詩的「宛折無痕」之特點，意指此詩含蓄表達，借香花以取喻，比興之意深，但絕不直言，故有不落痕迹的高妙手法，此即自然韻味的表現，無須斤斤計較於瑣碎之物，也不必使用某些淫詞，做一些浮理浮情的狐媚技巧。這裏，

[6] 同註 5。

鮮明指出王夫之的評價再度歸結到宋濂詩風的自然與情景相配合的特點。

四、評點文獻舉例：何焯

宋濂的詩作，有後人評點賞析，可藉以畧窺宋濂詩風及其評價。除此之外，宋濂詩論，也有後人透過評點形式，加以引述，並討論其得失。這一種形式的宋濂詩論評點，出現在清初康熙年間評點大家何焯（1662～1722）在《義門讀書記》一書評點杜甫詩的時候，首先引述宋濂檢討前輩評論杜詩，太過拘泥於詩史是不對的講法，順著宋濂的見解，有所斟酌。何義門云：

> 宋景濂為俞默翁杜詩舉隅序，以為註杜者，無慮數百家，大抵務穿鑿者。謂一字皆有所出，泛引經史，巧為附會，楦釀而叢脞，騁新奇者，稱其一飯不忘君，發為言詞，無非忠君愛國之意。至于率爾詠懷之作，亦必遷就而為之說，說者雖多，不出于彼，則入于此，遂使子美之議，不白于世。余謂此言蓋切中諸家之病，而明人注杜，則又多曲為遷就，以自發其怨懟君父之私，其為害蓋又有甚焉者矣。景濂譏劉辰翁于杜詩輕加批抹，如醉翁寱語，終不能了了，其視二者，相去不遠。元人皆崇信辰翁，莫有斥其非者，此實自景濂發之。而注杜者從未有一言及之，何耶？默翁名浙，字季淵，宋開慶己未進士，蓋因生不逢辰，有所托而為之者。序言其各析章句于體段之分，明

脈絡之聯屬，三致意焉，亦必有可觀，惜余不及見也。（註[7]）

這一則大段批語，是何義門評點《杜工部集》〈古詩〉此首下的批語。對宋濂的杜詩評價，大為折服。認為宋濂提醒注杜不須僅據忠臣家國為解，杜詩自然人情的一面，就詩言詩，本自具詩美。勸注杜者，必須還杜詩原來的本色，才算真能知杜詩者。由何焯的批語逆推宋濂的詩論，可想而知宋濂主張詩雖有一定法度，但是詩意詩心詩旨卻不可侷限於表面語辭，必須注意言外之意，文外重旨，保留詩思本體無限可能的「潛藏性」，這就是宋濂詩論的精義，藉由何焯的評點清楚地勾劃出來。（註[8]）

---

[7] 引自何義門：《義門讀書記》，（北京：中華書局，1976），頁 987。案：宋濂批判劉辰翁評點杜詩的文章，見於《宋學士文集》收錄〈杜詩舉隅序〉這篇文章裏。宋濂云：「詩三百篇，上自公卿丈夫，下至賤隸小夫，婦人女子，莫不有作。而其託於六義者，深遠玄奧，卒有未易釋者。故序詩之人，各述其作者之意，復分章析句，以盡其精微。至於東山一篇，序之尤詳，且謂一章言其完，二章言其思，三章言其室家之望女，四章樂男女之得及時，一覽之頃，耦提領挈，不待註釋，而其大旨煥然昭明矣。嗚呼，此豈非後世訓詩者之楷式乎！杜子美詩，實取法三百篇，有類國風者，有類雅頌者，雖長篇短韻，變化不齊，體段之分明，脈絡之聯屬，誠有不可紊者。註者無慮數百家，奈何不爾之思，務穿鑿者，謂一字皆有所出，泛引經史，巧為傅會，楦釀而叢脞，騁新奇者，稱其一飯不忘君，發為言辭，無非忠國愛君之意。至於率爾詠懷之作，亦必遷就而為說，說者雖多，不出于彼，則入于此。子美之詩，不白於世者，五百年矣。近代廬陵劉氏，頗患之，通集所謂事實，別見篇後，固無繳繞猥雜之病，未免輕加批抹，如醉翁寱語，終不能了了，其視二者，相去何遠哉！」

[8] 宋濂詩論雖無專書刊行，但散見於文集中的零篇意見，多有創見，可供詩學專考，可惜，未見今人刊印的詩學或文學批評史多加注意。像宋濂批判杜詩的注解，不要片面拘泥於忠君愛國之作，要回歸杜詩率爾之作的常情常理，即是反對杜詩做為「詩史」佐證的看法。今見陳文新《明代詩學》第一章一小節詩史說的辨證，徧舉明代各家之說，卻獨漏宋濂。請參陳文新：《明代詩學》，（長沙：湖南人民出版社，2000），頁 43 至 55。

五、評點文獻舉例：朱彝尊

清初收錄宋濂詩作，而以類似總集形式呈現，又兼有詩話性質，以及評點手法之一部明代詩選，當為朱彝尊（1629～1709）編撰的《明詩綜》。朱彝尊，字錫鬯，號竹垞，里籍浙江秀水（今屬嘉興）。嘗舉博學鴻詞科於康熙朝，官至翰林檢討。晚年定居故鄉，著述終身。於詩學主張「性情」與「學問」並重，被推許為清初一大詩人。著作有《經義考》、《日下舊聞》、《曝書亭集》、《明詩綜》等。其《明詩綜》綜輯全明一代詩人，畢錄無遺，每一人之前並作點評，兼輯時賢評論，末則益以個人之詮品，而以詩話形式呈現。故而姚祖恩從中輯出《靜志居詩話》，冠以作者朱彝尊。其首卷錄宋濂詩五首，朱彝尊云：

> 詩話：王子克敘景濂集云：古今文庫作者未易悉數，即婺而論，南渡後有東萊呂氏，說齊唐氏，龍川陳氏，各自成家。而香溪范氏，所性時氏，先後又間出。近則浦陽柳公，烏傷黃公，並時而作。踵二公而起者，為吳正傳氏，張子長氏，吳立夫氏，當呂氏唐氏陳氏之並起也，新安朱子弟子曰勉齋黃氏，寔以其學傳之北山何氏，而魯齋王氏，仁山金氏，白雲許氏，以次相傳。胡仲申敘王子克集云：吾婺以學術稱者，至元中則金公吉甫，胡公汲仲為之倡，汲仲之後則許公益之，柳公道傳黃公晉卿、吳公正傳、胡公古愚，卓立並起。而張公子長、陳公君采、王公叔善，又皆彬彬附和於下，言文獻之緒者，以婺為首稱。

合兩公之言繹之，金華文庫理學之源備於是矣。景濂於詩亦用全力為之，益心慕韓蘇而具體者。（註[9]）

朱彝尊詩話這段點評金華詩壇，談及自元代到明初的名家流派，尤特重師承淵源系譜，猶如一篇金華詩史簡編。其中提及至元中（約 1280 以後），金華詩壇的盟主之一黃公晉卿，正是宋濂的業師。黃氏今傳《金華先生文集》，書末一篇行狀，即出自宋濂恭寫。（註[10]）

其次，朱彝尊詩話指明宋濂於詩，亦用全力，而特別心慕韓、蘇二家，即合唐宋兩位大家詩人而集於一身。此觀點，可自宋濂的詩作，宋濂的詩論，以及其它評點宋濂的批語中，互相旁通，得到充足的論證，以驗朱彝尊的點評，自有定見，言之成理。

就師承關係而言，宋濂很喜歡自我標榜「金華之學」與「金華詩壇」的稱號。金華之學主要談到金華儒學的特點，另見宋濂《凝道記》一書，茲不贅述。至於金華詩壇，則歷數里望出自金華的歷代詩人之風格，尤其側重在明代開國以後的詩學承傳，以及師門授受淵源。就此而言，宋濂最樂道的是自己業師黃溍，不惟奉之為金華之首，甚至暗比之北宋蘇東坡在詩壇的領袖宗主。在《宋學士文集》卷六有一篇〈用明禪師文集序〉的序跋文中，宋濂為其業師之友人用明禪師寫序，細述業師黃溍如何稱譽用明

9 引自朱彝尊：《明詩綜》，（台北：台灣商務印書館，1981），（文淵閣四庫全書本），卷 4，新編頁 231。

10 參見黃溍：《金華黃先生文集》（四部叢刊本），（台北：台灣商務印書館，1970），卷 43，新編頁 452。

禪師，以及師友相交三十年的厚誼。宋濂先溯源北宋詩壇蘇東坡與方外詩人道潛禪師的典故，將蘇門學士如何與道潛的折衝摩擦，轉變為認同的相知相契，比擬做用明禪師與「黃門」的交遊關係。然後，備敘用明禪師與自己的師友交誼。宋濂云：

> 會先師黃文獻公遊浙水西，用明槖其所作來見，復成詩八十韻以為贄，黃公讀已，大加稱賞，遂日與黃公遊，及其東還烏傷，用明又賦詩餞之，黃公因造序文一篇以遺用明，其聲氣之同，蓋翕如也。今年春，余奉詔來京師總修元史，適與用明會於龍河佛舍，用明出詩文各一鉅冊示余曰：「子黃公之高第弟子也，盍為我序其首？」嗟夫，黃公以道德文辭高出一世，固當代之文忠公，而吾用明之作，亦何愧於潛師。顧余視黃、秦、晁、張諸君，曾不足以供灑掃之役，何敢為用明序乎。獨念及黃公之門三十餘年，知用明受知為深，幸與用明交，亦似無間諸君之於潛師者，序蓋不得不作也。（註[11]）

這一段憶述師友交遊的歷程，最主要的觀點，便是提出黃溍的地位，尊之為金華詩學之「黃門」宗派，猶如北宋詩壇之「蘇門」地位。凡蘇門的種種軼事祕聞，也照例可在黃門的脈絡裏找到。由此可知宋濂標榜業師黃溍的用心，見於文字，不言而喻，恰恰與朱彝尊詩話的認知頗為脗合。宋濂在另一篇〈書劉生饒歌後〉

[11] 引自宋濂：《宋學士文集》，（台北：台灣商務印書館，1970），卷 6，頁 279。案：此文收入吳文治主編《明詩話全編》冊壹，與其它宋濂單篇序跋合編為「宋濂詩話」，其實宋濂今存著作，未有專言詩話者。

這篇文章裏，便清楚地提升其業師在宋元以後諸大家相比之下的突出地位。宋濂云：

> 近代以文章名天下者，蜀郡虞文靖公、豫章揭文安公、先師黃文獻公及盧陵歐陽文公為最著。然四公之中，或才高而過於肆，或辭醇而過於窘，或氣昌而過於繁，故效之者皆不能無弊。惟先師之文，和平淵潔，不大聲色而從容於法度，是以宗而師之者，雖有高下淺深之殊，然皆守矩蹈規不敢流於詭僻迂怪者，先師之教使然也。（註[12]）

由此一段話可知宋濂尊黃溍文章及其學術之心，已臻極致，由一句「文章宗師」之定評，道盡無餘。所以，朱彝尊詩話引述王子克與胡仲申歷敘明初詩壇的師門淵源及其流派，必提「黃溍」其人及其詩學的崇高地位，顯然也是言之有據，評述有理的點評。

其次，再看宋濂的詩學體系，遵奉蘇東坡、韓愈二家的詩史地位，服膺韓蘇二家的詩學主張，可據《宋學士文集》卷二的一篇〈答章秀才論詩書〉這篇文章，闡述歷代詩史，點評歷代詩家，明顯看到宋濂給予韓蘇二家極高的評價，例如宋濂評韓愈云：

> 韓、柳起於元和之間，韓初效建安，晚自成家，勢若掀雷抉電，撐決於天地之垠。柳斟酌陶、謝之中，而措辭窈渺清妍，應物而下，亦一人而已。（註[13]）

---

[12] 同註 11 引書，頁 241。
[13] 同註 11，頁 252。

又評蘇東坡云：

> 天聖以來，晏同叔、錢希聖、劉子儀、楊大年數人，亦思有以革之，第皆師於義山，全乖古雅之風。迨王亢之以邁世之豪，俯就繩尺，以樂天為法，歐陽永叔痛矯西崑，以退之為宗，……元祐之間，蘇黃挺出，雖曰共師李杜，而競以己意相高，而諸作又廢矣。（註[14]）

又宋濂〈蘇平仲文集序〉云：

> 古之為古者，未嘗相師。鬱積於中，攄之於外，而自然成文。

以上皆可看到宋濂評價韓、蘇兩大家詩風之見解。雖然第一則宋濂把韓柳並舉，但是宋濂談論的重點在韓，尤其指出韓愈詩風以「氣勢」見長，貫穿於天地之間的一股正氣，隱約可見就是宋濂一生學術思想主健歸心的反映與目標投射。

又第二與第三則連舉數家點評，但特別突出蘇子瞻以退之「雄邁奔放」的詩風為師法的淵源，學其氣勢到極致，自然能顯現「筆力」，氣勢加上筆力，便是宋濂理想中的至高至上境界。難怪朱彝尊詩話會說宋濂自韓蘇而來，朱氏之評點宋濂的詩風及其詩學源流，經由宋濂文集所見序跋體的自述自白，在此可以得到旁通交參的互證效果。

---

[14] 同註 11，頁 263。

六、結語

以上論述，本文藉由宋濂與其它三位「閱讀者」的觀點角度，即王夫之、何焯、朱彝尊三家的對話論述，引用評點學的理論做為論述基礎，討論宋濂的詩風格，兼及宋濂的詩學看法。王夫之評點謂宋濂詩有情景交溶的特點，景中有人，景中有情，頗見自然玄妙。而這種說法，又經何焯對宋濂詩論的評點，結論說出宋濂主張詩不可太過拘泥於忠君愛國之鄙論，應該回歸詩意詩心的本位，也頗符合宋濂透過序跋為師友門生寫序所表達的詩學意見。只是，那些意見，歷來研究宋濂詩論的學者，早已據之而論，自然也是最直接的取材原典。例如張健《明清文學批評》一書論宋濂的文論，全部取材文集中的序跋文章，沒有參考歷來其它家閱讀者的評點材料。（註 15）另外，陳正宏〈明代詩文研究史〉也是如此，都根據宋濂為明初文人別集寫的序，歸納他對詩學的看法，提出宋濂的理論只是「崇道輕文」，甚至「道外無文」的主張。（註 16）本文改從何焯的評點，認為並不如此。最後，再透過朱彝尊的評點，重新提出宋濂「主健歸心」，強調「氣勢」的論調。本文悉自「讀者」的理念，反覆參證，得出宋濂做為一代大家的詩學風貌，中庸精緻，才學兼備，不愧是金華詩人之首冠。

15 參見張健：《明清文學批評》，（台北：國家出版社，1983），頁 3。

16 參見陳正宏〈明代詩文研究史〉乙文，刊《中國文學研究》第二輯，（南昌：江西教育出版社，2000），頁 29 至 32。

附錄乙 應用範疇理論進行評點

一、前言

古代文論有幾個重要範疇，例如道、心、神、氣、和、興、象、自然等皆是，而「情味」理論也是其中之一。在文論的「範疇研究」這一領域，很值得進一步探索。

所謂「文論範疇」，它意指在古代文論的研究歷程中會出現某些熱門而且持久的討論課題，一代一代的文論學者都熱衷論述此課題，久而久之，就出現由此課題導引出的相關理論「共相」內容，不斷孳乳創變，最後會呈現一個理論（或術語）的系統，而環繞該理論的各家說法、辨證，逐漸形成那個理論的研究範圍、研究方法，特別是該理論的實際應用，綜合以上的內容，就是一個文論「範疇」。

但是「文論」與「範疇」的個別涵義不同，而「文論範疇」尤其是借參社會科學的「範疇」與「等級」兩個概念而來。因此，討論「文論範疇」常常混淆這兩個術語概念，必須加以辨明。

簡單說，「等級」（Category）指的是社會結構某一類等級（Class），譬如上班族的薪水因多少差異形成的級別，或者由收入與身份產生的不同「地位」之層次。「等級」是社會學對「人」的一種研究概念，重點在實際的社會調查與統計分析，較少方法論的思辨與論證。

反觀「範疇」理論（field）才是社會科學在方法思考較有「學術辨證」的形上思維，它注重社會結構「個體」與「全部」的互動互生關係，認為個體的一言一行雖然決定於「全體」的「作用」，不是「個體」自由心證的結果。但是這個全體之「作用」，必然是要「有感的」，以及「動心」的結果，而不是抽象的存在或影響。所以，範疇論是有「實效性」的性質。

其次，對於個體與全體的系統關係都不能片面單獨觀察，必須進行「科際整合」的交叉研究。所以，範疇是一種科際整合的研究。

更進者一旦全體造成對個體的有效作用，就必須從個體的「主體性」感受進行考察，而不是僅僅屬於抽象的思辨而已。就像「歷史」絕對存在於當下，但是「歷史」並不能對當下現世的「個體」產生任何作用，可是「歷史」仍然可被個體「認知」，當然「歷史」也對個體有「科際整合」的關係存在。從此角度而言，範疇論具備實際性，主體性的本質，並且，特別有「方法論」的研究過程。（註[1]）

根據以上的理論，「等級」只是對「人」的研究概念，而「範疇」才是一種對學科的普遍原理原則性研究。做為「文論」的一

[1] 以上有關「等級」（class）與「範疇」（category）的定義說明，參考米契爾（Michael Mann）：《社會科學百科語彙》，（倫敦：麥克米林出版公司，1983），頁 34，頁 133。至於文學範疇的討論，參見張意〈文學範疇〉乙文，收入趙一凡（主編）：《西方文論關鍵詞》，（北京：外語教學研究出版社，2006），頁 579 至 591。

種研究法，所謂「文論範疇」既是一種研究概念，也是研究方法論，因此，文論研究借參自社會科學的方法，應該是指「範疇」，而不是「等級」的研究。(註 2) 準此理念，「情味」理論居於文論重要範疇之一，援用「範疇概念」的研究方法，就在突出情味理論的「實際批評」效用，藉由情味理論本身的定義，源流、理論內涵之研究，歸納某些情味說法的原理原則，並且放在實際作品的分析解讀，探討情味理論在「方法層次」的各方面問題，應該就是情味做為文論範疇研究的主要重點了。本文根據這樣的想法，援引清代評點家何焯應用「理論」進行作品評點的實際作法，考察情味理論的內涵，方法等問題，嘗試將「情味」理論進行「範疇」的研究法，提供文論範疇研究的相關辨證。

二、文論術語分析之一

案情味是古代文論的重要概念之一，鍾嶸《詩品》首揭五言詩是眾作之有滋味者，用滋味一詞描述五言詩之佳處。劉勰《文心雕龍・物色篇》談到創作如何把握四時景物之色，首要功夫，

[2] 目前所見文論範疇的研究出現此兩個概念都有的情況。有的用「等級」此字當作範疇，譬用汪湧豪《中國文學批評範疇十五講》此書就用等級此字，汪湧豪云：「範疇是英文 category 的演譯，取自《尚書・洪範》的洪範九疇。」參見汪湧豪：《中國文學批評範疇十五講》，(上海：華東師範大學出版社，2010)，頁 1。根據這個說法，實際對照汪氏著此書，應該是採用英文 field 這個字的漢譯，而不是 category 這個字的概念。汪湧豪另有《範疇論》一書，討論範疇有整體性，有系統化，有抽象化等，反而更近於 field 這個字。參見汪湧豪《範疇論》，(上海：復旦大學出版社，1999)，頁 64，頁 58。

在「入興貴閒」，意謂作家要時刻保持閒靜心境，才能觀物起興。而在創作時，要做到「析辭尚簡」，即用最精省的文詞表達深刻的意涵。如此方能達致「味飄飄而輕舉，情曄曄而更新」的境界，劉勰可謂首標「情味」一詞，做為描寫風景物色的技巧標準。

除了滋味、情味之外，六朝以後發展出不少的味字文論概念。諸如：氣味、韻味、真味、意味、興味、趣味、風味、神味、遺味、餘味、至味、吟味、回味、味外味、含蓄有味等等。但是諸家論味，大都只停留在理論的闡明，以及範疇概念的解說。較少尋章摘句，按之實例，具體示範味字在詩文中的實際表現。

何焯雖然經常用味字評點詩文，但不做理論分析，反而側重在味字文論的具體批評。並由此作法，歸納出「味」字做為文論的概念，其基本前提是，必定與「文體」「體裂」連繫在一起。易言之，味字之出現，必定在文章體製的嚴格規限之下，筆筆精工，要能套入體製的嚴格要求，才能在體格之外，引伸詩文內容旨意的餘音，這就是「體味」。所以說，由滋味、情味、展開的情味「範疇」研究，它必然是一種「科際整合」性質，必須與其它味字理論結合，構成交叉論述，具有「範疇」研究方法的特質。何焯評點詩文有味，與無味，大都要與詩文的「體製」緊密聯繫。認為詩文如果在體製上不能嚴守規矩，只是摹仿體製，不能創發新意，變化體製，即表示詩文無真味，無情味。何焯用「味」字文論概念評點詩文，主要依據「體味」為主。並且，注重文心〈物色篇〉強調的「情味」對詩文的文體規律，詞句的安排修整，費心較多。例如何焯評點《歐陽文忠公文・論選皇子疏》乙文，即就此標準，說出歐公此文「有體有味」。何焯云：

〈論選皇子疏〉得進言之法，有體有味。臣聞言天下之難言者至其可默而不言，工于發端。其優游宴樂也三句，陪說處婉而不迫，居外則無一人可親三句，淒婉動聽。(註[3])

細觀此條批語，何焯首先認為〈論選皇子疏〉乙文把握「疏」這種文體的要領，在措辭用言上，有法度，全篇口氣上講得淒婉動聽。也就是說歐公此文在「體製」與「修辭」兩方面同時兼顧，故而可以說有體味。可見，何焯用味字論文，是以「體」為優先考慮，體與味是緊密不分。何焯評點〈海陵許氏南園記〉一文，也有類似的看法。何焯云：

〈海陵許氏南園記〉長史云南園者，許君之鄉園也。故本其居家之孝友以風示其鄉之人，亦在鄉言鄉之義也。海陵去真州密邇，以發運使還臨本州，為小園于郊居，既不足鋪揚，且有桑梓之敬。又不可泛入與民同樂議論，故從許氏世有孝德、能化其鄉意而論之，非漫然翻案，破壞記事文體。

夫以制置七十六州之有餘至亦不足書，將園字撇開，將海陵許氏四字著意。

凡海陵之人至登其臺榭，于記園仍善抱不脫。

使許氏之子孫，世久而愈篤，從文世字生下。

將見其園間之草木至不擇子而哺也。張云似昌黎董生詩，又作此一層，文勢方不單薄，于園上亦有餘味。(註[4])

---

3 引自何焯：《義門讀書記》，(北京：中華書局，2006)，頁 677。

4 同前註，頁 692。

此則批語，何焯改用「餘味」一詞描述歐公此文的總體表現，所謂的餘味，其實與情味無別。因為，細看何焯的批語，一方面說歐公此文在「文意」上的層層轉換變化，意味無窮。但無論全篇在文意主旨如何變化，都不違背此篇體製做為「記事文體」的規矩標準。故而，到了文章末段，體勢在規矩之外，又生出另一層意思，就造成全篇文章的「餘味」效果，這就是全篇有「情味」的整體表現。何焯評點歐陽修〈胡先生墓表〉，更把情味與其它技巧如文氣、眼目等概念結合一起，評點情味的手法更豐富了。何焯云：

> 〈胡先生墓表〉極鄭重而又不失于誇大，此歐公之文所以情味獨至也。
>
> 其在湖州之學至取旁官署以為學舍，長史云詳敘湖學、太學兩節，乃是表其大者。
>
> 其言談舉止至不問可知為胡公也，文氣一收束。
>
> 先生初以白衣見天子論樂至，又以太常博士致仕，長史云然後總敘平生，俱略而不詳。論樂只輕敘，遂居湖學、迺居太學、仍居太學，此三句是眼目。
>
> 東歸之日至路人嗟歎以為榮，長史云亦是收束。
>
> 其世次官邑三句，長史云俱略而不詳，此是墓表之體。（註 5）

這則批語，注重全篇文意的前後承轉，分析結構的前後照應，在

---

[5] 同註 3，頁 711。

每一「收束」處加以分段標出，藉此點明全篇文意的層層推進。每一收束處，又以「文氣」說明之。文氣的表現，再次以重要詞句做為眼目。於是，歐公此篇無論在文意、結構、修辭、句法、體氣等諸方面皆有精到獨至之表現，既能詳略安排妥當，文氣貫串如一，又能嚴守墓表這一文體體製的體格，故而何焯給予「情味」獨至的高評。由此可知，何焯用味字評點，一方面給味字示範實際批評方法，一方面也藉由此實際分析，間接補足味字做為文論概念的解釋，是以文體體製為前提，詩文要產生有味，必須緊守文章體製規範，如此也間接印證了「味」做為文論概念的實質意涵，是由情味與體味交叉辨證的結果。再看何焯評點〈祭石曼卿文〉說此篇「無味」，評點〈明因大師塔記〉說此文「了無真味」，都是因為這兩篇犯了文章體製的標準，故而文意並無特出處，導致全篇的無情味。此兩篇是反面批評，更加論證了味字與體字結合成為體味，是何焯評點文論的重要見解。

何焯評點學，常注意詩文要讀之有「味」，文章要內含無盡之意。案味字概念，本非專以論文章。然而援「味」以賞鑑詩文，自古已有之。歷代文論，標「滋味」之說如鍾嶸，立「情味」之論如劉勰，闡「詩味」之妙如張戒，以上諸家文論，無不詳述文章之有味。故何焯之味論，雖非創說，但何焯援味論，廣泛施之於文章評點，示人以何篇何句何字之有味，教人以文章何處為有味，專就味論之實際點評，以觀詩文之味，展示味論之賞鑑手法，可謂轉化古代味論於實際文章分析之最具體者。

三、文論術語分析之二

再者，何焯之味論分析，不只限於詩文，凡經史子集文章之有味者皆論之，文章之有思想韻味者，亦必闡明之。

案何焯味論分析，透及文章各體，味論涉及文章各層面，諸如嗅覺之香味，視覺之濃淡有味，觸覺之久炙餘味，文章體格之有情味，文章內涵情趣之有意味等等。凡此種種，大致已包括一篇文章「視、聽、聞、嗅」各層次的味論，將古代文論「味」字分析，應用達於極致。其關照文論層面，相較前人所論更詳！所以說，何焯的文章「味論」評點，代表文章閱讀總體感受的綜合反映，與感覺呈現，今再分析如下各例。

首先，凡一篇文章之作，設若語言平板，體格平平，甚或文意無錯綜變化之法者，何焯的評點，每每給予指正刊謬，評價不高。例如韓愈有詩〈縣齋有懷〉五言一首，何焯的評點即謂此詩雖然詩意語詞皆有典故來歷，詩體頗具精簡之語，但是此詩濫用直言句法，一語讀盡，殊無博喻。中間有句「肯學樊遲稼，事業窺皋稷」，何焯評點云：「此二語於公不為夸，但意盡於詞，無餘味耳。」（註 6）這是評此二句詩意過於直夸，太露不含蓄，故而無餘味。案韓愈此詩作於唐德宗貞元十九年，愈因抗言事忤當局，出為山陽縣，至二十一年，順宗新嗣，有心清政，愈乃有懷而作，極思自白明志，冀有以復用。雖然此時韓愈望復之心急切，

---

[6] 同註 3，頁 506。

情有可原。但發而為詩，詞白刻露，有失渾厚含蓄之旨，故而何焯直揭無味之評。蓋此詩若就體式之精整，用韻之奇特，在韓集中固已自成一格。從文章體式而求之，此詩實為佳構。特別在全首用對偶句，何焯云：「此篇全用對屬，與答張徹篇一例。」（註[7]）這種全首排律用對偶句，極難工，與〈張徹〉詩同妙，在韓集中固屬創格。查慎行云：「四十韻俱作對仗，此格自公創之。」（註[8]）據此可知此首在詩篇體式上，是韓昌黎詩的創格，允當給予高評價。但是何焯對詩的評賞並不單看體式，必須體式與詩意韻味並美，方屬佳篇。蓋一首詩徒具形式體格，雖精於韻律修辭，若太過露洩，詞旨淺薄，殊無深致意涵，蓋亦少餘味爾。故曰何焯評點詩學，看重餘味尤甚於詩體形式之經營。同例之評法，又見於韓愈〈上李尚書書〉一文。韓愈此文亦作於貞元十九年，時久居京師，冀京兆尹李實提拔復用，故而韓愈上書自表，並呈獻自作文二卷干謁。全篇多讚誦之辭，直言表露，亟顯己志。為此文太露之故，何焯評云：「促促少味。」（註 [9]），此評可謂直截了當，指正韓愈此文無韻味之過。然則，韓文公固有唐一代古文大家，其所為文，後輩師法，允為古文典範，則必有文章體氣味兼具之作，以供讀者玩味。其實，何焯凡遇韓集中有味之文，有味之篇章，無不一一評點，揭示甚妙，以下各例可概見一斑：

韓愈〈送區弘南歸〉七言詩，屬古詩之體。此詩述韓愈召拜

---

[7] 此句評語不見於《義門讀書記》四庫本與崔高維輯本，惟見於錢仲聯引錄，轉引自錢仲聯《韓昌黎詩繫年集釋》，（台北：世界書局，1977），頁 20。

[8] 同前註。

[9] 同註 3，頁 548。

國小博士時，門生區弘來問學，後來韓公學久，韓愈勉其志行，款款深情，溢於言表。全詩語意頓挫，含蓄深穩，雖責門生直質之言，但博譬引喻，「落以斧引以纆徽」句可為代表。起筆奇，結處亦收結照應，不惟體式精整，意味亦深長。故而何焯評云：

> 溫柔敦厚，聲如厥志。愔愔藹藹，所謂伯牙之琴絃乎？氣味出於平子思玄賦，中邊皆甜。（註[10]）

觀何焯此評，給韓公此篇極高評價。觀其評賞處，專就此詩「意念」渾厚有味著眼。並且，此詩之有味，可表現於氣味，亦可參之於口味、氣味，輔以口味，聞臭之體備矣。若再參照此詩溫柔敦厚之志，可曰「情味」。然則何焯以一「味」字評點此詩，而兼綜情味氣味口味之總體感覺，可看到何焯的品評，已經達到具體而精細的境界。

談到味字評點，不獨在聞嗅之感，亦可引伸至視覺觀感，隨著文章筆法之變化，語句參差之安排，造成敘筆輕重相生，有如視覺觀看色彩有濃淡之別。此種文章之味，謂之色味。但憑閱讀感受之領會，情感之投入，故又可曰情味。何焯評點韓昌黎〈徐泗豪三州節度掌書記廳石記〉一文，即括舉此文重要詞句，評曰「濃淡相參，更有情味」。這是根據視覺感受有濃淡之分，品賞文章關鍵文字。蓋此篇記山陽公門下掌書記三人，說明主帥與書記賓主相應，同好文章，皆以文章名世。韓愈表彰山陽公禮賢

---

[10] 同註 3，頁 512。

下士，好文成禮，兼頌門下書記三人能文善辭，有賓主相得之樂。韓愈此記之妙法，在用互襯之筆，營造賓主無形之對應，寄寓賓主相得之樂。何焯摘出韓愈此記有「苟未知三君子之文章，君清觀於南陽公可知矣。蔚乎其相章，炳乎其相輝，志同而氣合，魚川冰而鳥雲飛也」六句，何焯評點云：「俱是空際生出，公之教人自為，不獨造語也。蔚乎相章四語，濃淡相參，更有情味。」（註 [11]）意思是此一段文字特別在全篇中佔有關鍵地位。何焯用色彩濃淡的色味說，分析此段蔚乎四句，說明此四句用比喻手法，形容賓主同聲相應，同氣相得的境界，句法參差，有虛字，有助語，末一句更用長句拉長語氣，讀之緩急有序，節拍緊促，音韻鏗鏘。何焯摘出韓愈此種文章筆法的特殊處，乃用視覺效果之濃淡說明其有情味，可見，「味」字論文，範圍極廣。清人張伯行《重訂唐宋八大家文鈔》卷二云：

> 書記之任至重，非有才不足以居之。而書記之才與否，又視其帥何如？天下之才人，固非庸眼所能物色也。推之用人取友，莫不皆然。同聲相應，同氣相求，其故蓋微矣哉。（註 [12]）

張氏此段評語，注重在韓愈此篇文章的「用意」分析，但未注意全篇句法的特色。不若何焯的評點，直接點明文章開頭難在「相得」之描寫，而此層意思，自文章表面讀之，皆可領會其妙。只是如何自文句中，看出韓愈文筆句法之特殊處，如何隱微地巧妙

---

[11] 同註 3，頁 541。

[12] 轉引自羅聯添《韓愈研究》，（台北：台灣學生書局，1981），頁 342。

地將此「相得」之旨映現於文詞之外？何焯的評點，即恰恰在此處用功夫也。

有關味字的相關評論，除了前揭視覺濃淡色彩之分，尚有咀嚼口味之別。例如何焯評點韓愈〈送許郢州序〉乙文，即點出此序妙于語言，善于旁敲側擊，藉許公其人其事，諷諫刺史為官之道。語語動之以誠信，用筆極有輕重，不失文章賓主之分，故而何焯謂此篇乃不失人臣進言之體。至於全篇閱讀的總體感受，何焯綜合此篇的語辭特點，諷刺手法，變化趣味，認為有如炙之愈久，氣味始出。何焯云：

> 〈送許郢州序〉忠告善道，亦六經孔氏之詞，諷刺之辭卻語語平恕藹如也，變化如龍，味亦炙之愈出。善為說辭，長于諷諭，本是不恤民命，卻只諷他不通下情，妙甚。（註[13]）

這段評點，何焯也用「味」字分析韓愈此序之妙處，但此味字專指炙之之味。故而不同於色彩之味、嗅覺之味、心情之味等，當是口感與觸覺的融合，此味字頗有文章耐品賞耐咀嚼之意味。可知何焯援「味」字論評文章，不限於單一義，能引伸擴充至感覺官能諸種層面，具備類似「科際整合」的論述效果。故而，味字可用於文章體格，可用於詩文旨義之含蓄，可用於語辭句法之錯綜，可用於文章辭氣之頓挫。而不論文章之味為何種？必非明白太切，坦露無隱之表述而已。下列兩文何焯評點即同此例，其一

[13] 同註 3，頁 563。

何焯評韓愈〈送浮屠文暢師序〉云：

> 今浮屠者，孰為而孰傳之耶？只一語，含蓄有體。若贈以言而罵其師，何如不作耶？夫不知者，非其人之罪也，就不知二字瞥然掉轉。悅乎故不能即乎新者，弱也。破前拘其法而未能入，知而不以告人者，至不信也，有此二句，誠懇有味。不是強以大言彈壓，仁義之人，其言藹如，可從此二句觀之。（註[14]）

其二何焯評點韓愈〈潮州請置鄉校牒〉云：

> 體格氣味純乎西漢，質雅中意味深長，此真充於中溢乎外而不自知者。（註[15]）

歸納以上二例何焯的評點，不難看出凡是文章含蓄，體格獨特，詞句錯綜，富於變化之筆法者，莫不有味。而文章之有味，兼及體格性情，包括文詞事義。

四、借鑑《文心雕龍》理論

總之，以味論文，何焯能廣泛用之，亦能深刻細分，將味字分析，作一總體感覺之論。據此而觀，何焯的味論，實類似劉勰《文心雕龍・總術》之架構，頗值參考。《文心雕龍・總術》云：

---

[14] 同註 3，頁 568。
[15] 同註 3，頁 602。

若夫善奕之文，則術有恆數。按部整伍，以待情會。因時順機，動不失情。數逢其極，機入其巧，則義味騰躍而生，辭氣叢雜而至。視之則錦繪，聽之則絲簧，味之則甘腴，佩之則芬芳。（註 16）

此段〈總術篇〉先詳述文筆各體之技術後，說明文章如何達致完美境界？蓋劉勰以為文體雖然多術，但須共相彌綸，大判條例，最終要做到「備總情變」。而其總備情變後之文章，必須具有視聽味嗅之感覺綜合，兼包辭氣與氣味之美，此謂之總術。劉勰此種文章總體看法，可謂首次綜合四體官能感覺之文論者。既超越先秦單純地飲食味論，復能擴充陸機《文賦》的「大羹之遺味」說，轉化鍾嶸《詩品》的滋味論，直接影響宋元以下淡味、餘味、意味等各種文論。直至有清一代，錢謙益的香觀說與何焯的味論實際評點，可謂皆淵源於此。（註 17）可惜，《文心雕龍》的研究者較少對〈總術篇〉此段視聽味嗅的文論發揮之，藉以突顯其特殊處。王夢鷗點出劉勰此段文字用博奕比喻操術作文，倘能掌握文心道術，把文章寫好，二者的道理相同。王夢鷗云：「這樣經營章

[16] 引自王更生《文心雕龍讀本》，（台北：文史哲出版社，1994），頁 345。案：本文凡引述《文心雕龍》一書之原文，以此書為底本。並參之元刊至正本，宋刊御覽本。遇有字句異同，另參楊明照校注與王叔岷綴補。

[17] 有關古代文論的「詩味」論，可參陳應鸞《詩品論》一書，（成都：巴蜀書社，1996）。案：此書詳列「味」論始源於先秦子產與季札，但僅限於飲食感官的口感味覺，其後，《文賦》以下開始味論發展，直至清代，其間可惜闕論文心的〈總術篇〉，與錢謙益香觀說。

句，自然是有聲有色。既可回味無窮，亦且百讀不厭了。」（註[18]）如此說解雖亦符合劉勰本意，但是僅僅指出「聲、色」兩種感覺，似又不足以盡達其旨。李曰剛《文心雕龍斠詮》對此段直接譯解，雖然已揭出視聽味嗅的四種感覺，但是也沒有特別標出此論之重要。李曰剛云：「如此視其辭采則錦繡繪綵，聽其聲韻則琴瑟笙竽，味其事義則甘旨肥瘦，佩其情志則芬烈芳香，分章佈局之功夫，至此程度可謂美滿之極矣！」（註[19]）此段僅就原文加以翻譯，未作精義深論。其實，耳目視聽之感與文章照應關係，屢屢稱引於文心一書。〈神思篇〉云：「物沿耳目，而辭令管其樞機。」此句即說明創作之心，來自耳目對景物之觀感，必藉文詞巧妙安排表現其機妙。〈物色篇〉云：「詩人感物，連類不窮。流連萬象之際，沈吟視聽之區，寫氣圖貌，既隨物以宛轉。屬采附聲，亦與心而徘徊。」這裏再次提示視聽之官能，對文章的氣貌聲色有直接影響。雖然此處劉勰專就創作而論，主張寫作要注意文章的聲貌，要盡情發揮視聽感官之能。然而，評賞文章，又何嘗不是也要注意好文章激起的視聽味嗅之作用高低，由此造成的閱讀情趣呢？今人陳拱《文心雕龍本義》對此段之理解，指出這種感官之作用，兼包文章的義味與辭氣。陳拱云：「謂成文之後之完美也，言體貌或聲貌之完美，蓋謂體要之體之完美。」（註[20]）此處已能指出此段〈總術篇〉原文在描述文章完成之後的極美境

---

[18] 引自王夢鷗《文心雕龍：古典文學的奧祕》，（台北：時報文化出版企業有限公司，1987），頁 219。

[19] 參見李曰剛《文心雕龍斠詮》，（台北：南天書局，2018），頁 2019。

[20] 引自陳拱《文心雕龍本義》，（台北：台灣商務印書館，1999），頁 1103。

界必須如此，但陳氏偏重文章義味與體要之合美，尚未點明此完美兼含視聽味嗅之感覺作用。

其實，前人評點〈總術篇〉此段文字，已略示此四種感覺兼用之困難。清人黃叔琳云：「四者兼之為難，可視可聽而不可味，尤不可嗅者，品之下也。」這裏明白指出四種感覺即視聽味嗅，而強調「嗅覺」又是四種之最難者。清人李安民云：「聲色嗅味俱佳耳。」(註 21) 一語道出四種感覺的綜合表現，缺一不可。案：《荀子．榮辱篇》云：「鼻辨芬芳腥臊。」可知芬芳之味藉鼻而得，故舉「佩之芬芳」句而歸屬之聞嗅，確合其旨。然則，嗅覺對文章的作用，香味與文章義理的耐讀細品之關係，這種理論的提出，當始自劉勰，殆可定矣！故而何焯引「味」論以評點文章，且能兼含視聽味嗅之各種味論，誠可謂善繼文心之理論，且能實際應用劉勰說法之評點家。凡其所展示之具體評賞詩文之法，率皆可據以反觀文心之理論，印證文心理論之有效性，頗值文論界之參考，何焯這種注重實際作品是否有味的分析法，已能充分把握「情味」做為文論範疇的論述特點，它與純理論是不一樣的。

因為古代文論的「味論」，大多談及視聽味三種感覺，較少說到「嗅味」之感。今經何焯的評點，實際分析詩篇氣味嗅味的字句，印證文心〈總術篇〉的理論，始可明確定位「情味」是範疇

---

21 以上黃、李兩家評點文心一書之語，轉錄自黃霖編著《文心雕龍彙評》，(上海：上海古籍出版社，2005)，頁 143。案：黃、李兩家用「嗅覺」解釋「佩之則芬芳」句，頗具醒眼。考二家皆在乾隆之後，其知「嗅」學詩論，疑受前此錢謙益「香觀」說之影響，遂有此論也。

之一。但此處須特別另提「嗅味」做為味論之批評，何以何焯能有獨見之明，先發此例？當細考何焯師友淵源，與何焯早歲嘗謁錢謙益，請為師門之學問傳承有關。因為錢謙益晚年詩學已大大改變，提出一種「香觀」詩論，蓋受牧齋晚年喜好參禪有關。佛家本有香聞呵香之論，錢謙益引伸之，用來討論耳目觀詩不如以鼻觀詩之重要，透過與佛門詩家徐元嘆、介立旦公的交往問道之際，彼此影響，創為香觀詩論，乃極其自然之理。今見錢牧齋《有學集》卷四十八（香觀說書徐元歎詩後）與〈後香觀說書介立旦公詩卷〉二文，即為「香觀」詩論之原典。錢牧齋云：

> 夫詩也者，疏瀹神明，洵汰穢濁，天地間之香氣也。目以色為食，鼻以香為食。今子之觀詩以目，青黃赤白，煙雲塵霧之色，雜陳于吾前，目之用有時而窮，而其香與否，目固不得而嗅之也。吾廢目而用鼻，不以視而以嗅。詩之品第，略與香等。或上妙，或下中，或斫鋸而取，或煎笮而就，或薰染而得。以嗅映香，觸鼻即了。而聲色香味四者，鼻根中可以兼舉，此觀詩方便法也。（註 [22]）

此段詩論，突顯「鼻觀」的重要性，遠遠高過視聽之觀。鼻以香為食，故曰香觀。認為詩之高下品第，即香之妙味與否。最後，強調詩的聲色香味，鼻根都可以兼舉。如此一來，即標示「鼻觀」之法為品詩論詩之第一準則。品詩之高下，首在詩句中香氣濃淡

---

[22] 引自錢牧齋《有學集》卷 48，（錢仲聯校點本），（上海：上海古籍出版社，1998），新編頁 1567。

清濁如何，故而錢氏此詩論，可謂標舉「香觀說」之首倡者。何焯或因受牧齋詩論之啟發，遵奉師教之故，當其評點詩句，乃特重視聽之外，必須加強「鼻觀」之味，此即何焯所云濃淡之味，必炙之愈久始出之本源。何焯亦因參用嗅覺詩論，乃能見前人所未見，評點出更具創意的賞詩方法，藉以觀覽詩之全面。日本學者青木正兒曾經談過香觀詩論之價值，青木正兒云：

> 蓋眼睛看的是色，僅止於修辭。鼻子嗅的是香，除可了悟韻致外，又可兼悉味聲色，即興趣、聲律、修辭。(註[23])

這樣的評解，大抵不離牧齋原意，都在強調嗅覺統合的作用。今人吳宏一《清代詩學初探》一書更進一步說明錢牧齋說出香觀說，目的在批評明代自鍾惺、譚元春以下提倡規撫古人字句的摹擬作法不對，想要扭轉詩風當注意精神韻趣的深層內涵，因為徐元歎本是鍾惺之信徒，故而錢謙益特揭香觀說以求導正之。(註[24]) 此說甚是。這也可以引來說明何焯評點詩篇，率皆不囿於字句摹撫，反而更注意詩文義味、辭氣的分析，進行詩文全面性的評點。由此可證何焯詩文評點注重視聽聞嗅的功夫，顯然與錢牧齋香觀詩論有直接的淵源關係。

再看何焯批點歐公文所用術語，雖大率本之前代文論已立說者。但其中有經何焯綜合變創，擬出新義者，尤值文論家之注

---

[23] 引自青木正兒（原著），陳淑女（譯）：《清代文論評論史》，（台北：台灣開明書店，1972），頁 187。

[24] 參見吳宏一：《清代詩學初探》，（台北：牧童出版社，1977），頁 128。

意。其中「體味」與「客氣」二詞即顯明之例。

體字，古代文論早已有說，味字亦然。合而言體味，則罕見之矣！何焯並言體味二字以論歐公文，謂歐公文兼守體製之規，又能運之以婉轉之筆，暢之以宏薄氣象，故而合之曰有體味。何焯不言情味，不用意味餘味或滋味，蓋注重歐文在文體形式體貌之佳處，特別表彰歐公文在唐宋散文體式發展史之突出成果，故體味一詞實較情味餘味滋味等各詞為恰切，而此「體味」術語，亦何焯獨創之語。

考《文心雕龍》有〈體性篇〉，謂作品體貌與作者個性性情息息相關，故有八體之稱。於是，文心全書，申論體氣、體勢、體貌、體義、體要、體統、體製等諸詞，既廣亦備，惟不見「體味」之說。

說到味字，首自飲食滋味而引伸至文論。《左傳・昭公廿五年》載晏嬰品賞音樂，首用飲食滋味以比擬之。晏嬰云：「先王之濟五味，和五聲也，以平其心，以成其政也。聲亦如味，一氣，二體……。」（註[25]）晏子首引五味與五聲相配。其後，《左傳・昭公元年》載醫和說五聲五色五味，以及《左傳・昭公廿五年》子產再引五行學說以比擬禮制之推行。凡此皆用飲食滋味以闡明事理之例。而以《左傳・昭公九年》載：「味以行氣，氣以實志，志以定言，言以出令。」孔穎達注：「調和飲食之味以養人，所以行人氣也。氣得和順，所以充人志也。志氣充滿，慮之於心，所以

[25] 引自《左傳・昭公二十五年》（阮元十三經注疏本）《左傳注疏》，（台北：藝文印書館，1982），新編頁 888。

定言語也，詳審言語，宣之于口，所以出號令也。」（註[26]）此段說氣味與人的言語環環相扣，專論飲食與身體之密切關係，可謂以「味」字論身體之先聲，然尚不及體味之說。

其實《文心雕龍》與《詩品》早已大暢文論之情味、餘味、滋味之說。例如〈物色篇〉云：「物色雖繁，而析辭尚簡，使味飄飄而輕舉，情曄曄而更新。」此用「情味」一詞以論文詞。又〈宗經篇〉論經書為文體之本源，經書文辭之妙，可謂「餘味」日新。此味字意相近於鍾嶸云五言是眾作之有滋味者，又陸機《文賦》云：「或清虛以婉約，每除煩而去濫，缺大羹之遺味，同朱弦之清氾。雖一唱而三嘆，固既雅而不艷。」此段所揭之「遺味」亦近似滋味，謂文體品賞當講究文質，不可太過於質，失其餘味，方可雅艷兼備也。然而諸家論味，亦鮮用「體味」之詞。今何焯合言之，另創體味以論歐公文，既有承繼古代文論之功，亦備獨家創變之見，綜合地把體製體貌與文章技巧同時參考，允宜文論家之注意，應該重新看待何焯評點學之價值。

因為《文心雕龍》一書，明清以來，校釋、批語、評注之作已經很多。但「注」不等於評點，「校釋」也不是評點。這其間，校、注與今人之譯述，皆已成為「龍學」研究之課題，唯獨《文心雕龍》的「評點」學，則一直遲遲未列入「龍學」研究項目，這應該是晚近「龍學」研究急須補強的一項重要課題吧！（註[27]）

---

[26] 同前註引書，新編頁 781。

[27] 例如楊明照主編《文心雕龍學綜覽》一書，有關龍學研究課題即闕「評點」乙項。又近出戚良德《文心雕龍學分類索引》一書有「校注今譯」，亦闕「評點」專項。

其實，《文心雕龍》早已有評點之作，明代楊慎用五色評點《文心雕龍》一書即為代表作。（註[28]）清中葉乾隆年間紀昀評點《文心雕龍》即是龍學評點的典範要籍。在此之前，康熙年間的何焯，也嘗批點《文心雕龍》。何焯很注重《文心雕龍》與《文選》的相互參證（註[29]），他一生評書無數，享譽士林。後人彙輯《義門讀書記》五十卷，刊入四庫全書。其實，書名讀書記，實際是何焯評點經史子集四部要籍的批語彙輯。只因為批語中夾雜很多「校刊」文字，後人仍以「讀書記」名其書，不稱作「評點」。

五、小結

經由以上論述可知過去龍學家往往混用「批注」與「評點」，導致《文心雕龍》的校注，成為專門課題，而《文心雕龍》的評點，則一直未被學界加以重視與研究。

雖然何焯的評點學，遍及四部，其中集部之評點，以《文選》

---

[28] 此書今藏台北國家圖書館，參見王更生：《文心雕龍研究》，（台北：文史哲出版社，1989），書前附錄書影，細考見於頁 131 文心雕龍版本考。此書據黃霖云：「原本未見」，參見黃霖：《文心雕龍集評》，（上海：上海世紀出版集團，2008），凡例，頁 3。案：此書日本京都大學藏影本已收入張少康編《文心雕龍資料叢書》一書，參見中國文心雕龍學會編輯：《文心雕龍資料叢書》，（北京：學苑出版社，2005），頁 835。

[29] 例如何焯評點馮班《鈍吟雜錄》一書有云：「大率文章體製，須以文心雕龍、文選兩書為據。宋人經五代之亂，多不詳古人淵源矣！」云云，可謂最早注意兩書並治之功的首倡者，比黃侃提出兩書互參之說約早貳百年。參見馮班著，何焯評：《鈍吟雜錄》（借月山房彙鈔本），（台北：新文豐出版公司，1984），卷 4，新編頁 56。

評點出名。雖未聞何焯有《文心雕龍》評點專著問世，（註[30]）但是，何焯評點四部文章之學，特別是集部之作，則可見處處據《文心雕龍》理論評點作品，隨時可用何焯引用《文心雕龍》關鍵術語進行評點。可以說，何焯的《文心雕龍》評點，是以實際應用為主，帶有實際批評的性質，很值得參考借鏡。

本文摘取何焯的「情味」評點方法，是用「評點」形式呈現，這是與前述《文心雕龍》、《詩品》、《文賦》三書最大不同處。因為以上三書都在講「理論」情味，較少情味的「實際批評」，何焯的評點，則有背後的理論根據，又有實際「作用」的解讀效果，雙重模式的運作，將「情味」理論提高到一種「範疇」文論的研究形式，展現情味理論與情味批評的特色，這點也正是何焯「情味範疇」評點的最高價值。

---

[30] 根據楊明照《文心雕龍校注拾遺》附錄「校本」著錄有《傳錄何焯校本》一書，今藏南京圖書館。參見楊明照：《文心雕龍校注拾遺》，（台北：崧高書社，1985），頁 785。

附錄丙 毛宗崗小說評點新論

一、前言

綜觀毛宗崗小說評點，主要集中在《三國演義》一書，雖然其評點方法很多，但主要為二元辨證方法。此方法略仿易經的「形而上者謂之道，形而下者謂之器」的辨證論。實際作法，見之於評點諸多術語，譬如毛評《三國演義》史事之奇妙，完全把握史事之「理」的不可測不可知，此種境界之理，近似《易經》講的「陰陽不測」之神，而由此延伸的乾道變化的「時」字概念，亦是他評點三國史事的中心思想。另一個術與「奇」字，亦與「神」字互相印證，用來讚嘆〈三國演義〉全書至妙至精之寫法。其它像「結構」的概念總括《三國演義》全書的作法，頗類似易學家用太極統攝天地人三才之理，這樣以結構擬仿太極的作法，就是不斷在三國全書章回中，尋找結構的「對比」關係。毛宗崗評點《三國演義》，或引用易辭或運用易理，其例不一。有時直接引用，有時只是暗用。直接引用易理的容易理解，暗用易理的則必須深切體悟，旁參易理，始能通透理解毛評的真正意思。本文透過毛宗崗批語的直接解讀、分析，與比較，論證毛宗崗評點《三國演義》的易理應用，冀望有助於對毛宗崗小說評點方法的新認識，藉之探討古代文論之評點學史的研究內涵。

說到《三國演義》為古代第一部著名的長篇小說，此書運用「七分史實，三分虛構」的手法，敷演漢靈帝中平元年（184）到晉太康元年（280）近百年間的三國人物與歷史故事。刊行之後，即有不少才智之士，進行評點、閱讀與討論。現存此書最早刊行本明嘉靖元年（1522）由蔣大器（庸愚子）作序的《三國志通俗演義》一書，即在序文中首先評論此書。（註 1）自此以後，不斷有評賞者，增益附會，評點刊刻。其中，清初毛宗崗評點的三國一書，雖較為晚出，卻是所有評本中，具有全面性與總結性的一本三國評點學專著，此書可謂繼金聖歎評點《水滸傳》之後又一部小說評點學的經典之作。（註 2）雖然，民國歷來討論此書的學者不少，發表的論述亦累積相當成果。但是從毛宗崗批語的直接分

[1] 關於《三國演義》一書的評點，明代最早評此書者當以鍾伯敬為首（1574～1624），參見鍾伯敬《鍾伯敬先生批評三國志》一書，此書未刊，今附錄於陳曦鐘、宋祥瑞、魯玉川校《三國演義會評本》書末，（北京：北京大學出版社，1985），此書遍錄李贄、李漁、毛宗崗等三家批語。

[2] 評點之學，兼及四部，文學評點學乃評點學一支，而且，評點有評有點，明清以後之文學評點，大多是評，較少用點：有關評點的起源，章學誠《校讎通義·宗劉》謂起於《詩品》、《文心》二書。曾國藩《經史百家簡編序》同持此見。吳瑞草《瀛奎律髓重刻記言》謂真正的評點，有評有點當起於南宋。《四庫全書總目》卷三十七《蘇評孟子提要》持此看法。參見張伯偉〈評點溯源〉，刊於《中國文學評點研究集》，頁 1 至 2，（上海：上海古籍出版社，2002）；譚帆《中國小說評點研究》，（上海：華東師範大學出版社，2001）；孫琴安《中國評點文學史》，（上海：上海社會科學院出版社，1999）。

析、整理、與深入討論者，尚不多見。（註 [3]）特別是毛宗崗批語背後的思想根據，如何從易學而來，與易理有密切聯繫這一觀點的討論，值得深入研究，藉以豐富《三國演義》評點學的內涵。

二、應用易理評點

說到毛宗崗評點三國，主要方法即為二元辨證。他將二元對立、交叉、互補、互襯、對應、互受影響的二元關係發揮得淋漓盡致。一方面，他仔細分析《三國演義》一書的筆法、技巧、章法、與敘事如何在全書呈現，妙文妙筆的特色在何處？一一細加評點，提示讀者。這一部份屬於有形的技巧論，可以視作「形而下者謂之器」的器用論。

但是，另一方面，毛宗崗又一再費心筆墨，處處分析三國一書的主要「精神內涵」，三國人物的「風骨神貌」，三國史事的不可預測。這一部份的批語，比較屬於「形上」的內容，無法從文字表面看出來，必須通悟三國敘事文字背後的隱微含意，才能將三國一書的思想境界說出來。這一部份的批語，明顯與技巧的分析不同趣味，可視作「形而上者謂之道」的思維。

在這「形上」與「形下」，「道」與「器」的二元辯證中，毛

---

[3] 毛宗崗批語分析三國全書寫作技巧的方法，過去，在文論史專著中，罕有提及。近年七卷本文學批評史開始注意小說評點的地位，闢專章討論。參見王鎮遠、鄔國平《清代文學批評史》，（上海：上海古籍出版社，1995），頁 797 至 806。然而，此書解釋毛批分析《三國演義》一書變化莫測的敘事，以及毛批分析此結構之妙在一致性與諧和性（見頁 801 與 804），都只是從技巧層面看待，未更進一層申論這種技巧背後的易學與易理之指導作用。

宗崗的評點都同時照顧到了。可惜，一般讀者只關注他在技巧的分析評點，較少體會他評點三國一書的思維，以及他應用易理與易道做理論基礎的批語。如此一來，就或多或少忽略了毛宗崗《三國演義》評點的精華，殊為可惜。

本文基於以上的認識基礎，乃不揣陋學之識，試從易學的角度，分析毛宗崗評點三國的相關批語，略作析論，以就教於方家，懇請不吝斧正。

毛宗崗評點《三國演義》史事之奇妙，完全把握史事之「理」的不可測不可知，這猶如《易經》講的「陰陽不測」之神。而史事之變化多端，多少英雄之興亡盛衰，也是不可知的人間事。而不論「神」與「人」都在歷史洪流中不斷推演、流動。所以說，天道人事都在無時無刻變化。這種觀念，極似「天行健，君子以自強不息」的乾道唯變所適之思想。《易經》乾卦講「乾道變化，各正性命」，謂萬事萬物各有其變化之道。〈乾．文言傳〉又說：「乾乾因其時而惕，雖危無咎矣！」意謂在變化之道中，莫不順著「時」在運行。「時」字就構成《易經》講變化的關鍵概念。

毛宗崗評點《三國演義》一書，頗能把握乾道變化的「時」字概念，做為他評點三國史事的中心思想。只要讀一讀他評點第四十六回孔明借箭，與黃蓋苦肉之計史事的批語，立可分曉。毛宗崗云：

> 孔明用計之妙，善於用借。破北軍者，既借江東之兵，而助江東者，即借北軍之箭。是借於東又借於北也。取箭者，既借魯肅之舟；而疑操者，復借一江之霧。是借於人，又借於天也。

兵可借，箭可借。於是乎東風亦可借，荊州亦無不可借矣！（註 [4]）

這段批語，頂出一個「天」字，天即乾卦的易象。天的不可測即乾道的變化，在變化之中，無有可以主宰其力者。故而亦無人能真正知「天」，哪怕是神機妙算的孔明。更無人能主宰天，即使孔明也只能借「天」。孔明能借者，也非天，乃天之變動無窮的「時」。孔明借箭的成功，全繫在「時」字之運用。若錯其時乖其運，則不能成功。所以，天與時的相輔相成之依存關係，正是乾道變化的易理。毛宗崗又云：

吾嘗觀黃蓋「苦肉之計」，而嘆其計之行，亦有天意焉！蓋此計之可慮者有三——使黃蓋受棒太毒，而至於死，雖捐軀而無補於國事；則長逝者魂魄私恨無窮！一可慮也。使眾將不知，有憤激而生變者，則弄假成真；未圖彼軍，而先致我軍之叛，二可慮也。又使曹操懲於蔣幹之被欺，拒蓋之降而不納。則黃蓋徒然受刑，周瑜枉自裝驕，適為曹操所笑，三可慮也。乃黃蓋不死，諸將不叛，曹操不疑，而周郎竟以此成功。豈非天哉？（註 [5]）

---

[4] 引自《三國演義的政治與謀略觀》，頁 117。本文引據毛宗崗批語，除了參校《三國演義會評本》之毛批，主要據《三國演義的政治與謀略觀》一書之毛批整理本。此書輯錄毛宗崗批語全部，參見毛宗崗：《三國演義的政治與謀略觀》，（台北：老古文化事業公司，1985），本文所有毛批語引文頁數，悉據此本，僅註明頁次。

[5] 同註 4 引書，頁 118。

這一段批語，順著前一段「天」字的項出，再加上「天意」的引伸，更能說明毛宗崗評點《三國演義》之史事的主要思想，就是據《易經》「乾卦」之意而來。須要澄清的事，此處所謂的天意，並非指真的天有能力主控一切的意旨，而是指不可知的「時意」之配合。天，象徵不可知的一個混然體，當其應驗於人事之成敗興亡，完全是依「時」而走的，並無一定的「天意」，這就是三國一書的人事與英雄變化之總綱。毛宗崗的評點，即把握此總綱，貫穿到全書的批語，經常表露這樣的乾道易學之概念。

毛宗崗評點《三國演義》，引用易辭或運用易理的都有。有時直接引用，有時只是暗用。直接引用易理的容易理解，暗用易理的則必須深切體悟，旁參易理，始能理解毛評的真正意思。以下將毛宗崗評點《三國演義》之評語，可以用《易經》解釋，與易理有相通之處，舉例論說毛評與易學的關係。

毛評《三國演義》一書，很喜歡用一「奇」字，毛氏以為羅貫中寫三國人物，個性顯明，敘事變化多方，特別在章法結構的手法表現，已臻妙境，故用奇字評點之。例如毛氏評點八十四回的寫法，說到陸遜之所以能退先生之大軍伐吳，功在陸遜能「逆知」。孔明能預設魚腹浦的八陣圖以退陸遜，但亦知陸遜之命數不至於絕，此役決定因素在孔明能「逆知」。整部《三國演義》描寫英雄人物之能克敵制勝，成功關鍵大都是在於該人物能否具備「逆知」之才。簡單說，即該人物有沒有學、才、識，又能善於應用易理在權謀達變與帶兵領將兩種方法上，靈活表現自如。毛宗崗凸顯陸遜與孔明的「逆知」才能，一下子就把周瑜與魯肅等人不能「逆知」，才能略遜一籌，給比了下去了。毛氏的評語，用一「奇」字說明這點，毛宗崗云：

> 吳之勝蜀，孔明知之，而曹丕亦先知之。魏之襲吳，陸遜知之，而孔明亦先知之，斯已奇矣！陸遜又知孔明之必知吳之勝，孔明又知陸遜之必知魏之襲。料人料事彼此奇中至於如此！真非他書所有。（註[6]）

這一奇字，即《易經》全書六十四卦所表現的錯綜複雜，變化莫測之奇。韓愈〈進學解〉乙文自述學習經書的心得，謂「易奇而法，詩正而葩」一語，最足以說明易之奇與毛宗崗用奇字評語的關係。毛氏應用易之奇的觀點，評點《三國演義》描寫人物能「逆知」，正合乎易奇之法，可以說與易理相通。

而且，易之有逆知，〈說卦傳〉已揭明之。〈說卦傳〉云：

> 天地定位，山澤通氣，雷風相薄，水火不相射，八卦相錯。數往者順，知來者逆，是故易逆數也。

易的發揮在於「逆」，即今之預測與決策。凡三國人物之所以能成功者，大抵皆功在能預測，諸葛亮即是此例代表。所以，毛宗崗進一步引伸易學由奇到變化的一貫之理，分析諸葛亮的用兵妙計，已臻窮神知化之境界。毛氏云：「種種變化，真天地有數文字。」此一評語，即本之〈說卦傳〉知變化之道者而來。

---

[6] 同註 4 引書，頁 224。

三、技巧評點

毛宗崗評點《三國演義》有兩項主要內容，一是技巧的分析，一是義理的闡述。技巧的分析，主要談到三國一書的描寫與敘事手法，三國全書章法安排，人與事在全書敘事中的伏應關係，以及由此而形成的三國全書之結構。如此的技巧分析看來，毛宗崗的評點，顯然帶有濃厚的八股文講「起承轉合」的味道。不過，毛宗崗在總結三國一書的技巧時，一直認為三國一書的技巧已達到至妙至神的地步，毛宗崗用「入神」一詞描述最高技巧，這一「神」字概念，即《易經》「精義入神」與「妙萬物而為言」的神字發揮。照這樣說，毛宗崗評三國一書的技巧之極致，也是參用了易理，並不只是談義理才引用易學道理。

毛宗崗評點諸葛亮其人，總括之曰：神人。這是從諸葛亮善用兵，知權謀，以及料事如神的角度立論。而《三國演義》描寫諸葛亮用兵法，例皆用「火攻」。從博望侯、赤壁之戰、七擒孟獲等，都用火攻。這樣的敘事描寫，代表什麼意義？毛宗崗的評點無不加以分析。他分析的重點，大都集中在「神人」的觀點，認為諸葛亮簡直是「神人」，所用的計謀，雖變化莫測，然皆有前後伏應之跡，與照應之巧。毛宗崗評九十回〈驅巨獸六破蠻兵，燒籐甲七擒猛獲〉云：

> 前卷「祝井出泉」，是孔明但邀神助；此卷「以扇反風」，是孔明自有神通。每讀《西遊記》，見孫行者之降妖，讀《水滸傳》

> 見公孫勝之鬬法，以為奇幻！不謂《三國志》中已備西遊水滸之長矣！況彼以捏造之事，雖層見疊出，總屬虛談。不若此為真實之事，即偶有一二，已足括彼全部也。（註 7）

這段批語講到的神助神通，在點明諸葛亮用兵之妙，已臻極致，而這種高超的兵法，絕非虛構，乃有其事。因此，不能用「神怪」看它，將之與《水滸傳》、《西遊記》二書的奇幻等同而觀。毛宗崗區隔「奇幻」與「神助」的不同，明顯地將諸葛亮的「神通」引導向《易經》的神字思想應用，此即「妙神」與「精義入神」的易理。諸葛亮的兵法與謀略，運用之妙，達於極致，故可曰「神」。於是，毛宗崗稱頌他是神人。（註 8）並且，一再強調諸葛亮的神，終歸於人謀，絕非怪力亂神一類的鬼謀。將人謀與鬼謀做一對比，是毛宗崗評點三國一書的重要意見。例如八十九回〈武鄉侯四番用計，南蠻王五次遭擒〉毛宗崗批語云：

> 每讀《封神演義》：滿紙仙道，滿目鬼神；覺姜子牙竟一無所用。不若《三國志》中之偶一見之也——如「伏波顯聖」，「山神指迷」；「入山求草」，「祝井出泉」，未嘗不仰邀神助，恍遇仙翁。然不可無一，不容有二。使盡賴神謀，何以見人謀之善？使盡仗仙力，何以見人力之奇哉？！（註 9）

---

[7] 同註 4 引書，頁 237。

[8] 參見第九十回毛宗崗批語云：「諸葛亮真神人哉！」又第九十九回批語云：「武侯真神人哉！」第一百回批語云：「三代以後，一人而已。」

[9] 同註 4 引書，頁 235。

這一則批語，力辨仙道鬼神非《三國演義》所載之神。如此，便突出了諸葛亮人力之謀的價值。並且，對應「天命」的至高準則，人神之謀再怎麼神，都無有「回天之功」，而歸結到「天命」之不可違。這個宗旨，一直是毛宗崗貫穿三國全書的主要精神。如果將三國的神助，錯解成仙道鬼神之幻化，係《封神演義》、《西遊記》一樣的奇幻筆法，就難以真正理解三國全書的精神所在了。

毛宗崗評點《三國演義》第一回開始，即展示他個人評點的特色，非僅分析三國一書之技巧，而是將技巧置於全書的脈絡架構中，闡述由技巧所映襯的全書義理。一言以蔽之，即將技巧與主題意義結合起來。試看第一回開宗明義的評點，毛宗崗點出三國一書的大背景，藉由黃巾賊張角之亂，襯托桃園結義之起。一個是賓，一個是主。賓主兩線的對比，反映三國一書的言外之意，毛宗崗云：

> 人謂魏得天時，吳得地利，蜀得人和。乃三大國將興，先有天公、地公、人公三小寇引之；亦如劉季將為天子，有吳廣、陳涉以先之；劉秀將為天子，有赤眉、銅馬以先之也。以三寇引出三國，是全部中賓主；以張角兄弟三人引出桃園兄弟三人，此又一回中賓主。(註[10])

---

[10] 引自毛宗崗：《三國演義的政治與謀略觀》，(台北：老古文化事業公司，1986)，頁 1。案：有關毛宗崗評點《三國演義》一書，歷來版本眾多，今所據者為現代人整理過錄，集為一書之本，即此本，書前有南懷瑾〈前介〉。本文引述毛氏批語原文悉從此本，如有必要，始別參他本。

案這則開宗明義的第一回批語，表面上看似只有講全書賓主之分，與在一回之中的賓主之分，這些只是關於敘事手法的安排而已。其實不然，因為這一個賓主之別，也代表了三國全書的主軸，即一連串的主題、內容、含意、影射等等的所綜合而成的辨證。並由此辨證，轉到三國全書的宗旨，即批判「君子」與「小人」之行徑，申明「人謀」與「鬼謀」的邊際，試讀第一回下面這一段批語，毛宗崗云：

> 今人結盟，必拜關帝，不知桃園當日又拜何神？可見盟者盟諸心，非盟諸神也。今人好通譜，往往非族認族，試觀桃園三義，各自一姓，可見兄弟之約，取同心同德，不取同姓同宗也。若不信心而信神，不論德而論姓，則神道設教，莫如張角三人；同氣連枝，亦莫如張角三人矣。而彼三人者，其視桃園為何如耶？（註[11]）

這一段批語，重點不在技巧分析，而改在「桃園三結義」這段事的涵義申論。毛氏指出三國全書的主旨在「義」字，而這個義，絕非同宗同族的結合，反而是「同心同德」的義合。用「義」與「利」的辨證，點出三國全書的核心價值。

如此一來，第一回的批語，很明顯地把三國全書「技巧」與「意義」的評點方法，做了個別示範。以下各回的點批大體都不出這樣的手法。

---

[11] 同註 10。

但是，這第一回的批語，更深一層看，其實也已經暗用了《易經》易理。何以見得？試看批語中強調劉、關、張三人的結義，是結合在「同心同德」的義之上，與張角三人的「同姓同宗」之結在「利」之上不同。這個「心」與「德」的講究，其實也就是爭天下，治天下的不二法門。所以，毛宗崗的批語，直截了當地提示了三國一書的中心主旨思想，在探討治國平天下的一套謀略。突出了以「心」為主，以「德」為輔的君王南面之術。而這一套同人於德的道理，幾乎與《易經・同人》卦彖曰：「唯君子為能通天下之志。」以及象曰：「天與火同人，君子以類族辨物。」的思想觀念，幾乎不謀而合。

案〈同人〉卦的易理，主要講君子如何居於正道，與民同心同，而不是只與同宗同族共謀，藉此以治理天下的方法策略，分辨君子與小人的道之不同。這樣的同人觀念，就是三國一書所要彰顯的思想，從毛宗崗評點劉備，評點諸葛亮的批語中，皆可看到類似的觀念。

考易學中的太極圖，是宋儒易學興起後的重要概念。人人心中有一太極，萬事萬物莫不自有一太極，易學將太極應用到世界普遍之道理，早已成為易學的基礎知識。

但是，將太極的思想化成小說結構，應用太極圖陰陽消長的關係，表現對立之中不失互補的架構，比擬一部文學作品的結構，把易學與文學之間可以互通的「理」聯繫一起，這樣的作法，放眼漫長的古代文論史，當以毛宗崗的小說評點為首創者。

毛宗崗評點《三國演義》一書，經常重點式提出全書結構的綱領，認為三國一書的結構似有形似無形，表面看去雖然章回相接，敘事連貫，但是寫作技巧靈活，筆法莫測。因此，從表面結構看下去，便出現種種巧妙的深層結構，變化無窮。這一層次的結構，必須把每件事，每一人物，每一章回，仔細揣摩細讀，理解其中的錯綜複雜關係之後，始能看清楚這種隱形的，或者說「形上」的《三國演義》全書結構。毛宗崗用「結構」的概念，總括《三國演義》全的作法，頗類似易學家用太極統攝天地人三才之理。故而毛宗崗的三則批語中一再出現「結構」一詞。而且，因為不同情況的分析，結構也出現不同的組合。像「任意結構」（九十四回）、「伏應結構」（九十二回）、「太極結構」（九十四回）、「記事結構」（十五回）……等。有些批語雖然沒有直接說出結構一詞，但細審批語的內容，也是在談結構。（註[12]）

毛宗崗以結構擬仿太極的作法，進一步的結構分析，就是不斷在三國全書章回中，尋找結構的「對比」關係。這種對比，類似太極陽消陰長，陰消陽長的關係，必然是「二元對立」的結構。而不論怎樣的對立，一定存在兩元的事、人、物之對比組合。試看以下幾則批語，立可知曉。例如毛宗崗評點《三國演義》九十二回〈趙子龍力斬五將，諸葛亮智取三城〉云：

[12] 案結構一詞，明清以前文論罕用。《文心雕龍》全書僅見「結體成文」一詞，未見結構。《文選》〈謝玄暉郡內高齋閑坐詩〉：結構何迢遞。李善注：結構謂結連構架以成屋宇。此注亦非關文論。結構正式提出為戲曲架構理論，始於李漁《閒情偶寄》一書，李漁視詞曲之結構比擬人身之五官百骸與工師之建宅，大抵仍遵用李善注。參見李漁：《閒情偶寄》，（台北：長安出版社，1975），頁 6。將結構應用於敘事之法，講究敘事結構，當始自毛宗崗評點《三國演義》，首見於毛宗崗評點第一百七回云：「敘事作文，如此結構。」於是，古代文論的敘事結構概念普遍流行，例如劉熙載《藝概》講敘事，方東樹《昭昧詹言》講倒敘等皆是。

> 蜀之有姜維，非繼武侯而終伐魏之事者乎？「六出祁山」之後，始有「九伐中原」之事；而「一出祁山」之前，早伏一「九伐中原」之人。將正伏之，先反伏之——正伐之為蜀之姜維，反伏之為魏之姜維。而此卷猶反伏之者也。觀天地古今自然之文，可以悟作文者結構之法矣！（註[13]）

這段批語在分析三國一書的寫作技巧，具備敘事情節有正有反的伏應結構。而且，敘事有正反，人物也因為配合敘事而帶出正反。這種巧妙的寫作技巧，正是太極陰陽二元對立，起伏消長的運作。太極是天下至理，與之相應的《三國演義》之寫作技巧，當然就變成天地古今自然之美文了。再看毛宗崗評點九十四回〈諸葛亮乘雪破羌兵，司馬懿尅日擒孟達〉云：

> 此卷之內，忽有一關公之神，突如其來！倏然而往。一救關興，再救張苞，可謂英靈之極矣！然越吉元帥之頭何不即取之以「雲中顯聖」之偃月刀，而必待孔明之用計而後斬之乎？曰：三國一事，所以紀人事，非以紀鬼神。惟有一番籌度，一番誘敵；乃見相臣之勞心，諸將之用命。不似西遊、水滸等書，原非正史，可以任意結構也。（註[14]）

這一則批語說到三國批語之「結構」，與前一則分析寫作技巧不同，改從《三國演義》全書的主題特色立論，認為三國人物事物

---

[13] 同註 4 引書，頁 245。
[14] 同註 4 引書，頁 249。

有正史可本，有史事結構做依據，不像西遊、水滸的虛構，只是任意結構而已。這則分析，出現了人事與鬼神，任意與刻意，勞心與用命等幾組對比之關係，與前一則的寫作分析有伏應對比的組合不同。由此可知，毛宗崗評點《三國演義》一書的結構概念，是多方面多角度的組合關係。

然而，毛宗崗最終要把三國全書的內在形式的多元結構，總結出一個綱領，這一具有提綱性質的結構，其存在形式頗似太極圖用一圓形總括內部陰陽消長的形態。在圓形的太極圖內，無論萬事萬物如何形成對比、消長，都不能超出圓形太極的範圍。像這樣的太極結構，大結構之內又有無數組合的小結構，恰恰也是《三國演義》全部人事物的組合而成的總綱。毛宗崗評點九十四回開頭一段批語，最能說出這個結構的存在。毛宗崗云：

> 讀三國者，讀至此卷，而知文之彼此相伏，前後相因，殆合十數卷而只如一篇，只如一句也。其相反而相因者：有助漢之沙摩柯，乃有抗漢之孟獲；其不相反而相因者：有借羌兵之曹丕，乃有借羌兵之曹真。其相類而相因者：有馬超在而即去之軻比能，乃有馬超死而忽來之徹里吉；其不相類而相因者：有六縱而不服之蠻王，乃有一縱而即服之雅丹丞相。至於孟達致書於李嚴，早有李嚴致書於孟達以為之伏筆矣！申儀助司馬而殺孟達，早有孟達之申儀而背劉封以為之伏筆矣！文如常山，率然擊首則尾應，擊尾則首應，擊中則首尾皆應，豈非結構之至妙者哉？！（註[15]）

[15] 同註 14。

這一則批語，毛氏已將三國全書的結構之妙，闡釋至淋漓盡致。發前人所未言，頗有助於三國一書之賞鑑，可謂三國學評點的開創者。細觀批語中提到的結構，悉由多重對比關係的組合而成，其中包括伏應、前後相因、相反而相因、不相反而相因、相類而相因、不相類而相因、以及首尾之相應等等。而不論這些對比如何多元！如何複雜！皆不能超出三國一書的總結構，這個結構之存在，猶如《易經》神字的境界，即「至精謂之神」、「神也者，妙萬物而為言也」之境界。毛宗崗評點三國一書的至妙結構總綱，比擬易學的太極架構，呈現圓以智、方以神的結構境界，代表《三國演義》一書評點的里程碑，也是文學點評學的極佳範例。

毛宗崗應用易學易理評點《三國演義》一書的寫作技巧，其中在全書結構的分析，將結構變化之妙比擬易之太極，如前所論。此外，毛宗崗更應用易學「原始要終」的思想，分析三國全書敘事善用「水攻」與「火攻」兩法，將水火之相反相成，或勝或敗的根本原因，闡明清楚。這主要以諸葛亮的五次火攻為例，分析五次火攻有敗有成，關鍵取決於「水」的及時而出或否？毛宗崗評點一百三回〈上方谷司馬受苦，五丈原諸葛禳星〉云：

> 武侯一生，凡用「火攻」者有五——有燒之、而不必殺之者：如博望之燒，不必殺夏侯惇；新野之燒，不必殺曹仁；赤壁之燒，不必殺曹操，是也。有燒之、而必卻殺之者：如盤蛇谷之燒，必欲殺「籐甲兵」；上方谷之燒，必欲殺司馬懿，是也。乃不欲殺之，則果無一人之見殺；必欲殺之，則有一事之不

> 同。何也？人曰：「天之助魏」，予曰：「非天之助魏，而天之助晉也。」天為助晉而雨，則不惟不助魏；乃正所以滅魏與？！（註[16]）

這段批語，分析諸葛亮一生用五次火攻，四次成功，惟在上方谷一役則敗。諸葛亮之敗敗在「天時」，時雨而下，乃能解司馬懿之困。毛宗崗用水火的相剋解釋，但掌控水火的卻非諸葛亮一人之神力所能為，而不得不歸之於天。這樣，在毛宗崗的解釋系統裡，就把易學乾坤坎離的四正卦關係說出來。

在易學的六四十卦系統結構中，始乾終未濟，而不以既濟為終，即隱含易學「生生不息」與「原始返終」的意思。因為，乾、坤，是易的兩門，六十四卦皆自此衍生。乾七變即為離，離為火。坤七變又為坎，坎為水。故而乾坤坎離的變化，象徵原始返終的思想。因此，既濟未濟兩卦之象即水火，用水火代表既濟，火水代表未濟。而《易經》為什麼不終既濟，反而以未濟為末一卦？這是因為《易經》要藉此二卦之安排示人「原始以要終」的思想，事事變化之妙，莫不準擬天地之變化，有始有終，循環無端。張正夫編《九經疑難》卷二「易何以終未濟」云：

> 生生之謂易，未濟，乾坤之終始也。乾七變而為離，坤七變而為坎，乾坤之終也。離七變而復歸於乾，坎七變而復歸於坤，

---

[16] 同註 4 引書，頁 272。

> 乾坤之始也。故曰：易窮則變，變則通。又變通之謂事，蓋易與天地準，終則有始，如循環之無端。(註[17])

根據這段說辭，未濟卦象徵終則有始，生生不息，以及天下事理變通無窮的道理。這個道理應用在諸葛亮五次火攻，最後一次敗在意料之外，乃緣乎「天道」之變，人事難於逆睹，遂致如此。毛宗崗評三國全書，特別注重三國戰役之中，水攻火攻的成敗辨證關係，而將成敗關鍵歸結於不可逆睹的「天道」，還有不可違抗的「天命」，以及變化莫測的「天時」，正是要拿《三國演義》描寫的史事，比擬易學易理，應用易學的乾坤坎離四正卦做為全書綱領，將三國一書變化莫測的描寫，用四正卦的道理加以解釋。試看毛宗崗評點第九十回〈驅巨獸六破蠻兵，燒籐甲七擒孟獲〉，分析七擒孟獲用火攻而成的意義，即隱含易理的思想。毛宗崗云：

> 武侯博望之火，新野之火，及助周郎赤壁之火，皆燒之不盡不絕。而獨於籐甲軍則燒之盡絕，毋乃太酷乎？曰：「此籐甲兵之自取耳。」能禦金，能禦水，而不能禦火；不惟不能禦火，又特特引火。是如身負硫黃焰硝而行，於人何尤焉？且既有「四泉」之惡，又有桃花溪之惡，而孔明以火治之——此以火勝水也！若夫南方屬火，而用火於南——此又以火勝火也。火與火遇，而火之威安得不烈也？(註[18])

---

[17] 引自張文伯：《九經疑難》(宛委別藏本)，(台北：台灣商務印書館，1971)，卷 2，新編頁 132。

[18] 同註 4 引書，頁 28。

這一段分析，用坎屬水，北方卦，離屬火，南方卦。以火益火，即以南攻南的道理說明籐甲之役致勝之由，也是易理的暗用。尤其擒孟獲之成功，必安排在第七次，即有離七變歸乾的「原始返終」之易理關係，值得注意。（註 19）

四、小結

從以上的分析，明顯看出，毛宗崗評點《三國演義》一書，無論在全書的寫作技巧分析，或者全書的主旨思想之闡釋，都密切地與易學思想有關係。本文透過毛宗崗批語的直接解讀、分析，印證毛宗崗評點《三國演義》的突出地位，冀望有助於小說評點學方法的認識，豐富古代文學評點學史的研究內涵。

[19] 案此處原始要終由七變而成的易學概念，本自漢代京房的八宮卦與六世說。京房八宮卦之乾宮至七變復歸於乾，周而復始，再變又可至於十六變，亦周而復始。參見京房：《京房易傳》，（台北：廣文書局，1994），卷下，頁 3 至頁 5。

附錄丁 張惠言十家賦鈔之評點分析

一、前言

張惠言（1761～1802），字皋文，常州武進人。清初辭賦大家，早年自《文選》騷賦攻讀集部之學，以辭賦撰作名聞於當世。清末黎庶昌補姚鼐纂成《讀古文辭類纂》一書，其中辭賦類選自方苞劉大櫆以後名家，即首錄張惠言〈遊黃山賦〉與〈黃山賦〉二文，黎氏評曰：「弘麗溫雅，楊子雲後，千八百年，無此作矣！」（註[1]）此語堪稱備譽之至，足見張惠言早歲以辭賦名家之證。

然而，張惠言又不止以文章名世而已。其人學術經義亦頗專攻，羽附常州公羊名家如莊存與、劉逢祿等公羊經學名家之側，因而又有「常州經學」之稱。張氏雖不以公羊學名家，但自二十八歲精研虞氏易，深鑽儀禮學，著有《周易虞氏易》、《讀儀禮札記》等經學著作，遂亦同以漢學歸入常州學派之列。嘉慶四年（1799）進士，官翰林院編修，改實錄館修撰。嘉慶七年卒，年僅

[1] 引自黎庶昌：《續古文辭類纂》下冊，（台北：世界書局，1964），新編頁1249。案：黎氏此書專補姚鼐《古文辭類纂》一書不選經史子書之失。故當名曰「補」，不只是續而已。凡黎氏所續者，皆選方苞劉大櫆以後人之作。

四十二。可惜張氏竟以年促不克更加精進其學，增飾文章，遂導致論定張氏平生學術文章之評述，大多偏向張氏的經學、張氏的古文，以及張氏首創的常州詞派理論（註[2]），對於張惠言早歲自《文選》學而入，攻習辭章，奠定張氏一生學術文章功力基礎的學思過程，往往措意不多，甚至忽畧不提。因而有關張惠言在文選與文選評點學方面的論述及其價值，沒有得到學界相應的注意及評價。本文有鑑及此缺失，乃專擇張惠言在《文選》辭賦評點方面的批語，以張氏《賦學七十二家賦鈔》一書為例，畧述一己淺見，藉此表彰張惠言的文學評點功夫，及其相關文學理論，補足學界論述張氏平生文章學術的不足之處。（註[3]）

---

[2] 關於張惠言的著作，張舜徽《清人文集別錄》著錄有《茗柯文》初編至四編及補編二卷外編二卷。黃開國主編《經學辭典》張惠言條，列有《周易虞氏易九卷》等十一種。參見黃開國：《經學辭典》，（成都：四川人民出版社，1993），頁 279。又皮錫瑞《經學歷史》經學復盛一章述張惠言以「守專門」為家，注云張氏著作有十二種，多《茗柯詩文集》乙種，參皮錫瑞：《經學歷史》，（台北：藝文印書館，1974），頁 357。

[3] 學界論述張惠言的成就，首由民國十年梁啟超《清代學術概論》一書，從桐城派古文觀點，評述張惠言與李兆洛皆治考證學，亦好文，而有「陽湖派」之稱號。參見梁啟超：《清代學術概論》，（台北：商務印書館，1985），頁 111。另有皮錫瑞《經學歷史》一書改用經學的「復盛時代」評價張惠言是「守專門」的一家。參見皮錫瑞：《經學歷史》，（台北：藝文印書館，1974），頁 352。又參錢穆：《中國近三百年學術史》，（台北：華正書局，1974），頁 200。馬宗霍：《中國經學史》，（台北：商務印書館，1979），頁 148，（日本）本田成之：《中國經學史》，（台北：廣文書局，1990），頁 292，以上三家同以經學評價。近出劉再華：《近代經學與文學》，（北京：東方出版社，2004），頁 291，首倡常州學派與常州詞派結合研究的新觀點，可惜亦未注意到張氏早年的文選學評點對後來經學的關係。

二、評點引入賦體

首先，張惠言早年的文學以文選學為主，而張惠言的文選學又與「評點學」結合為一體而不可分。所以，評論張惠言一生的學術文章之成就，除了張惠言的經學，以及常州詞派開山宗主地位之外，不可不同時注意張惠言的文學評點學的正宗方法之示例。

考評點學自南宋劉辰翁開端之後，歷元明清各代持續發展，舉凡詩文、戲曲小說、經史子集等各部莫不有評點專著刊行。及至清季初期康熙帝世，以何焯為代表的評點學，遍及經史子集四部文章，由門人刊行《義門讀書記》，並收《四庫全書》，奠立評點學的典範宗師地位（註 [4]）。而何氏的評點學又主要以《文選》此書為大宗，《文選》中的「賦」類佔全書很重比例。因此，何焯的批語也相對精細、扼要，與有創解。且在評點方法，有評有點，有批有校，兼有補正訓釋，以及版本對校參校的評點方法，顯示出特別多元化的評點方式，就直接或間接給予張惠言的文選學不少啟發與影響。由張惠言今存最有代表性的評點專著《七十家賦家》的評點手法。很容易看到他對何焯評點學的繼承及應用。這表示張惠言的文選學有很深刻的「宗何」綱領，也說明了張惠言文選學與評點學離不開，有相輔相成的助解作用，更直接表明張

[4] 有關評點學定義、源流與方法之考述，筆者已在《評點學與義門讀書記》一書詳析之。參見徐華中：《評點學與義門讀書記》，第一章，（台北：樂學書局，2000），頁 1 至 65。

惠言不反對「評點」學術的態度。

案評點學在清初康雍乾三朝的學術背景中，此時固然暢行評點，且徧施於經史子集各部之學。但反對評點者依然不少。甚至在乾隆朝纂集的《四庫全書》大部頭叢書，對古今學術的分類，集部有「詩文評」一項，卻沒有「評點學」。可見館臣當時並不認為評點是為一類專門之學，因此只把它寄在子部雜家的雜記一類而已，有的甚至混入類書中。由此推知當時評點雖盛，但一般俗師淺學之流，仍不能清楚理解評點之妙。乾隆時期幸有浙東學派大家章學誠在《文史通義》一書中，藉〈家書〉之便，教導子孫評點方法不可廢，並回憶自己髫齡受學祖父的評點因而領悟詩文奧義的經過。章氏云：

> 初亦見祖父評點古人詩文，授讀學徒，多闕郤熟傳本膠執訓詁，不究古人立言宗旨。猶記二十歲時，購得吳注庾開府集，有「春水望桃花」句，吳注引月令章句云：「三月桃花水下。」祖父抹去其注而評於下曰：「望桃花於春水之中，神思何其緜邈！」吾彼時便覺有會，回視吳注，意味索然矣。自後觀書，遂能別出意見，不為訓詁牢籠，雖時有鹵莽之弊，而古人大體，乃實有所窺。爾輩於祖父評點諸書，曷細觀之！（註[5]）

細觀此一段章氏引述祖父評點庚信詩句的方法，重點在對詩句原文的「言外之意」進行索解，不可只作詩句表面的文句譯解，要

[5] 引自章學誠：《新編本文史通義・外編三・家書三》，（台北：華世出版社，1980），頁 367。

特別揭出詩言「志」的深遠意象，因此，評點解詩要顧到「大體」，不要只拘拘於字句音讀之訓詁而已。憑這個見解，已可看出章學誠祖父用評點教詩賞詩的方法，已很精確而具體地應用了評點的特色，同時也靈活地示範了評點詩文的途徑。而類似這樣的評點方法，其實在何焯的評點之作都已用到，在張惠言《七十家賦鈔》的批注語，同樣有之，這就表示張惠言接受評點學，認同評點方法有助詩文賞鑑的觀點，引發張惠言早歲治學的方向，即率先從《文選》的騷賦評點切入，萃力鑽研，最終完成《七十二家賦鈔》此書的評點鉅著。

三、怎樣評點

關於評點學的方法，近代以來學者已做過不少研究，總歸起來，不外乎評與點。評是指眉批、尾批、夾批、總批等。用精要之語，說出玩賞原文的趣味或心得，有時也參入校注補釋之說。而點則包括圈、劃、抹、逗，以及自訂的各種符號，這些符號與點畫不是隨意添加，反而是代表評點者的注意觀點，原來符號與點畫本身就是一種「評」。歷觀宋元以下各時期的評點，隨處可看到大原則之中又各有小變化，而關鍵則在把握評點的「精神」視評點為一種品賞與批評兼具的文學方法，要將評點學置放在古今文論傳統的歷史脈絡加以觀察，注意評點的「史變」成份，在不斷轉化之中，必有「前修不密，後出轉精」的增飾功能。這點，可引據桐城派末期大家黎庶昌編撰《續古文辭類纂》一書之序文為例，說明評點學代表清代學術流派之下的主流，與八股文的句讀勾股之法並非一物，由此可畧觀評點學的綜合精神，黎庶昌云：

> 道光初，興縣康撫軍，刻姚氏古文辭類纂，本有畫段圈點，後數年，吳啟昌重刻於江甯，以為近乎時藝，用姚先生命去之。然觀先生答徐季雅書，不又有圈點啟發人意，愈解說之言乎？余以後世之變，何所不有，自秦燔詩書，而漢儒有章句之學，自劉向校書，而後儒有校讎之學，宋元明以來，品藻詩文，或加丹黃，判別高下，於是有評點之學。本朝以經藝試士，科場定例，又有點句句股之學，皆因時適變，涂轍百出不窮，今悉探而用之，不得以古之所無，非今之所有，傳曰：法後王。謂其近己而俗變相類也，吾又何疑焉。（註[6]）

黎氏這一段話等如一篇評點學的演進史，謂自秦漢以來各代興起的學術主流分別有章句之學、校讎之學、評點之學，與八股句讀之學等等流派，正視評點學的地位，使與其它三派並列為史，代表桐城派最終對評點學做出的歷史定評。

此外，黎氏此段話勾劃出評點學的目的在「品藻詩文」，功用在「判別作品高下」，而基本方法則是「加丹黃」，意思就是評點

---

[6] 引自黎庶昌：《續古文辭類纂》序，（台北：世界書局，1964），頁 4。案：黎氏此書名為續，其實當作「補」，蓋補姚鼐《古文辭類纂》不選經子史書之文章，因此體類與選錄文章更加周備，是名符其實的補，與王先謙《續古文辭類纂》此書大不同。王氏書可謂真續姚纂，蓋王氏書選文上起姚纂以後的古文，姚纂以前文章悉不錄，且分體十三類畢同姚纂，故而黎氏與王氏二家之書不同旨趣。

方法的「點畫抹逗」之法。至此，經由黎氏將評點學的總結方法之意見，有關評點學的精神旨趣與基本手法，都已很簡潔明白。

根據黎氏此段話的評點學，對照張惠言的文選評點，大致亦皆相符。茲以張惠言於乾隆壬子五十七年（1792），年三十一，刊行的《七十二家賦鈔》收錄《文選》騷賦的評點批語為研究材料，探討張惠言的《文選》騷賦評點學為何引導他日後的文論，及此書的評點價值。（註 7）

四、學術流派的辨證

張惠言的《文選》騷賦評點，總的看，其實已透露他後半生宗漢學，習經書，參大道的求學志向。應該說，張氏早年攻讀文選騷賦的功力與心得，直接關係後來張惠言轉向古文，探求經道，又由文道之窮究，轉向虞氏易與鄭玄儀禮學，正式被歸入常州派經學等這一路的張氏學術歷程，其實前後都有環環相扣，具有密切聯繫的因果關係。而其轉變的里程碑就在張惠言早年攻治《文選》騷賦的評點方法中，已透露個中端倪。

因為，第一張惠言對「賦」體的史變，在《七十家賦鈔》的目錄裡，他不採用《文選》用「京都賦」開端為首，改從班固《漢書•藝文志•詩賦畧》以「家法」為分派的作法，明顯就不同於

---

[7] 根據張惠言《七十家賦鈔》序目自書乾隆五十七年四月的記日，可知此書完成於早歲之手，足可代表張氏生平學術文章的奠基功夫。此書有道光元年合河康紹鏞刊本，近人楊家駱主編中國文學名著叢書收入第六集，第二十九冊，本文以下凡引述張惠言批語原文悉據此本，參見張惠言：《七十家賦鈔》，（台北：世界書局，1984）。

《文選》的賦類史觀。因為《文選》是以京都賦為首的賦學分體論，側重在蕭梁帝國始建，頗思藉此書之「文治」以輔翼「武功」的政治目的，為止，乃以「京都賦」冠全書首篇，《文選》編選本來就帶有隱約的「政事」功能。反之，張惠言的騷賦觀點，悉本之於辭賦與詩人相貫通的「言志」傳統，認定賦家之「心」才是最關鍵的賦體流變，因此張惠言的騷賦是據「家法」為派別的理論中心，遠追漢志的賦體分類。如此一來，張氏藉由詩賦與屈宋之學的原始精神為重的觀點，已表示他看重「漢人之學」，刻意回歸到漢人學術以「辨別源流，彰顯大道」為宗旨的漢學特色，這點或許就是張惠言後來轉向漢易虞氏學與鄭玄儀禮學的起動因素與義理源頭吧。

第二張惠言評點《文選》騷賦，已善用參校本，進行《文選》底本的校刊，其中有互校、對校、參校等方法，凡此都是漢學講究訓詁與章句的常用方法。可以說張惠言在《文選》騷賦的評點與他後來展現的「輯佚虞氏易」與訓詁《儀禮》的經學功夫，二者之間，必然會有前因後果的聯繫因素，更加證明張惠言的《文選》評點之成就給予張惠言一生學術文章的先期影響力。

以下先從張惠言觀摩並引述清初評點與校刊大家何焯的《文選》評點為例，立可看到張惠言擅長應用漢學功夫，攻治選學的作法。

五、參考何焯的校刊法

張惠言的《文選》騷賦評點經常引述清初評點大家何焯的《文

選》評點意見，但不難發現，張惠言的引述原文，與今存何焯《義門讀書記》的《文選》評點已錄批語，多少有出入，由此可互校何焯評點的批語之真偽。因為何焯的評點學早聞名於康熙朝，並影響此後的清朝學術甚深。近人黃季剛早已推許何焯為清代《文選》評點第一。（註 [8]）可惜，何焯生前未刊行文集，凡批點四部，皆經門人蔣維喬輯錄，匯成《義門讀書記》五十卷。然此書未必是何焯評點全帙。因為，何焯評書當時已洛陽紙貴，書賈牟利而偽刻，以及門人傳抄以致誤者大為暢行，當時真偽繁夥已難辨矣！尤其何焯的《文選》評點傳本很多，翻刻過錄本亦不少，故而急待學界善加董理，校訂真偽。今由張惠言之引據何焯批語，正可補助《文選》騷賦評點在這方面的不足，並據張氏引述何焯批語，校正何焯《義門讀書記》一書的缺失，這點也可算作張惠言《文選》騷賦評點有助文選學研究的一項成就。

茲以張惠言評點向秀〈思舊賦〉的批語為底本，參校今傳四庫本蔣維喬輯錄《義門讀書記》卷四十五，與于光華《文選集評》卷四過錄的何焯批語，即見此三本之何焯評點互有詳畧。張惠言評點〈思舊賦〉的批語如下：

> 何云：使晉不代魏，二子其夭枉乎，當陳留之後，經山陽之國，其猶宗周既滅追溯殷亡，倒用麥秀黍離，非無為也。曰懷今，則所感不獨嵇已。（註 [9]）

---

[8] 參見黃季剛原批，黃念蓉整理，潘重規校正：《文選黃氏學》序言，（台北：學海書局，1987）。

[9] 引自《七十二家賦鈔》，卷 5，頁 1。

張氏引的這段何焯批語，指出向秀此賦用「麥秀黍離」這個典故，意指向秀要表達國破家亡之悲。而何焯又摘出向秀此賦「借古諷今」的影射含義，認為向秀此賦其實要感傷的不止呂安與嵇康二人被殺之悲而已。因為，一個「今」字也可以泛指並世許多其它身處易代之際，危懼無生的文士乖舛之命運。何焯如此的評點法，頗見「以意逆志」與「意內言外」的賞讀法，當然很快被張惠言認同吸收，並引錄入張氏自己的《文選》騷賦評點。依此而推，張氏摘引何評，當是首尾完整之全文。今校之《義門讀書記》云：

> 歎黍離之愍周兮，悲麥秀於殷墟。使晉不代魏，二子其夭枉乎？故以黍離、麥秀興感，非使事之迂大也。當陳留之後，經山陽之國，其猶宗周既滅，追溯殷亡矣，倒用亦有為也。惟古昔以懷今兮，曰懷今，則所感者不獨呂、嵇矣。（註[10]）

細校之，蔣氏輯本「倒用亦有為也」句不全，當從張氏引。又蔣氏輯本的整條何焯批語，語意似有斷缺，且中間忽插入「非使事迂大也」一語，又與何焯原義贊評向秀用黍離麥秀典故的作法相違背。綜上而知，蔣維喬所輯的《義門讀書記》所據何焯批語，或採自門生傳抄轉錄本，反不如張惠言所據原批本更近真實。再看于光華《文選集評》所過錄的何焯此則批語，悉同蔣氏輯本，顯然于氏所過錄的底本與蔣氏同。今案凡何焯批語今存已經改動

---

[10] 引自何焯：《義門讀書記》下冊（崔高維點校本），（北京：中華書局，1987），頁 880。

或增刪者，幸得見張惠言的《文選》騷賦評點摘引何焯批語，可據以對校今本讀書記之正誤，倘若善加比對，必有助於讀書記一書的解讀。故曰張惠言的文選評點有「證何」之價值，值得文選學界注意。(註[11])

張惠言終其一生以作品之「意」為中心的理論，不止是詞論，古文理論而已。在他早年的《文選》騷賦評點，已率先根據「以意逆志」的手法，解釋前輩何焯評點曹植〈洛神賦〉的意見。儘管在他之前的《文選》評點大家何焯的批語中並沒有直接說出「以意逆志」四字，但到了張惠言引述何氏批語，用來評點〈洛神賦〉作者曹植的「寫作意圖」時，張惠言就明白指出何焯的批語如同「以意逆志」的方法。張惠言評點〈洛神賦〉云：

> 何義門云：離騷我命豐隆乘雲兮，求宓妃之所在，植既不得於君，因濟洛以作為此賦，亦屈子之志也。又云：魏志丕以延康元年十月廿九日禪代，十一月遽改元黃初，陳思實以四年朝而賦云三年者，不欲亟奪漢亡年，猶之發喪悲哭之意，注家未喻其微旨。何氏此言，真能以意逆志，於此更可知高唐神女之義。(註[12])

試觀此段何焯與張惠言一前一後的評點對話，即可補助理解所謂的「以意逆志」之法，原來必須仰賴作品與作者關係之「考證」

---

[11] 參見于光華：《評注昭明文選》，卷 4 頁 2，(台北：學海書局，1977)，新編頁 318。

[12] 引自《七十家賦鈔》，卷 4，頁 39。

知識為基礎，從歷史文獻探索相關史料，再進行「性靈感受」的解讀。必須把「知識詮別」與「性靈感受」互相結合的評點，才可以稱作以意逆志。這則張惠言的批語，是在何焯的評點基礎上，向前啟發與引伸，發展成以「意」為作品中心，以「詩言志」詩論互通《文選》的張惠言之評點學，再由這樣的評點方法，演變成張氏晚年意內言外與比興言志的詞論體系。

六、比興評點

張惠言開創的常州詞派是以「意內言外」為整個理論中心。所謂意內言外，《說文解字》卷九：「詞，意內而言外也。從司從言。」段玉裁注曰：「有是意于內，因有是言于外，謂之詞。意即意內，詞即言外，言意而詞見，言詞而意見。意者，文字之義也；言者，文字之聲也；詞者，文字形聲之合也。」這一段話表明意內與言外都是指文學作品的「詞語」與「文本」之涵義，不可太露太淺太直接，而要有更深一層的內在影射與引伸，就像兩漢詩學提倡的「比興」手法。而比興又先以「比」為中心，再由比而擴大為興，最後更把比興合起來，有比有興。

比興手法主要由《詩經》的學問展開，而《詩經》做為文學正典的主要風格，乃是以「典雅」與「雅正」為總體風格展現。如此一來，由比興手法的突出，創造《詩經》雅正的風格，正是張惠言強調詞學重視「雅正」之風，強調「意內言外」之說法的古代理論背景。可見，推究張惠言的學思歷程，《詞選》編於張氏晚年，即嘉慶二年（1797），距他逝世前只有五年。而《七十家賦鈔》成書於乾隆壬子五十七年（1792），正當張惠言盛壯之歲，年三十一。而今已在張氏早年的騷賦評點中，看到他經常使用比興與比的批語分析《文選》賦，還有用「以意逆志」的讀詩法評點屈宋作品，從而可知早年的張氏文學理論，已開啟以「言志」、「尚意」為主的文學批評觀。藉由《文選》騷賦的評點，逐步建立張氏自成系統的常州詞學派理論，並由文論通經學，由經學互參文學，發展成張惠言一系列的理論學術，表現為一門「專家」之學的「經學文學」之個人學術特色。而這個特色的出發點，其實是要從早年張惠言的《文選》評點學說起。

例如評點江淹〈去故鄉賦〉，張惠言是用「比」的觀點指出江氏賦作的「言外之意」，正在於思念故鄉。張惠言云：「起是比，非寫景。正去故鄉原起。」（註[13]）此語是說〈去故鄉賦〉的起筆一段風景描寫，寫到「吳山之郎」的暮色，吳山的落花流水，以及水橫斷山之景，由此而興起「去故鄉」的主題，因而手法是「比」。而且，由「比」之手法，又帶起懷鄉之悲的聯想，正是江淹此篇賦作的佳筆所在。這種評點欣賞法，一看即知與「意內言外」的引伸聯想之詞學，彼此有相通之處。

類似的評點法，還有評向秀〈思舊賦〉的言外之意，說：「子期以嵇呂之誅，危懼入洛，返役作此，悼嵇呂實自感也。」（註[14]）

---

[13] 引自《七十家賦鈔》，賦 6，頁 13。案：此篇江淹賦不見於《文選》，乃張惠言別自《江淹集》選錄。有關《江淹集》，今有四庫全書本與四部叢刊本。又明人胡之驥《江文通集彙注》收錄輯佚最全，有今人李長路點校本。參見（明）胡之驥註：《江文通集彙注》（中國古典文學基本叢書），（北京：中華書局，1999），頁 10。

[14] 引自《七十家賦鈔》，卷 5，頁 1。

這也是由此賦的言外之意聯想向秀作此賦的自我感傷之情。張惠言的批語，從「作者意圖」入手的解說，與在他之前的何焯評點云此賦有黍離麥秀悲傷國亡的講法，明顯不同調，更加看出張惠言評點選賦的別有用心之處，而他在此正是應用「意內言外」的比興手法。另外，張惠言評點屈原〈天問〉此篇，則採用作品比較法，說屈原〈天問〉是六詩之「比」，宋玉〈招魂〉乃是「興」。（註[15]）張氏這裏的評點直接用「比」「興」二字概括〈天問〉與〈招魂〉兩篇賦的比較特色，其實也是先從作品的言外之意，深識鑑奧，憑一己之領會所得出的總體評賞感受，再歸結於比興手法，用此術語加以描述閱讀後的心得。這樣的評點賞讀，在張氏早年已徧見應用。當然，由它沿伸到後來的詞論與古文論，主張以「意」為主的說法，也是前後一貫，形成體系，由此更可印證張惠言早期《文選》騷賦評點的重要價值。

最後再看江淹賦的評點，《文選》卷十六賦類哀傷，錄江淹很有名的〈恨賦〉與〈別賦〉兩篇。張惠言的賦鈔卷六共收江淹賦七篇，當然也收錄此二篇名作。可是張惠言不像在他之前的《文選》評點如孫月峯與何焯一般的看法，孫何二家多少都給予此二賦正面的評價。但是張惠言卻只下一語云：「恨別二賦文通俗筆。」（註[16]）細味張氏用一個「俗筆」評價江淹〈恨賦〉，顯然張氏用「雅正」的文論觀點分析《文選》賦。文論主張「雅正」，向來是張惠言的理論主調。他在詞論標榜南宋詞家張炎，就是看重張炎作品的雅正風格。張惠言的《文選》評點在此例中，已可

---

[15] 同前註，卷1，頁9。

[16] 引自《七十家賦鈔》，卷6，頁15。

看出與張惠言詞論互相貫通的作法。而張惠言不喜常流俗調的風格，又見於他評點江淹另一篇賦作〈麗色賦〉的批語說：「平排四時，文通常調。」（註 17）這句批語的常調也就是俗筆之意。都在指正江淹賦作的寫法，平整敘述，順序而鋪排，較少變化曲折，沒有幽隱博喻的諷喻功夫。說穿了，賦作的意思太露，缺少「意內言外」的比興作風。難怪江淹的賦已下啟齊梁的律賦體式，變成唐代律賦的先聲。而唐人律賦，徒飾夸語，講究音律，又工對仗，不免有板重之嫌。相較於屈原騷賦的緣情言志，以及漢賦的諷諭，魏晉小賦的情理等特色，唐人律賦乃漸失雅正之體，不具賦家之心的本色，變成只是馳騁辭藻與對仗技巧的形式之作矣！故而不被張惠言品錄，在賦鈔七十家作品中，沒有一篇一家選錄唐宋的律賦，由此更可表明張惠言一貫的雅正理論，也同時指導他的《文選》賦評。張惠言由「雅正」對抗俗調的賦學觀點，在《文選》評點賦類的史變中，也代表了《文選》評點的一個重要參考意見。譬如孫月峯評點〈恨賦〉此篇云：「古意全失，然探奇搜細，曲有狀物之妙，固是一時絕技。」（註 18）這句批語注重在江淹〈恨賦〉的「絕技」，指的是江淹賦描寫形容的技巧之高妙，並不贊賞賦作的「寓意」與「章法」之佳，因此，孫氏說江淹賦的「古意」盡失，而古意正是賦作上追屈原古體必要具備的雅正風格。張惠言用俗筆常調一詞評判江淹賦，骨子裏其實已在標榜「雅正」騷賦的正體地位。就這一點而言，又代表張惠言崇

17 同前註，卷 6，頁 16。

18 轉引自于光華：《評注昭明文選》（影同治壬申春仲心簡書屋刊本），卷 4 頁 6，（台北：學海書局，1977），新編頁 326。

尚古學，注重人品學術溫雅醇正的一家風貌。

由以上張惠言評點江淹賦俗筆常調的說法，反面聯想張惠言引伸的「雅正」賦論，可以理解張惠言在詞論主張「意內言外」的說法，與「雅正」之說，不但不衝突違背，二者其實是相輔相成的張惠言一貫文學的理論通則。這點還可在張惠言晚年編定《詞選》一書的序，同樣讀到他注重雅正的騷賦古詩之風，並拿來做為詞學的正統，而詩賦之流多半就有意內言外的諷諭作用，張惠言《詞選》序云：

> 敘曰：詞者，蓋出於唐之詩人，採樂府之音，以制新律，因繫其詞，故曰「詞」。傳曰：「意內而言外，謂之詞。」其緣情造端，興於微言，以相感動，極命風謠。里巷男女，哀樂以道。賢人君子幽約怨悱不能自言之情，低徊要眇，以喻其致。蓋詩之比興，變風之義，騷人之歌，則近之矣。然以其文小，其聲哀，放者為之，或跌蕩靡麗，雜以昌狂俳優。然要其至者，莫不惻隱盱愉，感物而發，觸類條鬯，各有所歸，非苟為雕琢曼辭而已。……故自宋之亡而正聲絕，元之末而規矩隳，以至於今四百餘年，作者十數，諒其所是，互有繁變，皆可謂安蔽乖方，迷不知門戶者也。今弟錄此篇，都為二卷，義有幽隱，並為指發。幾以塞其下流，導其淵源，無使風雅之士，懲於鄙俗之音，不敢與詩賦之流同類而風誦之也。（註[19]）

[19] 《詞選》一書的批語及序文，均被過錄入唐圭璋《詞話叢編》一書，今即據此本引錄。參見唐圭璋：《詞話叢編》冊二，（北京：中華書局，1990），頁 1617。

考此《詞選》一書乃張惠言晚年所編（約 1797），序亦當作於同時。代表張惠言晚年的詞論，正式揭出「意內言外」的主張，強調作品言外之義的諷諭作用。要注意這篇序的後半提出古詩賦做為「風雅之士」學習諷誦的典範，又特別提醒這樣的學習，是為了正本清源，戒除「鄙俗之音」的唯一正途。由此篇序可知張惠言晚年的詞論仍然注重「雅正」之格，仍然批判鄙俗下流之卑。這與他早年專攻《文選》賦的評點意見，並無不同，其實前後一貫。（註[20]）這也可算是張惠言《文選》騷賦評點學的又一項文論價值。

七、小結

由以上的論證，本文提出張惠言早年攻治文選騷賦的功力與見識，確實深刻影響他後來學術宗漢學的整體風格，印證了一位傑出學者的學術生命歷程，必然是「才由天資，學慎始習」的結果。（註[21]）易言之，一名學者的學術風貌必須用「一貫總體」的觀點進行評述，始能呈現「大道」的全體。而大道的呈現，關鍵

[20] 案詞論家有一種說法謂張惠言提出「意內言外」之說，是為了矯正浙派詞學如朱彝尊等人的「雅正」風格論。例如郭紹虞主編《中國歷代文論》冊三，錄張惠言〈詞選序〉此文的「說明」文字，就說：「張氏論詞強調比興內容，勝於浙派之強調醇雅清空的格調。」云云，此說與序文原意不符，今據張惠言的《文選》選賦批語，恰可從旁助證張惠言也主張「雅正」的理論。又案：雅正詞論，首由南宋末張炎（1248～？）《詞源》一書的序提出。

[21] 引自李曰剛：《文心雕龍斠詮》，（台北：國立編譯館中華叢書編審委員會，1982），頁 1229。

在早年學問的習染，因為「一旦初化」，必然導致「器成采定」的結果。

張惠言早年學習騷賦，就已深受屈騷抒情必以「言志」為本的文人傳統影響，繼而觀摩《文選》騷賦的評點，自評點大家何焯切入，亦已濡染校刊評注訓詁方法的漢學功夫。藉由「知識」與「性情」雙流結合的早年學術研習，逐步發展成他後來的經學文學特色。本文根據張氏《七十二家賦鈔》屬於《文選》騷賦的評點批語，分析張惠言的評點學，論證了張惠言早年學術的方法與意義，及其與後來張氏學術發展的關係，試為常州學術與張惠言文學提出一條研究的新途徑，謹申述如上。